KB080255

파랑

파랑

손장환 지음

LiSa

차례

인물 차례

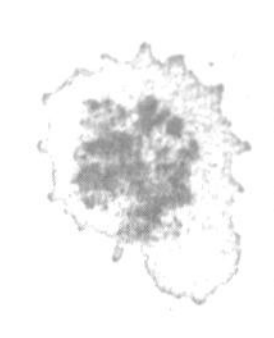

손경훈 1

첫 만남

코끝이 시렸다.

출근길 찬바람이 쨍 하니 얼굴을 때린다. 눈물이 핑 돈다.

입춘이 지나긴 했어도 서울의 2월 중순은 아직 한겨울이다.

옛날에는 입춘 때 따뜻했나? 아니면 봄이 멀지 않았으니 희망을 가지라는 의미였을까.

춘래불사춘(春來不似春)이라. 한나라 때 흉노로 시집 간 왕소군의 심정이 이러했을까.

피식.

힘없는 웃음이 방귀 새듯이 새어나온다. 이 정도 추위에 별 생각을 다 하는군.

지하철역 개찰구를 나와 에스컬레이터를 외면하고 일부러 계단을 걸어서 오른다. 옆에서 에스컬레이터를 타고 가는 사람이 나를 흘낏 쳐다본다. 에스컬레이터에서 걸어 올라가는 사람도 있다.

저럴 거면 그냥 계단으로 가는 게 낫지 않나. 정말 급한 사람이겠지.

종아리가 약간 긴장할 때쯤 '계단과 친해지면 건강과 가까워집니다'라는 글귀가 눈에 들어온다. 누가 지었는지 참 마음에 든다.

지하철을 타고 다니다보면 무릎을 치는 경구들을 많이 발견한다. '지금 들어오는 저 열차. 여기서 뛰어도 못 탑니다. 제가 해봤어요'라는 안내문도 봤다. 열차 소리가 나면 습관적으로 뛰는 사람들 때문에 만들었을 거다. 위험하다고 해도 소용이 없자 누군가 이런 아이디어를 냈을 것이다. '제가 해봤어요' 한 마디 덧붙였을 뿐인데 호소력은 몇 십 배 커졌다.

지하철역에서 밖으로 나오는 순간 유독 겨울 출근길에만 빌딩풍이 기승을 부리는 골목이 보인다. 때로는 몸이 흔들릴 정도의 강풍이 불기도 한다. 겨울만이라도 이 길을 피하고 싶지만 다른 길은 너무 돌아가니 어쩔 수 없다. 외투 깃을 세우고 고개를 푹 숙인 채 최대한 빠른 걸음으로 빠져나오는 것만이 상책이다.

평교사 시절 수업할 때는 그나마 괜찮았는데 교감이 된 이후에는 거의 하루 종일 의자에 앉아있으니 늘어나는 게 뱃살이다. 따로 시간을 내서 운동하는 것은 싫고, 궁여지책으로 선택한 것이 지하철 출퇴근이다. 이렇게라도 억지로 걷지 않으면 수명이 한없이 줄어들 것 같은 불안감에 휩싸인다.

작년 1월1일 새해맞이 약속으로 시작했으니 지하철을 이용한 지 벌써 1년이 넘었다. 두 번째 겨울을 보내며 빌딩풍에 시달리면서도 아직 자신과의 약속을 깨지 않았다는 사실에 가슴이 뿌듯하다. 찬바람이 갑자기 시원한 바람으로 바뀐다.

교문에 들어서자마자 언덕길이다. 경사가 10도에서 15도 정도 될까. 아주 가파르지도 않고, 기껏해야 30m 남짓한 거리인데도 나에게는 깔딱 고개나 다름없다. 작년에 창성중 교감으로 발령받고, 처음 교문에 들어섰을 때 이 깔딱 고개를 보고 좌절했던 기억이 아직도 새록새록 떠오른다.

젊었을 때는 설악산 대청봉, 지리산 천왕봉도 힘들이지 않고 올랐었는데 이 정도에도 숨을 헐떡이는 신세가 됐다는 게 서글프다. 하기야 결혼 전 58kg이었던 몸무게가 30년 만에 85kg이 됐으니 누구를 탓하랴.

지하철 출퇴근을 시작한 초창기에는 멀쩡한 자가용을 아파트 주차장에 세워놓고 이게 뭐하는 짓인가 하루도 후회하지 않은 날이 없었다. 하지만 어차피 운동 삼아 시작한 출퇴근이었다. 매일 등산한다고 생각하니 조금은 위로가 됐다.

'매일 꾸준히'는 내가 학생들에게 항상 강조하는 모토다. 아무리 머리가 좋고 능력이 뛰어난 천재라도 매일 꾸준히 하는 노력형을 당할 수 없다는 것은 30년간 교사생활을 하면서 터득한 진리다. 중학교까지는 노력하지 않는 천재가 이길 수도 있지만 고등학교 이후까지 이어지기는 쉽지 않다.

공부는 머리로 하는 게 아니라 엉덩이로 하는 것이다. 누가 엉덩이를 오래 붙이고 앉아있느냐에 따라 성패가 갈린다.

1년가량 꾸준히 등산(?)을 하다 보니 이제 숨은 차지 않다. 종아리에도 힘이 붙은 것을 느낀다. 체중도 7kg쯤 줄었다. 배도 좀 들어간 것 같다.

뒤에서 자동차 소리가 들린다. 살짝 옆으로 피하니 반짝반짝 코팅이 잘 된 파란색 BMW 한 대가 지나간다.

차동민 선생이군.

창문이 스르르 열리더니 활짝 웃는 차 선생 얼굴이 나타난다. 갑자기 주먹을 쥐고 흔들며 "교감 선생님, 팟팅!"한다. 팟팅이라니. 선생이 저런 말을 써도 되나. 말만 들으면 선생인지 학생인지 구별을 못하겠다.

요즘 젊은 선생들이란. 쯧쯧.

교무실 문이 열렸다. 눈에 익지 않은 실루엣이 스쳐갔다.

누구지?

훤칠한 키에 균형 잡힌 몸매의 젊은 남자가 나를 향해 걸어오고 있었다.

공립학교라면 매년 이맘때 연례행사를 치러야 한다. 한 학교에서 5년을 근무한 선생은 로테이션을 한다. 물론 초빙교사나 전보유예라는 제도가 있어서 학교에 꼭 필요한 사람은 연장하기도 하지만 특수한 경우다. 1학기가 시작되기 전에 새로 근무하게 된 학교에 가서 인사를 하고, 새 업무를 배정받아야 한다.

"안녕하십니까. 이번에 미도중학에서 온, 체육교과 기파랑입니다."

첫 인상이 좋았다. 체격만 좋은 게 아니라 잘 생겼다. 뭐랄까, 영화배우 같은 얼굴은 아닌데 호감이 가는 얼굴이다. 믿음을 주는 중저음의 목소리도 마음에 들었다.

"기파랑이 본명인가요?"

새로 오는 선생들의 명단을 받았을 때 제일 먼저 눈에 띈 이름이었다.

기파랑은 신라 화랑 이름이잖아. 어찌 보면 촌스러운 이름이다.

“예, 할아버지께서 지어주신 본명입니다. 화랑처럼 기개 넘치고, 나라에 충성하고, 부모에게 효도하라는 뜻으로 지었다고 하셨습니다.”

“이름 때문에 학교 다닐 때 놀림 받지 않았나요?”

“초등학생 때는 빨강이나 노랑이 이렇게 부르는 친구도 있었고, 중고등학교 때는 ‘네가 기파랑이면 나는 김춘추다’ 그러면서 놀리는 친구들도 있었죠. 하지만 저는 제 이름에 자부심을 갖고 살았습니다. 이름 때문에 잃은 것 보다는 얻은 게 더 많았다고 생각합니다. 할아버지께 항상 감사하고 있죠.”

기파랑 선생을 처음 만난 순간이었다.

그 때는 그게 내 인생을 송두리째 날려버린 소용돌이의 시작이었음을 전혀 알 수 없었다.

기파랑 1

부자가 되고 싶어

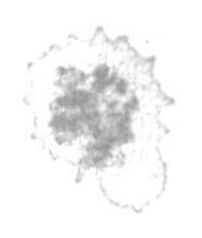

돈을 많이 벌고 싶었다. 부잣집 애들이 너무 부러웠다. 특히 비 오는 날, 등굣길은 정말 싫었다. 엄마가 운전하는 자가용을 타고 등교하던 놈들. 웅덩이에 고인 물이 튀어서 바지를 적신 적이 한두 번이 아니었다. 한 번은 흙탕물을 완전히 뒤집어쓴 적도 있었다. 너무 서러워서 그 자리에서 엉엉 울었던 기억이 아직도 선명하게 남아있다.

왜 우리는 가난할까. 왜 우리 집은 자가용이 없을까. 자가용은 커녕 임대 아파트에 산다고 친구들에게 놀림 받을 때마다 아빠를 원망했다.

아빠는 무능했다. 아니, 무능하지는 않았다. 말 그대로 능력이 없지는 않았다는 말이다. 성실했고, 책임감도 있었다. 다만 사회 적응력이 빵점이었다. 직장에서 일 년 이상 버틴 적이 거의 없었다. 자기가 무슨 정의의 사도라고 조그만 불의에도 참지 못했다. 거의 매일 상사들에게 덤비고, 싸우려고 드니 어떤 직장에서 내버려 두겠는가. 회사에서 잘리기 전에 아빠가 먼저 사표를 던지고 나왔다.

아빠는 세상이 썩었다며 집에서 소주만 마셨다. 술에 취하면 "정의롭고 능력 있는 사람은 불이익을 받고, 능력도 없으면서 아부만 잘하는 놈들이 출세하는 더러운 세상"이라느니 "불의가 판치는 이놈의 세상 다 뒤집어져야 돼"라고 소리치곤 했다.

그 다음에는 나를 앉혀놓고, 훈계를 했다.

"파랑아, 우리 집안은 선비 집안이야. 선비 정신을 잃지 마라. 옳은 일과 그릇된 일을 구별 못하는 천박한 인간이 되면 안 돼. 불의한 일을 보고도 침묵하면 인간이 아니지. 까마귀들 노는 곳에는 아예 가지 마라. 근묵자흑. 먹물 옆에 있다가는 너도 모르게 검은 물이 들게 마련이야. 알겠니?"

예, 잘 알겠습니다. 선비 나리. 그런데 그런 얘기하기 전에 제 앞가림이나 하시죠. 자기 맘에 들지 않는다고 가는 곳마다 쪽박을 깨버리면 우리는 어떻게 살란 말입니까. 엄마는 무슨 죄고, 자식들은 또 무슨 죄입니까. 그렇게 자기 맘대로 살고 싶은데 왜 결혼은 했고, 자식은 왜 낳았나요. 그러고도 가장의 자격이 있다고 생각합니까? 아빠의 선비 정신은 개나 줘 버리세요.

"장남 장손인 너에게 할아버지가 기파랑이라는 이름을 지어준 이유는 잘 알고 있지? 화랑의 정신으로 불의와 타협하지 말고, 국가에 충성하고 부모에 효도해라. 항상 명심해라."

화랑이라고요? 지금이 삼국시대입니까, 신라시대입니까. 제발 정신 좀 차리세요. 친구들은 물론 선생님들까지도 얼마나 놀리는지 몰라요? 이건 할아버지와 아빠의 횡포라고요. 그 이름이 마치 올가미처럼 나를 옭아매고 있어요. 기파랑이라는 이름 속에 갇혀서 옴짝달싹하지 못하고 있는 제 모습이 보이지 않나요.

가정을 이끌어가는 것은 모두 엄마의 몫이었다. 엄마는 또순이처럼 일했다. 새벽같이 나가서 재래시장에서 생선을 팔았다. 엄마의 몸에서는 항상 생선 비린내가 났다. 여동생 아름이는 학교를 마치자마자 시장으로 가서 엄마를 도와 줬지만 나는 단 한 번도 시장에 가지 않았다. 친구들을 만날까 두려웠다.

딱 하나 아빠와 엄마에게 고마운 게 있다. 운동 신경이다. 운동만큼은 자신 있었다. 달리기는 우리 학교에서 제일 잘 했다. 100m는 물론이고, 오래 달리기도 나를 따라올 애가 없었다.

축구할 때가 제일 좋았다. 자타가 공인하는 스트라이커였다. 반 대항, 학교 대항, 심지어 동네 대항 축구경기를 할 때마다 항상 나는 스타였다. 화려한 드리블로 한 명 두 명 제치고 나아갈 때는 마치 컴퓨터 게임에서 한 칼에 적을 추풍낙엽처럼 쓰러트리는 장군이 된 듯했다. 골을 넣고 나서 친구들이 환호하는 소리를 들을 때는 내가 세상에서 최고라는 환상에 빠졌다. 나는 호날두였고, 메시였다. 나를 무시하던 애들조차 그때만큼은 나를 부러워했다.

농구도 나를 뽐낼 수 있는 기회였다. 농구부 선수들 빼고 아마 나보다 레이업슛을 잘하는 초등학생은 없었다고 자부한다. NBA 농구를 보면서 코비 브라이언트의 드리블과 슛을 흉내 내곤 했다. 조금만 더 키가 컸으면 덩크슛도 할 수 있었을 텐데 그건 좀 아쉽다. 어쨌든 공 가지고 노는 것은 다 자신 있었다.

하지만 달리기든 축구든 농구든 선수가 되기에는 조금씩 모자랐다. 육상부가 있는 학교에서 스카우트 제의가 있긴 했다. 그런데 육상 선수가 돈을 벌 수 있나. 한국에서는 어림도 없다. 프로축구나 프로야구 선수가 되면 좋을 텐데 그 정도 실력이 아니라는 건 나도 안다.

대학을 가야 했다. 엄마는 고등학교만 졸업하고 빨리 취직하기를 바라는 눈치였지만 나는 어느 대학이든 경영학과를 가고 싶었다. 막연하지만 경영학과를 졸업하면 돈 벌 기회가 많을 거라고 생각했다.

경영학과를 목표로 열심히 공부했다. 학원도 제대로 다니지 못하고, 고액 과외 같은 것은 꿈도 꾸지 못했지만 목표가 있었기에 포기하지 않았다. 동네 독서실에서 청소하고, 야간 근무하는 조건으로 자리를 하나 얻어서 공부했다. 최 상위권은 아니지만 그런대로 괜찮은 성적을 유지할 수 있었다.

"파랑아, 이왕 대학을 가려면 서울대를 가면 좋겠다. 우리 가문의 첫 서울대생이 되면 조상님들 보기에도 자랑스럽고."

"아빠, 미쳤어요? 제 성적으로 어떻게 서울대를 가요? 말도 안 되는 소리 하지 마세요."

정말 일생에 도움이 안 되는 아빠였다. 도와주지는 못할망정 속을 긁지나 말지. 평소 내 성적이 어떤지 관심도 없었으면서 뜬금없이 서울대라니.

"너는 내가 집에서 술이나 먹는다고 생각했겠지만 여기저기 알아봤다. 엄마도 담임선생님께 물어봤어. 네 성적으로 서울대에 갈 수 있는 학과가 있냐고. 다행히 네가 운동을 잘 하니까 사대 체육교육과라면 가능할 것 같다고 하셨단다."

"저보고 선생이 되라고요? 정말 너무하시네. 제가 돈 많이 벌고 싶다고 그렇게 노래를 부르고 다녔는데 이제 와서 저보고 선생이나 하라니요. 선생 해서 돈을 벌 수 있어요? 그리고 제가 왜 조상님 때문에 서울대를 가야 해요?"

서울대? 언감생심. 꿈도 꾸지 않았다.

사범대? 선생이 되고 싶다는 생각은 지금까지 한 적이 없다. 내 눈에 선생들은 모두 좀생이였다.

체육교육과? 내가 겪은 체육선생들은 모두 무식했다. 자기 잘못을 인정하고 학생들에게 사과하는 경우를 본 적이 없다. 오히려 화를 내고 윽박지르는 게 다였다.

어쨌든 나하고는 전혀 상관없는 얘기다. 대학부터 정해놓고 성적에 맞춰 아무 학과나 가는 것을 제일 싫어했던 나다. 그런데 지금 아빠가 나에게 그걸 강요하고 있다. 자기는 맘에 들지 않는다고 직장도 마음대로 때려 치면서 아들에게는 싫은 걸 강요하는 아빠라니. 나는 왜 이렇게 지지리도 복이 없을까.

"선생이 돈은 못 벌지. 하지만 지금 선생하려는 사람들이 얼마나 많으냐. 장래가 보장돼 있잖아. 요즘 제일 부러운 사람이 부부교사라고 하지 않니. 서울대는 우리나라 최고의 대학이야. 서울대를 나오면 누구도 무시할 수 없어. 직장 다니면서 제일 싫은 게 무시당하는 거였는데 내가 서울대 출신이었으면 사람들이 나를 무시했을까. 나는 파랑이 네가 사람들에게 무시당하지 않았으면 좋겠다. 그리고 솔직하게 말하면 서울대 사대는 등록금이 싸잖아. 서울대생은 과외도 잘 구할 수 있다고 하더라. 졸업하고 바로 직장이 보장되기도 하고."

제기랄. 젠장. 겨우 이따위 말로 설득을 당해야하는 내 자신이 초라했다.

그 때 옆에서 가만히 듣기만 하던 엄마의 한마디가 나를 무너뜨렸다.

"작년에 과일가게 아줌마가 아들이 대학 합격했다고 자랑하는데 되게 부러웠어. 우리 아들이 서울대에 합격한다면 엄마는 날아갈 것 같아. 그리고 선생이 어때서? 엄마가 어렸을 때 가장 큰 소원이 선생님 되는 거였어."

그리고 지나가듯이 툭 던진 엄마의 마지막 말이 결정타였다.

"옛날에 할머니가 그랬어. 돈을 따라다니면 안 되고, 돈이 따라와야 한다고. 요즘에는 희한하게 돈 버는 사람들도 많더라. 돈이 따라오는 선생은 없을까."

기파랑 2

민식이 누나

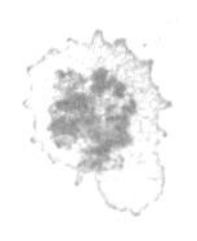

현실에 순응해 진학한 서울대 체육교육과. 합격 소식을 들었을 때도 별로 기쁘지 않았다. 아빠 엄마는 덩실덩실 춤을 췄지만.

입학식 때부터 동기생들의 분위기는 완전히 달랐다. 서울대생이 됐다는 사실에 엄청난 프라이드를 갖고 있었다.

"우리는 운동만 잘 하는 돌대가리들하고는 완전 다르다 아이가. 서울대 출신은 학실히 다르다는 걸 보여줘야재. 안 그나. 하하하."

김춘실. 경남 밀양 촌놈. 목소리가 어찌나 큰 지 고막이 떨어지는 줄 알았다.

병신들. 너희가 제대로 된 서울대생인 줄 아냐. 겨우 체교과 주제에.

하늘의 별이라도 딴 듯이 으스대는 동기생들이 참 바보 같았다. 가슴이 답답했다. 앞으로 4년을 이 촌놈들과 함께 지내야 한다니. 휑하니 넓은 캠퍼스도 괜히 을씨년스러웠다.

아빠의 말이 맞았다. 서울대의 위력이 이 정도인 줄은 몰랐다.

입학하고 첫 소개팅 때 만났던 파트너부터 그랬다.

"서울대 체교과는 성적이 어느 정도 돼야 들어갈 수 있어요? 운동은 기본이고, 올 1등급이어야 한다고 하던데 맞나요?"

뭐 그 정도는 아니고, 세 과목은 1등급이었지. 나도 모르게 어깨가 올라가는 걸 느꼈다.

"공부도 잘 하고, 운동까지 잘 하면 얼마나 좋을까요. 저 고등학교 때도 공부만 잘 하고 비실비실한 애들보다 운동 잘 하는 남자 애들이 더 좋았어요."

응? 이 눈빛은 뭐지?

대학 생활은 예상했던 것보다 훨씬 좋았다. 어딜 가도 꿀릴 것 없다는 자신감이 생겼다. 나는 몰랐는데 의외로 체대 준비하는 애들이 많았다. 서울대라는 이름이 주는 무게감이 대단했다.

과외 자리를 너무나 쉽게 구했다. 조건도 좋았다. 일주일에 두 번, 체대 입시 과외를 하고 한 달에 120만 원. 내 생에 처음으로 그런 목돈을 만져 봤다. 신세계였다.

민식이 엄마는 나에게 "민식이도 선생님처럼 서울대만 가면 해달라는 거 다 해줄 거예요"라고 했다.

강남 부잣집 아들 민식이. 어렸을 때부터 고액 과외로 다져진 체질이었다. 중학교 때까지는 공부 잘 한다는 소리를 곧잘 들었는데 고등학교 와서는 더 이상 성적이 오르지 않았다고 했다. 서울대는커녕 '인 서울'에 만족해야 하는 수준이었다.

민식이 부모님도 아빠처럼 서울대 바라기였다. 어떻게 해서든 서울대에 보내겠다는 열망이 간절했다. 그래서 고3 올라가면서 선택한 것이 체육교육과였다. 입시 체육 학원도 많지만 6개월 만에 속성으로 하려면 집중 과외가 필요했다.

"선생님, 민식이가 서울대 합격하면 선생님께도 섭섭지 않게 따로 사례할게요."

민식이 엄마는 나를 거의 칙사 대접하듯 했다. 이제 겨우 스무 살짜리 과외 선생에게 어른들이 "선생님", "선생님"하면서 깎듯이 대우해 주는 게 싫지 않았다. 과외 선생이 이 정도라고? 선생이 별 볼 일 없는 직업인 줄 알았는데 그게 아닌 것 같다는 생각이 살짝 들기 시작했다.

언제부터인지는 정확히 모르겠다. 근처 초등학교 운동장에서 민식이를 가르치고 있는데 교문 쪽에서 누군가 우리를 지켜보는 것 같았다.

의문이 풀리는 데는 그리 오래 걸리지 않았다. 과외 시간이 거의 끝나갈 때쯤 그 여자가 나에게 다가왔다. 민식이 누나였다.

"엄마가 저녁 먹고 가시래요."

전화를 하면 되는데 왜 직접 왔을까.

민식이 누나는 나보다 두 살 많았다. 대학 3학년. 몸매는 좋은데 내 스타일은 아니다. 한 눈에도 성형 미인임을 알 수 있었다. 얼굴에 돈을 처발랐군.

다음 날, 수업 중에 모르는 번호로 전화가 왔다.

"친구랑 약속이 있어서 봉천동에 왔는데 온 김에 선생님이랑 커피 한 잔 하려고요."

어색했다. 과외 학생 누나와 무슨 얘길 하지?

"선생님, 여자 친구 있으시죠?"

처음부터 훅 들어왔다.

"예? 아, 아닙니다. 없습니다."

"에이, 거짓말. 키 크고, 체격 좋고, 잘 생겼죠. 더구나 서울대생인데 여자 친구가 없다고요?"

"아뇨. 거짓말 아니고요. 정말 없어요."

"헤어졌나요?"

"아이 참. 저 여자 친구 사겨본 적도 없어요."

"보기와 달리 숙맥이네요. 그럼 오늘 저와 데이트 하실래요?"

민식이 누나는 화끈했다. 여자에게 이런 표현을 하면 실례인 줄 알지만 한 마디로 저돌적이었다. 재는 게 없었다. 당황한 내가 뭐라고 얘기할 틈도 주지 않았다.

나는 데이트하자고 해서 정말 데이트인줄 알았다. 바로 호텔로 갈 줄은 정말 꿈에도 생각하지 못했다.

민식이 누나. 민지라는 이름이 있지만 그냥 민식이 누나라고 하는 게 낫겠다. 단 한 번도 사랑이라는 감정은커녕 좋아하는 느낌도 없었던 상대였지만 민식이 누나는 나에게 황홀한 섹스의 세상에 눈을 뜨게 해준 고마운 존재였다.

내가 동정을 바친 여자. '바쳤다'는 표현은 어폐가 있다. 나도 즐겼으니까. 물론 처음에는 전혀 예상하지 못한 일에 많이 당황했다. 어쩔 줄 모르고 서있는 나의 옷을 벗기고, 씻겨주고, 애무할 때는 내 머릿속에 '당했다'는 생각밖에 없었다. 온 몸에 힘이 빠지고, 내가 왜 여기를 따라 왔을까 하는 후회뿐이었다. 하지만 뭐든지 처음이 어렵지 그 다음부터는 쉬워지는 법이다. 첫 사정의 쾌감이 온 몸을 휩쓸고 지나갔다.

깜빡 잠이 들었나 보다. 여기가 어디지?

옆에 벌거벗은 여자가 누워있었다. 정신이 번쩍 들었다. 민식이 누나가 나를 보고 빙긋이 웃었다. 창피한 생각과 거의 동시에 '이거 괜찮은데'라는 생각이 스쳐갔다. 누구는 돈 주고 여자를 산다던데 나는 공짜잖아. 더구나 여자가 더 적극적인데. 중고등학생 때 몰래 포르노영화를 보면서 느꼈던 흥분이나 혼자 화장실에서 자위하면서 느꼈던 쾌감과는 비교가 되지 않았다.

이번에는 내가 먼저 민식이 누나의 몸을 더듬기 시작했다. 부드러웠다. 손끝으로 전해오는 촉감이 짜릿했다. 그녀는 갑자기 변한 나를 보고 흠칫 놀라더니 곧 허리를 제치면서 웃었다.

내가 흥분하니까 민식이 누나는 더 적극적이 됐다. 격렬한 울부짖음에 호텔방이 흔들리는 것 같았다.

우리는 멋진 섹스 파트너였다. 일주일에 두 번, 어느 때는 세 번도 만났다. 민식이 누나의 몸은 예뻤다. 민식이 누나가 첫 섹스 상대라는 게 무색할 만큼 나의 테크닉은 하루가 다르게 늘어갔다. 민식이 누나는 나에게 포르노에 나오는 각종 체위를 요구했다. 어떤 날은 동영상을 틀어놓고 그대로 따라 하기도 했다.

확실히 영화는 영화였다. 거의 아크로바틱 같은 체위는 제대로 흉내 내기도 힘들었지만 재미도 없었다. 영화를 찍기 위해서 억지로 만든 게 분명했다. 그래도 민식이 누나는 재미있다며 깔깔대고 웃었다.

"우리도 하나 찍을까?"하고 누나가 제안했는데 지금 생각해도 그때 거부한 게 천만다행이다.

모든 비용은 민식이 누나가 냈다. 나는 그냥 즐기면 됐다. 비용이 꽤 많이 나왔는데도 부잣집 따님이라 전혀 부담스럽게 생각하지 않았다.

호텔 앞을 지날 때마다 안에는 어떻게 생겼을까 궁금했는데 내가 상상했던 것보다 훨씬 화려했다. 무궁화 다섯 개짜리 호텔이었으니 더 놀랄 만했다. 민식이 누나는 5성급만 고집했다.

침대는 둘이 자는데 이렇게 클 필요가 있나 싶을 정도로 넓었다. 매트리스와 베개는 너무 푹신해서 내 몸이 파묻히는 것 같은 착각이 들 정도였다.

그리고 화장실. 우리 집 안방보다도 넓고, 번쩍번쩍했다. 여기서 자도 되겠다고 생각했다. 샤워하는 공간이 따로 있다는 것도 신기했다.

제일 좋은 것은 룸서비스였다. 방에까지 식사를 가져다주니 주위 사람들 눈치 보지 않고 먹을 수 있었다. 천국이 따로 없었다.

그렇게 자주 만났는데도 우리는 거의 말을 하지 않았다. 말이 필요 없어서 그랬는지, 그럴 시간이 아깝다 생각했는지, 아니면 별로 할 말이 없어서 그랬는지 모르겠다. 그저 서로의 몸을 탐닉하는데 대부분의 시간을 보냈다.

민식이 누나에게서 여자의 매력을 느끼지는 않았던 것 같다. 한번도 여자 친구라든가 연인으로 생각해 본적이 없다. 만남이 계속

될수록 섹스의 강도는 진해졌고, 민식이 누나의 괴성은 더욱 커져만 갔다.

지금 생각해보면 누나라고 해봤자 겨우 스물두 살. 그 나이에 어떻게 그런 다양한 테크닉을 구사할 수 있었는지 궁금하다.

잠에서 깼다. 베개가 땀으로 흥건하게 젖었다. 꿈에서 나는 여자들에게 둘러싸여 웃고 있었다. 매우 행복해 보였다. 그런데 갑자기 여자들과 함께 깊은 곳으로 떨어졌다. 빙글빙글 돌면서 계속해서 끝없이 떨어졌다. 마치 블랙홀로 빨려 들어가는 느낌이었다. 언제까지 떨어지는 거야.

이제 그만. 스톱.

소리를 쳤던 것 같다.

무슨 꿈일까. 갑자기 오금이 저려오기 시작했다. 그래. 내가 지금 불안한 거야.

언제부턴가 쾌감이 줄어들고 있었다. 섹스를 하는 도중에도 문득 '언제까지 할 거지?'하는 의문이 생겨났다. 사랑하지도 않는 여자와 오로지 쾌락을 위해서 섹스를 계속하는 게 무의미하다는 생각이 들었다.

끝낼 때가 됐어. 민식이 엄마에게는 미안하지만 과외도 그만 둬야지. 이제는 내가 사랑하는 여자를 찾을 거야.

민식이 누나는 헤어질 때도 화끈했다.

'안 된다고 하면 어떻게 하지? 더 집착할 수도 있을 텐데'

이제 그만 만나자는 말을 꺼내지 못해서 우물쭈물했던 내가 미안할 정도였다. 아니면 누나도 내가 조금씩 지겨워졌을 지도 모르겠다.

"파랑이는 내가 만났던 남자 중에서 최고야. 그동안 재미있었어. 잊지 못할 거야. 좋은 여자 만나서 행복하게 지내."

"누나, 정말 고마웠어요. 저도 누나 잊지 않을게요."

그렇게 우리는 3개월 만에 쿨 하게 헤어졌다.

우리의 관계를 뭐라고 불러야 할지 모르겠다. 분명히 첫사랑은 아닌데.

어쨌든 민식이 누나는 나의 훌륭한 섹스 선생님이었고, 여자에 대한 자신감을 갖게 해준 은인이었다.

이후 나의 애정 행각은 거침이 없었다. 손을 내밀기만 하면 여자들이 줄줄이 따라왔다. 키 크고 잘 생긴 서울대생인데다 매너도 좋고, 테크닉까지 좋으니 거절할 이유가 없었다.

나의 대학 시절은 항상 청명한 가을 하늘이었다. '구름 한 점 없는'이라는 표현이 나에게 딱 맞았다. 이보다 더 좋을 순 없었다.

손경훈 2

복덩이를 만나다

그를 만난 것은 행운이었다. 아니, 더 일찍 만나지 못했으니 불행이라고 해야 하나. 그를 조금만 일찍 만났더라면 나는 이미 교장이 됐을 것이다.

교직 생활을 시작한지 올해로 32년째. 그동안 수많은 선배·동료·후배 교사들을 만났지만 단언컨대 그는 역대 최고의 교사다.

교실 앞에 서본 사람들은 알겠지만 거기 서서 보면 한 눈에 반 전체가 들어온다. 요즘에는 학생 수가 줄어서 한 반에 기껏해야 30명 안팎이지만 한 때는 60명이 넘은 경우도 있었다. 그때는 교단까지 있어서 아무리 학생 수가 많아도 누가 무슨 짓을 하고 있는지 다 보였다.

졸고 있는 놈, 과자 먹는 놈, 책 사이에 만화책 끼어서 보고 있는 놈. 자기네들은 귀신같이 선생님을 속였다고 생각하지만 천만의 말씀이다. 귀찮아서 일일이 지적을 하지 않을 뿐이다.

그 생활을 30년 넘게 했으니 이제는 도사 소리를 들어도 무방하다. 학생들이 지금 무슨 생각을 하고 있는지 척 보면 안다.

시선이 약간 아래로 내려간 것은 과거를 회상하는 중이다. 어제 친구들과 놀던 장면을 떠올리며 히죽거리든지, 엄마에게 야단맞은 것을 기억해내며 눈썹이 올라가든지, 뭐 그런 부류다.

반대로 시선이 약간 위로 올라가 멍청하게 보이는 학생이 있다. 이건 미래의 일을 생각하는 중이다. 오늘 학교 끝나고 뭐하고 놀까, 학원을 땡땡이칠까 말까, 여름 방학에는 어디를 갈까 등등.

교사들도 마찬가지다. 개학하고 딱 일 주일만 지내보면 어떤 사람인지 견적이 나온다. 학생들에게 인기는 많은데 정작 자기 일은 못하는 사람, 무조건 책임 회피하는 스타일, 무뚝뚝한 데 잔 정은 많은 사람, 앞에서는 충성을 다할 것처럼 살랑거리다가 뒤돌아서는 온갖 뒷담화를 하는 선생까지.

내 눈에는 다 보인다.

학교마다 술고래가 꼭 한두 명씩 있다. 출근한 다음까지도 술이 덜 깬 경우가 부지기수다. 자기들은 시치미를 뚝 떼고 교무실에 앉아있지만 내 눈을 피해갈 수 없다. 오전 수업에는 아직 술이 덜 깨서 학습 효과가 떨어지는 것은 물론이고, 조금만 기분 나빠도 학생들에게 화풀이하는 경우를 참 많이 봤다.

수업에 지장을 줄 정도로 술 먹지 말라 아무리 잔소리를 해도 고쳐질 리 만무다. 수업계가 시간표를 짤 때 이런 선생들에게는 가급적 오후 수업을 많이 배정하라고 한다. 그렇게 해서라도 학생들의 피해를 줄여주는 게 교감의 임무다.

기파랑 선생.

조물주가 자신의 형상을 따라 만들었다는 첫 사람 아담이 이 정도였을까. 사람을 보고 '완벽하다'고 느낀 것은 지금까지 살아오면서 처음이었다.

잘 생겼다. 보통 잘 생긴 남자를 보면 부러움 반, 시샘 반이었는데 기 선생의 경우는 그냥 좋다. 보고 있으면 환해지는 느낌이다. 아우라가 이런 것일까.

서울대 사범대 체육교육과 졸업. 다들 인정하겠지만 운동만 잘한다고 들어갈 수 있는 데가 아니다. 182cm에 78kg. 군더더기 없는 몸매 역시 완벽 그 자체다.

대학 다닐 때는 핸드볼 선수였다고 했다. 군대도 해병대에 자원입대했다. 평소 개인 운동도 열심히 하는지 식스팩 복근은 남자인 내가 봐도 정말 멋있다. 어깨는 딱 벌어지고 허리는 잘록하다. 뒤에서 보면 확실한 역삼각형이다. 허벅지 근육은 너무나 탄탄해서 헐크처럼 바지가 찢어지지 않을까 걱정한 적도 있다. 남자의 힘은 허벅지에서 나온다고 하는데.

담배는 태어나서 지금까지 한 번도 피우지 않았다고 했다.

"중학교 2학년 때였어요. 쉬는 시간에 담배를 피우고 온 친구들이 옆을 지나가는 데 그 냄새가 너무 역한 거예요. 그 이후로 단 한 번도 담배를 피우고 싶다는 생각조차 들지 않았습니다."

"정말입니까. 담배를 피워본 적도 없고, 피워보고 싶다는 유혹을 받은 적도 없었다고요?"

"못 믿으시겠지만 사실입니다. 피우고 싶은데 억지로 참고 안 피운 게 아니라 그냥 담배가 싫었습니다."

술자리는 거절하지 않는다. 하지만 맥주 두 잔이 끝이다. 취한 모습을 본 적이 없다. 항상 반듯하다.

우리 학교 육상부가 전국육상선수권대회에서 금메달 2개, 은 1개, 동 3개를 따고 금의환향한 날도 그랬다. 기 선생과 육상 코치가 정말 고생했다.

교장 선생님은 전체 교직원 회식 자리를 마련했다.

"기파랑 선생, 이번에 정말 수고했어요. 자, 축하주 한 잔 받으세요."

"감사합니다. 교장 선생님."

기 선생은 교장 선생님과 내 잔은 받더니 교무부장이 주는 잔은 정중하게 거절했다. 교무부장의 얼굴이 살짝 일그러졌다.

"기 선생, 오늘 같은 날은 좀 취해도 괜찮아. 더 마셔."

내가 이 정도 얘기했으면 못 이기는 척 받을 만도 했는데 전혀 흔들리지 않았다.

"교감 선생님, 오늘 같은 날 가무가 빠져서야 되겠습니까. 못하는 노래지만 제가 노래 한 곡 하겠습니다."

벌떡 자리에서 일어나 노래를 하더니 그때부터 분위기 메이커를 자청한다. 노래를 한 후에 갑자기 사회를 보기 시작했다. 다른 사람 노래할 때는 백댄서가 된다. 춤도 막춤이 아니라 제법 보기 좋은 수준이다. 여선생들이 더 많은 술자리가 기 선생으로 인해 한껏 달아올랐다. 떠들썩한 분위기에서 다들 취기가 올랐는데 기 선생은 자리에 앉지 않으니 술을 더 주고 싶어도 줄 수가 없다. 그날 우리 모두 대취했다. 한 사람만 빼고.

허우대만 멀쩡하고 실속 없는 사람들을 그동안 나는 너무 많이 봐왔다. 기 선생이 왔을 때 솔직히 걱정을 많이 했다. 키 크고 잘생긴 총각 선생.

소위 '얼굴 값'을 하지는 않을까, 인기 관리하느라 수업은 등한시하지 않을까, 여학생도 있는데 무슨 사고라도 나지 않을까.

관리자 입장에서는 너무 인기 많은 선생도 골칫덩이다.

나의 걱정은 완전한 기우였다. 허우대만 멀쩡한 게 아니라 능력있고 성실한데다 일처리도 깔끔했다.

기 선생이 담당한 체육 시간에 대한 학생들의 만족도는 100점 만점이었다. 그동안 얼마나 많은 '아나공'선생들이 있었던가. 축구공이나 배구공 던져주고 "너희들끼리 놀아"하고 자기는 딴 짓하던 체육선생들. 그래서 은근히 체육 선생들을 무시하는 동료 교사의 분위기가 자연스러울 정도였다.

신문이나 방송에서 '한국의 학교 체육은 죽었다'며 학교 체육의 문제점을 지적할 때마다 반박하기 힘들었다.

그런데 체육선생에 대한 고정관념을 기 선생이 완전히 깨뜨려 버렸다.

첫 학기부터 신선함의 연속이었다. 기 선생의 수업계획안은 충격이었다.

중학생들에게 체육 이론을 가르친다고? 그게 가당키나 할까. 아예 수업시간에 잠이나 자라는 얘기인가?

수업 시작하기 전 모든 학생에게 무조건 800m 씩 뛰게 한다니. 몇 명 쓰러지고 학부형 전화로 불이 나게 생겼군. 이건 막아야지.

유연성 운동, 근력 운동, 협동심을 키우는 운동을 적절하게 배

분한 수업계획 자체는 매우 바람직하지만 지극히 비현실적이야. 아직 선생한 지 얼마 되지 않아 이상에 치우쳐 있는 것 같아.

“교감 선생님, 걱정하시는 게 무언지 잘 압니다. 미도중에서도 똑같았거든요. 더구나 미도중은 저의 첫 부임학교였기 때문에 교감 선생님이나 예체능부장 선생님의 걱정이 더 컸습니다.”

전혀 물러설 기미가 없었다.

“일단 맡기고 지켜봐 주세요. 미도중 때는 처음이라서 시행착오도 있었지만 결국 좋은 성과를 얻었습니다. 이번에는 시행착오도 없을 겁니다.”

대단한 자신감이었다. 목소리부터 조금의 흔들림이 없었다. 이 정도면 굳이 반대할 이유는 없다.

“감사합니다. 열심히 하겠습니다.”

기 선생은 90도로 절을 꾸벅 하더니 성큼성큼 자기 자리로 돌아갔다.

“아참.”

갑자기 생각났다는 듯 몸을 돌려 다가왔다.

“수업과는 상관없는 건데요. 학교 바로 옆에 구청 체육관이 있어서 아이디어가 떠올랐습니다. 여름방학 때 수영장을 빌려서 재학생을 대상으로 하는 수영교실을 열면 어떨까 하고요.”

“수영교실이요?”

이건 또 무슨 귀신 씻나락 까먹는 소리일까.

“기 선생, 그건 문제가 많아요. 일단 구청에서 수영장을 빌리는 것도 쉽지 않고, 예산도 필요합니다. 수영 코치도 구해야하고요.

더구나 학생들이 방학 때 오겠어요? 학원이다 뭐다 해서 부모님들이 보내지도 않을 겁니다."

"그래서 교감 선생님께 부탁드리는 겁니다. 예산하고 수영장 임대만 교감 선생님께서 해결해 주시면 나머지는 제가 다 하겠습니다. 수영장은 하루에 두 시간, 일주일에 3일만 빌리면 충분합니다. 일단은 3학년만 하고요. 여섯 반이니까 하루에 두 반씩 하면 학생들 입장에서는 일주일에 하루 두 시간씩만 하는 셈입니다."

기 선생의 눈빛이 반짝반짝 빛났다. 먹다가 남은 돼지갈비를 챙겨서 집에 갖고 갔을 때 검은 봉지를 노려보던 고양이의 바로 그 눈이었다.

"학생과 부모님들을 설득할 자신은 있습니다. 방학 때 학교에서 공짜로 수영도 가르쳐주고, 건강도 지켜주는 건데요. 일주일에 두 시간은 충분히 뺄 수 있습니다. 그리고 코치는 따로 구하실 필요 없습니다. 제가 직접 합니다. 접배평자 모두 가르칠 정도의 실력은 됩니다."

"예? 접배평 뭐라고요?"

"아, 죄송합니다. 접영·배영·평영·자유형을 줄여서 그렇게 부릅니다."

"하, 그것 참."

방학 때도 자청해서 수영교실을 하겠다니 의욕은 칭찬할 만한데 잘못하면 내가 똥바가지를 뒤집어쓰게 생길 판이었다.

다행히 교장 선생님이 적극 찬성하고 나선 덕분에 수영교실은 성황리에 진행됐다. 기 선생은 학생들에게 완전 히어로였다. 키 크고, 잘 생기고, 식스팩 복근을 자랑하는 총각 선생님. 그 선생님이 조그만 삼각팬티만 입고 수영을 가르친다는 사실 하나만으로도 이미 성공은 보장된 거였다. 기 선생은 수영 실력도 뛰어났다. 학생들의 몰입도는 최고 수준이어서 수영실력이 일취월장했다.

물론 수영장에 구경 왔다가 민망하다며 딸을 끌고 간 학부형이 몇 명 있긴 했다.

수영 교실 이후로 기 선생은 특히 여학생들 사이에서 아이돌 스타였다. 기 선생의 수업시간에 잠을 자거나 땡땡이를 친다는 것은 상상도 하지 못할 일이었다.

걱정했던 800m 달리기도 의외였다. 처음에는 거부하거나 싫어하는 학생이 있었지만 기 선생의 지도 아래 자기 페이스대로 천천히 뛰다보니 2학기에는 여학생들까지도 너끈히 소화해냈다. 학생들의 기초 체력이 확 올라오는 게 보였다.

과연 이론 수업은 어떨까 궁금해서 일부러 지켜보기도 했다. 그 지겨운 이론 수업에도 학생들의 눈이 초롱초롱했다. 모든 수업 시간에 학생들이 이러면 얼마나 좋을까. 행복한 상상이었다. 온 몸에 짜릿한 전율이 올라왔다.

기 선생이 부임한 다음 해에 3학년 담임을 맡겼다. 기 선생은 무얼 맡겨도 해내는 슈퍼맨이었다.

기 선생은 나의 기대에 완벽히 부응했다. 해도 해도 너무 할 정도였다. 그 반은 뭐든지 1등이었다. 체육이야 당연히 1등이고, 공부도 항상 1등이었다.

"1등하면 반 전체에 피자 쏜다고 약속했다가 매번 1등 하니까 제 월급이 거덜 나게 생겼어요. 흐흐."

다른 담임들 들으라는 듯이 자랑 같은 푸념을 늘어놓곤 했다.

환경미화를 해도 1등이었고, 심지어 청소도 제일 잘했다. 3학년 2반 교실은 항상 반짝반짝했다.

출석부도 깨끗했다. 결석·지각·조퇴가 거의 없었다. 다른 교과 선생님들도 이구동성으로 "3학년 2반 수업 분위기가 너무 좋아서 수업할 맛이 난다"고 칭찬이 자자했다.

솔직히 고백하자면 그동안 서울대 사대 출신에 대한 편견이 심한 편이었다. 이들은 엘리트 의식으로 가득 차 있어서 타대 출신 교사들을 은근히 무시했다. 나 같은 지방대 출신은 아예 대놓고 무시하는 경우도 많았다. 자기네끼리 똘똘 뭉쳐서 전교조에 버금가는 힘을 행사하기도 했다. 좋은 보직은 자기네가 해야 하고, 생활지도부장 같은 힘든 보직은 노골적으로 거부하는 경우가 다반사였다. 더구나 서울대 사대 출신들이 교육부와 교육청을 꽉 잡고 있으니 징계도 마음대로 하지 못했다.

그런데 기파랑 선생 덕분에 이 모든 편견이 봄바람에 눈 녹듯이 사라졌다. 실력은 뛰어난데 겸손한데다 솔선수범해서 화합의 아이콘까지 됐으니.

복덩이 기 선생을 왜 이제야 만났을까.

기파랑 3

진 선생

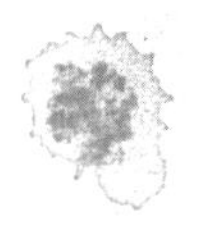

사람들은 겉모습을 중요하게 본다. 눈에 보이는 게 전부다. 심성이 우선이라느니 외모보다 성격이 더 중요하다고 하는 말은 다 거짓말이다.

외모에서 호감을 얻으면 이미 절반은 먹고 들어간다. 그 다음 매우 예의바르게 행동하면서 상대방이 좋아하는 것, 원하는 것을 살짝 맞춰주기만 하면 끝이다. 대부분이 그랬다. 주위에서 "일이 힘든 것보다 사람 관계가 더 힘들다"는 얘기를 할 때마다 이해를 하지 못했다. 나에게는 너무나 쉬운 일이었으니까.

"요즘 젊은이 같지 않아", "모든 걸 갖췄으면서도 겸손하구만", "당신 같은 사람만 있으면 걱정할 게 없어"라는 얘기는 내가 어른들에게 수시로 듣는 말이다.

조금만 신경 쓰면 누구라도 내 사람으로 만들 수 있다. 처음에는 내가 그 사람 비위를 맞춰주는 것 같지만 결국은 내가 마음대로 조정할 수 있다.

첫 직장으로 발령받은 미도중학교에서도 그랬다. 사회 초년생이고, 선생도 처음이었지만 쫄지 않았다. 학교 선생들의 여초 현상은 최상급인 것 같다. 처음 인사하러 갔던 날, 좀 과장해서 말하면 남자 선생들은 개밥의 도토리였다. 내 눈에는 온통 여선생들만 보였다.

나는 그동안 '여자 박사'가 돼있었다. 노력하지 않아도, 안 보려고 해도 저절로 보였다. 그 눈빛이 무얼 말하는지.

오랜만에 보는 젊은 총각 선생. 좋아할 요소를 다 갖춘 나의 등장은 여선생들 사이에서 메가톤급 화제였다. 나이가 많든 적든 나를 보는 시선은 다 똑같았다.

여선생들의 전폭적인 지지를 바탕으로 나의 첫 학교생활은 순항이었다. 더구나 교무실 풍경은 나를 푸근하게 만들었다. 내 눈에 비친 선생들은 모두 게을렀다. 수업 준비도 대충 대충 하는 것 같았다.

하긴 공립학교에서 선생들이 뭘 할 수 있겠는가. 더구나 남자 중학교의 수업 분위기는 한 마디로 개판이다. 선생을 아주 투명인간이나 똥개 취급한다. '너는 짖어라, 나는 잔다'는 식이다. 나야 초임이니까 그렇다 치고, 나이 많은 선생님들은 오죽 하겠는가.

나에게는 이게 기회였다. 의욕도 없고, 변화도 없는 집단. 이런 곳에서는 조금만 열심히 해도 눈에 띄게 마련이다. 최소의 노력으로 최대의 효과를 거둘 수 있는 곳이다.

가장 좋아한 사람은 당연히 교장·교감이었다.

지시하면 바로 바로 결과물 내놓고, 남들이 싫어하는 잡일도 시원시원하게 해내고, 변명하거나 불평하지 않고, 막내로서 분위기 메이커하고.

이 정도면 좋아하지 않을 관리자가 있겠는가. 학교 일이라는 게 따지고 보면 그리 복잡할 것도 없고, 그리 힘든 일도 없다.

"기 선생이 오고 나서 학교 분위기가 달라졌어요. 젊은 사람이 어찌 이렇게 일을 잘할까. 아주 복덩이야 복덩이. 허허허."

이제부터는 고속도로다. 나의 앞길을 가로 막을 사람은 아무도 없다. 꽃길만 걸으면 된다. 세상 참 쉽다.

교장·교감에게 꼭 토를 다는 선생들이 있다.

"그게 아니고요", "힘들어요", "그건 제 일이 아닌데요" 등등.

어리석은 사람들이다. 그런 쓸 데 없는 말을 왜 하는지. 일단 감정이 상하면 그 다음에 수습하기가 쉽지 않다. '호미로 막을 일, 가래로도 못 막는다'는 속담이 딱 맞다. 아무리 말도 안 되는 지시라 하더라도 일단 시원시원하게 "예, 알겠습니다"하는 게 정답이다. 그러면 상대방은 매우 기분 좋아 한다.

그 다음 적당히 눈치 보다가 기분이 좋을 때를 골라서 "일을 하다 보니까 이런 문제가 있네요. 바꿔주시면 안 될까요"하고 정중하게 말하면 백이면 백, "그래요? 그럼 바꿔야지"하고 흔쾌히 받아준다.

결국 나는 일을 하나도 안 했고, 내가 원하는 대로 됐는데도 상대방은 내가 말도 싹싹하게 잘 듣고, 일도 잘하는 사람이라고 생각한다.

이제 사회 초년생인 나도 그런 삶의 지혜를 아는데 경험도 많은 사람들이 사사건건 부딪치는 걸 보면 고구마 100개를 먹은 것처럼 답답하다.

진경아 선생은 평온했던 나의 미도중 시절 한바탕 불어온 회오리바람이었다. 여선생들 중에서 유독 꽂힌 시선이 있었다. 선수는 선수를 한 눈에 알아보는 법이다. 세다. 강한 기가 흐르고 있다. 눈빛만으로도 짜릿한 전율을 느꼈다.

처음에는 민식이 누나를 다시 만난 것 같았다.

아니었다. 분명히 달랐다.

끈적끈적한 느낌? 군고구마에서 흘러나오는 달콤한 끈적거림이었다.

40대 중반의 진 선생은 미지의 세계로 나를 인도했다. 그녀는 이제 웬만큼 여자를 안다고 생각했던 내가 얼마나 어리석었는지를 단 몇 시간 만에 깨우쳐줬다.

같은 학교에서 근무하는 동료, 더구나 유부녀다. 나를 지켜보는 수많은 눈들이 있다. 본능적으로 위험을 감지한 방어기재가 발동했지만 그녀의 강렬한 눈빛 한 방에 그대로 무너져 내렸다.

가까운 곳은 안 돼.

약간 움츠러든 나를 진 선생이 인도한 곳은 가평 호명산에 있는 무인 모텔이었다. 서울에서 한 시간 반 남짓 달려 호젓한 산길로 접어드니 그림 같은 모텔이 나타났다.

'노트르담'

나무 사이에 살짝 숨어있는 하얀 성이었다. 이름과 별로 어울리

진 않았지만 예뻤다. 정말 숲 속의 작은 성이었다. 진 선생은 어떻게 이런 곳을 알았을까.

이런 데서 아는 사람을 만날 확률은 벼락에 맞아 죽을 확률과 비슷할 거야. 무인텔인데다 입구는 차 번호판을 확인할 수 없게 가림막이 늘어져 있었다. 가림막이 마치 이자카야 입구에 쳐져 있는 노렌과 비슷하다는 생각을 했다.

이 정도라면 괜찮아.

내 얼굴에서 안도의 기색을 확인한 진 선생의 입 꼬리가 살짝 올라갔다. 그러고 보니 진 선생이 활짝 웃는 모습을 본 기억이 거의 없다.

몸매는 그렇게 좋지 않았다. 그냥 40대 중반의 여자였다. 원래 그랬는지 탄력이 죽은 거였는지 모르겠지만 가슴은 약간 쳐졌고, 아랫배도 조금 나왔다.

하지만 뜨거웠다. 이걸 다른 말로 어떻게 표현해야 할까. 아니다. 그냥 뜨거운 여자라고 하는 게 적확한 표현이다.

진 선생은 막았던 둑이 터지듯이 터졌다. 사막에서 오아시스를 발견한 사람이 얼굴을 파묻고 정신없이 물을 들이키듯이 나를 빨아들였다. 뜨거운 입김이 나의 얼굴을 감쌌다.

진 선생의 팔과 다리가 나의 몸을 조금씩 조여 왔다. 숨을 쉴 수가 없다. 온몸의 기가 빨려나가는 것 같다. 진 선생의 떨림이 고스란히 전달돼 왔다. 엄청나다. 꼼짝을 못하겠어. 아나콘다에 사로잡힌 사슴이 이런 느낌일까.

이상하다. 움직임은 격렬한데 소리가 없다. 침대가 삐걱거리는 소리가 이렇게 크게 들리다니.

진 선생은 거의 소리를 내지 않았다. 입술 사이로 아주 작은 신음소리가 흘러나올 뿐이었다. 민식이 누나는 샤우팅에 가까운 괴성을 질러댔는데.

아르르르.

어디선가 고양이의 그르렁대는 소리를 들은 것 같다.

동시에 수많은 거품이 터지기 시작했다.

퐁 퐁 퐁 퐁

팡 팡 팡 팡

펑 펑 펑 펑

정신이 아득해졌다. 몸이 떨려왔다.

우어어어억.

늑대 울음소리와 함께 나는 죽었다.

손가락 하나 움직일 힘이 없었다. 진 선생이 샤워를 하는 동안에도 나는 시체처럼 침대에 뻗어있었다.

매캐한 담배 냄새가 코를 찔렀다. 벌떡 일어나 앉았다. 진 선생이 창가에 앉아 담배를 피우고 있었다. 창밖을 보면서 혼잣말처럼 말했다.

"역시 내 눈이 정확했네요."

저에게 만족하셨다는 말인가요. 죄송합니다. 제가 한 수 배워야겠네요. 저는 진 선생님이 이 정도인 줄은 꿈에도 생각하지 못했습니다.

"천한 여자라고 생각하지 않았으면 좋겠어요."

"아닙니다. 전혀 그렇게 생각하지 않습니다."

"고마워요."

남편은 국내 굴지의 대기업 이사였다. 성공한 남편과 풍족한 경제력. 하지만 대기업 임원 대부분이 그렇듯이 그도 가정보다 일이 먼저였다. 밤늦게 집에 와서는 씻고 자는 게 전부였다. 자연스레 각 방을 쓰게 됐고, 보약이니 비아그라니 하는 게 아무 의미 없었다고 했다. 5년째 섹스리스라고 했다.

궁금했다. 이 뜨거운 여자가 그동안 어떻게 참았을까.

풋.

하마터면 침이 튀어 나올 뻔 했다. 설마 네가 5년 만에 만난 첫 남자라고 생각하는 거야?

진 선생과는 주말마다 노트르담에서 만났다. 오전 9시에서 낮 12시까지. 각자 왔다가 각자 따로 갔다. 완전 범죄였다. 학교에서도 우리 관계를 눈치 챈 사람은 아무도 없었다. 평일에는 절대 만나지 않았으니까.

진 선생의 자제력은 대단했다. 학교에서 단 둘이 있는 경우라도 일체의 감정변화가 없었다. 나에게 시선 한 번 주지 않았다. 어떤 상황에서도 흔들림 없는 냉철함은 정말 배울만한 점이었다.

하루하루 감정을 조절하는 훈련을 쌓았고, 어느새 업그레이드 되어있는 나를 발견할 수 있었다.

우리는 꼭꼭 숨긴 욕망을 일주일마다 한꺼번에 쏟아냈다.

거센 파도였다. 힘차게 바위를 때리고 물러가는 가 싶다가도 다음에는 더 큰 파도가 덮쳐왔다.

두 번, 세 번, 네 번.

가평 만남은 일 년 가까이 이어졌다. 만나면 만날수록 대단하다는 생각밖에 들지 않았다. 20대 후반의 혈기왕성한 남자가 40대 중반의 평범한 여자에게 꼼짝 못하고 당했다면 믿을 사람이 얼마나 있겠는가. 그러나 그 뜨거움과 떨림은 겪어보지 않은 사람은 절대 모른다.

이듬 해, 진 선생이 다른 학교로 갔다. 학교가 달라졌으니까 더욱 부담 없이 만날 수 있었다. 하지만 직감으로 느꼈다. 우리의 만남을 끝낼 적절한 타이밍이라는 사실을.

꼬리가 길면 밟힌다.

"기 선생님 덕분에 인생은 살만하다는 것을 다시 느꼈어요. 고마워요."

마지막 만남에서 작별을 고하며 진 선생은 또 한 번 입 꼬리를 살짝 올렸다. 나에게 보내는 최고의 찬사였다.

진 선생과 만나는 동안 누구에게도 의심받지 않았다는 것은 지금 생각해도 대단한 일이다.

첫 부임지 미도중학에서의 5년은 훌쩍 지나갔다. 떠나기가 아쉬울 정도로. 하지만 다른 학교라고 해서 다를 게 없다고 생각했다. 내가 하던 대로만 하면 그 곳에서도 꽃길이 준비돼 있을 거라

기대했다.

창성중학교는 남녀 공학이었다. 두 번째 부임에서야 정상을 찾았다. 남자 중학교는 서울에서 고작 다섯 개 밖에 없다. 내가 신규니까 다들 가기 싫어하는 남중으로 발령 냈을 거라고 생각했다.

창성중학에서는 내가 전혀 예상하지 않았던 새로운 세계가 기다리고 있었다. 남학생과 여학생이 이렇게 다르다니.

강석규 1

유괴 또는 납치

차라리 핏빛이었다. 붉게 물 들다 못해 마치 핏빛 같은 노을.

섬뜩.

익숙하진 않은데 생소하지도 않은 느낌.

이런 노을을 언제 봤더라. 분명히 이런 적이 있었는데.

모처럼 사무실 의자에 앉아 블라인드 사이로 보이는 하늘을 멍하니 바라보고 있었다.

그래, 이 상황도 똑같아. 아니, 데자뷔인가?

등에서 벌레 한 마리가 스멀스멀 기어 다닌다.

이럴 줄 알았지. 이놈의 편두통은 어김없이 찾아온다니까.

반사적으로 약통으로 손을 뻗었다. 진통제를 먹어도 효과가 없는 것 같긴 한데 그래도 안 먹는 것보다는 낫다. 플라시보 효과라고 해두지.

“편두통을 아내라고 생각하세요. 그냥 아내처럼 평생 같이 산다고 생각하면 맘이라도 편할 거예요.”

의사라는 놈이 이렇게 말해도 괜찮은 거야? 환자가 아파서 찾아오면 낫게 해주는 게 의사지, 아내처럼 평생 데리고 살라고? 마누라도 수틀리면 헤어지는 세상이야. 편두통이 뭐라고 평생 데리고 살아.

10년 동안 약도 먹고, 심리 치료도 하고, 명상도 해봤는데 이 놈의 편두통은 진짜 거머리처럼 떨어지지 않는다. 누구는 바늘로 콕콕 쑤시는 것 같다고 하던데 나는 마치 망치로 못을 박는 것 같다.

이 정도면 지병이다. 신문 부고에 가끔 '지병으로 별세'라고 나오던데 설마 편두통 정도로 죽진 않겠지. 기분은 나쁘지만 그 의사 말대로 그냥 같이 산다고 생각해야 편할 것 같다.

가슴이 답답하다. 역시 내가 지금 얕은 숨을 쉬고 있군. 긴장을 하면 누구나 얕은 숨을 쉬게 된다.

"석규야, 릴렉스. 릴렉스."

혼잣말을 하면서 긴장을 푸는 나만의 방법이다. 강력계 형사 20년 동안 터득한 비법이다. 힘껏 숨을 들이마셨다가 끝까지 내뱉는다. 마지막 남은 한줌의 공기까지 쥐어짜듯이. 얼굴이 빨개지고 몸이 부들부들 떨리면서 더 이상 참을 수 없는 순간, 후-욱 하고 공기가 빨려 들어와 폐에 가득 차게 된다. 그렇게 두 번만 하면 어느새 마음은 차분해지고, 몸은 안정을 찾는다.

온 집안이 피로 범벅이 돼 피비린내 때문에 숨쉬기조차 어려웠던 일가족 살인사건 현장에서, 형체도 알아볼 수 없게 시체들이 엉켜 붙어버린 화재 현장에서, 두개골을 자르는 전기톱 소리에 진절머리 치던 부검실에서 도망치지 않으려고 나름 노력해서 찾아낸 비법이다.

역시 효과는 있다. 차분해지면서 거짓말처럼 편두통도 사라지는 것 같다. 의자에 기대어 눈을 감았다.

졸리다. 얼마만의 휴식인가.

주위가 시끄러워졌다.

자식들, 모처럼 쉬는 꼴을 못 보네.

"계장님!"

민 완 형사? 눈이 번쩍 떠졌다.

"뭔데 이리 호들갑이야."

"유괴 사건입니다."

유괴 사건이라고?

생각났다!!!

혜윤이 유괴 살해사건.

그래, 그 때도 노을이 핏빛이었어!

다시 등에서 벌레 한 마리가 기어 다니기 시작했다.

아니야. 미리 앞서가지 말자. 아직 내용도 모르잖아.

"누군데?"

"마일중학교 1학년. 남자. 열세 살. 이름은 조민호."

"남자 중학생을 유괴했다고? 그건 납치라고 해야 되는 거 아냐?"

"어, 그럴 수도 있겠네요."

지금까지 유괴 사건은 대부분 유치원생이거나 기껏해야 초등학교 저학년이 대상이었는데 남자 중학생이라니 좀 특이하군.

"뭐 유괴건 납치건 그게 중요한 건 아니고. 뭐야?"

"아들이 그저께 학교 갔다가 집에 돌아오지 않아 지구대에 실종 신고를 했답니다. 그런데 어제 아침에 협박전화가 왔답니다. '민호를 내가 데리고 있는데 5억 원을 준비하라'고요."

"그래서 5억 원을 줬대? 아니면 그 전에 신고한 거야?"

"어제 줬답니다. 그런데 오늘까지 아들이 돌아오지 않아서."

납치범이 아들을 납치했다. 5억 원을 요구했다. 부모는 아들이 위험할까봐 경찰에 신고하지 않고 돈을 줬다. 여기까지는 통상 일어날 수 있는 과정이다.

그런데 돈을 받고도 풀어주지 않았다? 그렇다면 이유는 두 가지다.

하나는 돈을 더 요구하기 위해서. 또 하나는. 생각하기 싫은데. 제발 그러지 않았길 바란다. 이미 죽인 경우다.

특이한 경우이긴 하지만 하나가 더 있다. 납치나 유괴가 아닌 경우다. 유흥비를 마련하기 위해 부모를 속여 돈을 뜯어내는 경우다. 하지만 친구끼리 놀러가기 위해 5억 원을 요구하는 간 큰 중학생은 없을 것이다. 이럴 가능성은 거의 없다.

납치를 가장한 보이스 피싱도 있지만 실제로 아들이 집에 돌아오지 않았으니 그것도 아니다.

그렇다면 역시 1번 아니면 2번이다.

"민 형사가 강호상이하고 같이 가서 자세하게 알아봐."

민 완 1

유괴범의 인권은 없다

민호의 집은 마포대로에서 한 블록 들어간 이면도로에 있었다. 깔끔한 느낌의 2층 양옥집이었다. 담장에 죽 둘러져있는 장미 꽃봉오리들이 이제 막 입을 벌리고 있었다. 활짝 피면 예쁘겠는데? 그런데 단독주택은 살기 불편하지 않나?

이런 생각을 하면서 인터폰을 눌렀다.

"누구세요?"

"마포경찰서에서 왔습니다."

대문이 열렸다. 마당이 넓었다. 마당 한쪽에는 작은 꽃들이 피어있고, 한쪽에는 제법 큰 나무들이 있었다. 대추나무하고 감나무. 이건 모과나무인가?

잔디도 관리를 잘해놓았다. 얼핏 봐도 대지가 70평은 넘을 것 같았다. 이런 집은 얼마나 할까.

중년 남자가 현관문을 열고 나왔다. 약간 마른 체형에 키는 172cm 정도? 40대 후반 치고는 흰머리가 많았다. 얼굴은 범죄형과는 거리가 멀다. 한마디로 지극히 평범한 중년 남자다. 하루 동안 마음고생이 얼마나 심했는지 다크 서클이 내려와 있었다.

"민호 아버지시죠? 마포서 강력계 민 완 형사입니다."

"강호상입니다."

"조상우라고 합니다. 이렇게 와주셔서 감사합니다. 안으로 드시지요."

안에 있던 중년 여인이 우리를 보자마자 울음을 터뜨렸다.

"민호야, 민호야. 어흑. 형사님들 우리 민호 찾아주세요. 민호 없으면 저 못 살아요. 엉엉."

민호 어머니는 울어서 눈이 퉁퉁 부어있었고, 목소리도 잠겨 거의 쉿소리였다. 완전히 정신을 놓은 듯 했다. 피해자 가족의 전형적인 모습이다. 키가 큰 편은 아니었지만 균형 잡힌 몸매다. 젊었을 때는 예쁘다는 소리 많이 들었을 것 같다. 부어있긴 해도 약간 날카로운 눈매라는 인상을 받았다.

"어머니, 너무 걱정하지 마세요. 저희가 최선을 다해 찾아드리겠습니다."

거실에 있는 앤틱 가구들이 눈에 들어왔다. 문외한이 보기에도 꽤 좋은 것 같았다. 먹지도 않은 양주들이 진열돼 있었고, 다른 한쪽에는 골프 기념 트로피들이 있었다. 우승 기념·이글 기념·싱글 기념. 홀인원은 못 본 것 같다.

계속 울기만 하던 어머니는 거의 탈진상태가 돼서 방으로 들어갔다.

민호 아버지는 침착함을 유지하려고 애를 썼지만 손은 미세하게 떨렸다.

"죄송합니다. 담배 한 대 피워도 되겠습니까?"
"예, 천천히 말씀하셔도 됩니다."
민호 아버지는 담배를 한 모금 피우자마자 이내 콜록콜록 기침을 해댔다.
"5년을 끊었는데 이런 일을 당하니까 다시 피우게 되네요. 죄송합니다."
"처음부터 차근차근 말씀을 해주세요."

민호 아버지는 크게 심호흡을 하더니 입을 열었다.
"민호는 보통 수업이 끝나자마자 집으로 옵니다. 오후 5시 이전에는 오는 편이죠. 그런데 그제는 저녁 식사 시간이 지났는데도 안 왔다는 거예요. 학교에 연락해 봐도 벌써 하교했다고 하고. 민호는 친하게 지내는 친구도 없거든요."
"말씀 중에 죄송합니다만 중학생인데 학원은 가지 않나요?"
"민호는 다리가 불편한 아이입니다. 선천적으로 오른발이 짧아서 걷는 게 힘들어요. 그래서 학원은 가지 않고 과외 선생님이 집으로 오시죠."
"예. 몰랐습니다. 죄송합니다."
"아닙니다. 그래서 민호가 중학교 배정받고 난 뒤 학교 옆인 이 집으로 이사했습니다. 아파트에서 살기도 했었는데 한 번은 정전으로 엘리베이터가 작동을 하지 않는 바람에 민호가 엄청 고생을 했거든요. 그 다음부터는 아파트 1층이나 단독주택에서만 살았습니다."
"그러면 학교 끝나고 민호가 집으로 가는 걸 본 친구는 없었나요?"

"예. 담임선생님께 여쭤 봐도 학교에서는 특별한 게 없었대요. 평소와 같이 하교했다고. 혹시 민호가 집에 오다가 교통사고를 당했나, 아니면 사고를 당했나 싶어서 경찰서에 연락도 해봤지만 소식이 없었고요. 저와 아내까지 나서서 온 동네를 다 뒤지고 다녀도 민호의 흔적을 찾을 수 없었어요. 그래서 그 날 밤에 실종 신고를 했죠."

"그런데 어제 아침에 협박 전화가 왔다는 거죠?"

민호 아버지가 갑자기 한숨을 내쉬었다. 눈을 잠시 감았다가 뜨더니 '그놈 목소리'가 생각이 나는지 몸을 부르르 떨었다.

"민호 걱정이 돼서 한숨도 못 잤어요. 민호 엄마는 계속 울고, 제가 할 수 있는 게 없다는 게 너무 싫었습니다. 무능한 아빠라고 자책만 할 뿐이었죠."

이야기 도중에 감정이 북받쳐 올라 목이 메는 듯 했다. 잠시 심호흡을 했다.

"그런데 어제 아침 8시 조금 넘어서 제 핸드폰으로 전화가 왔어요. 민호를 자기가 데리고 있다고."

흐윽. 민호 아버지는 참고 참았던 울음을 터뜨렸다. 신음 같은 소리가 새어나왔다. 잠시 무거운 침묵이 흘렀다.

"5만 원짜리 현금으로 5억 원을 준비하라고 하더군요. 007가방으로 두 개에 나눠서요. 새벽 1시에 근처 공사장 1층 안쪽 기둥 뒤에 놓고 가라고 했어요. 만일 경찰에 알리거나 숨어서 지켜보면 민호를 다시는 못 볼 줄 알라고 협박도 했고요."

"그래서 하라는 대로 하고 그냥 왔습니까?"

"그럼 어떻게 합니까? 가슴은 벌렁벌렁하고 손발이 떨리는데 지켜볼 용기도 없고요. 얼른 돈 가방 놓고 도망치듯 왔죠. 민호가 살아서 오기만 하면 그깟 5억 원이 문제겠습니까."

5억? 몸값치고는 너무 적지 않나? 10억도 아니고.

유괴나 납치라는 게 아무나 하는 범죄가 아니라서 훨씬 많이 요구하는 게 일반적이다. 유괴 대상자를 물색할 때 이미 가정 형편을 조사했을 텐데.

"궁금해서 오늘 아침에 가봤더니 가방은 없어졌더군요. 그런데 민호도 돌려주지 않고, 그 후로 전화도 안 왔어요. 나쁜 놈."

민호 아버지의 눈이 점점 빨개졌다.

"형사님, 민호가 죽었을까요?"

"극단적으로 생각하지 마세요. 아버님이 흔들리지 말고 중심을 잡아주셔야 합니다. 혹시 협박 전화 녹음은 하셨나요?"

"아뇨. 그럴 경황도 없었고, 솔직히 제가 녹음하는 방법을 몰라서요."

"그러셨군요. 전화 목소리가 혹시 익숙한 목소리였나요?"

민호 아버지는 목이 잠기는지 크게 침을 삼켰다.

"변조된 목소리였어요. 그 왜 텔레비전 뉴스 같은데서 가끔 여자 목소리처럼 나오는 거 있잖아요. 그런 거였습니다."

"발신자 전화번호는 있습니까?"

"아뇨, 발신자 정보 없음으로 뜨더라고요."

당연히 그랬겠지. 많이 해본 솜씨인데.

"혹시 민호 목소리는 들으셨어요?"
"아뇨. 민호 목소리라도 들려달라고 했는데 돈을 받기 전에는 안 된다고 하더군요. 처음에는 보이스 피싱인가 의심하기도 했는데 실제로 민호가 안 왔으니까 믿을 수밖에 없었죠."

도대체 누굴까?
"혹시 짐작 가는 사람이라도 있습니까?"
민호 아버지는 고개를 세차게 가로 저었다.
"정말 모르겠어요. 이틀 동안 정말 별의별 생각을 다했거든요. 제가 아는 사람 하나하나 짚어가며 생각했지만 도저히 그럴 가능성이 있는 사람은 찾지 못했어요. 제가 좀 겁이 많은 편이라 누구한테 싫은 소리도 잘 못하거든요. 아는 사람 짓이라고는 전혀 생각할 수가 없어요."
민호 아버지의 얼굴에서 정말 모르겠다는 표정이 읽혔다.
"꼭 민호를 돌려드리겠다고 약속드리겠습니다. 만일 유괴범에게서 전화가 다시 오거나 상황이 달라지면 즉시 저희에게 연락 주시고요. 민호가 위험해질 수도 있어서 비공개 수사로 하니까 유괴 사실을 주위에 알리시면 절대로 안 됩니다."

경찰서로 돌아오는 길에 그동안 상대했던 수많은 흉악범 얼굴들이 스쳐갔다.
아니지. 유괴범은 절대로 흉악하게 생기지 않았어. 힘없는 애들을 상대로 범죄를 저지르는 놈들은 힘이 없는 놈이야. 어른을 상대로는 감히 덤비지도 못하지. 이런 놈들은 겉으로 보기에 아주 평범하거나 오히려 선하게 생긴 경우가 많아.

강력계 생활 10여 년 동안 수많은 강력범들을 상대하면서 살인범, 특히 연쇄 살인범을 가장 증오했다. 이놈들은 완전 사이코패스다. 죄의식도 없고, 두려움도 없다. 잡힌 뒤에도 뉘우치는 빛은 커녕 재수 없이 걸렸다는 분노만 가득 하다. 그 놈들의 눈빛은 두 번 보기도 싫다. 섬뜩하고 싸늘하다.

그런데 내가 결혼을 하고, 예쁜 딸을 낳아 키우다 보니 유괴범이나 소아 강간범도 연쇄 살인범에 버금가는 나쁜 놈들이라는 생각이 굳어졌다. 아무 힘도 없고, 저항하지도 못하는 어린애들을 대상으로 자기 욕심을 채우는 비겁한 놈들이다. 민호는 중학생이라고 해도 장애가 있으니까 약자 중의 약자다. 어린애나 마찬가지라고 봐야지.

이런 놈들에게 인권이 있는가. 없다. 인권이 뭔가. 인간의 권리다. 이들이 인간인가. 인간이기를 포기한 놈들 아닌가.

기껏 힘들게 범인을 잡았더니 인권 보호라며 이름도 가려주고, 얼굴도 가려준다. 때리는 건 고사하고, 욕도 못하게 한다. 이놈들이 고개를 빳빳이 쳐들고, 비웃는 얼굴로 우리를 처다 볼 때마다 살의를 느낀다. 총으로 쏴 죽이고 싶다.

범인 잡느라고 대가리 깨지고, 갈비뼈 부러지고, 잠도 못 자고, 밥도 제대로 못 먹은 우리는 뭐냐. 우리야 경찰이니까 그렇다 치자. 살인범이나 유괴범의 인권은 중요하고, 억울하게 죽은 피해자의 인권은 아무 것도 아닌 거냐. 살인 현장에 갈 때마다 피해자 가족의 절규가 귀에 쟁쟁한 데 이들이 살인범보다 못하다는 말이냐.

무죄 추정의 원칙을 모르는 게 아니다. 과거에 고문으로 거짓

자백을 받아내 엉뚱한 사람에게 억울한 옥살이를 시킨 경우도 있다. 인정한다. 거기에 대해서는 같은 경찰로서 할 말이 없다. 열 명의 범인을 놓치더라도 한 명의 억울한 희생을 막아야 한다는 말에도 굳이 반대할 생각은 없다. 그러나 솔직히 썩 내키진 않는다. 범인이 아니면 알 수 없는 사체 유기 장소라든가, 범행 흉기를 버린 장소같이 명백하게 드러난 경우에도 똑같이 적용해야 하나?

어쨌든 사형 제도는 반드시 있어야 한다. 왜 우리나라는 사형을 집행하지 않지? 사형수 인권? 개~똥이다. 그 미친놈이 아직도 살아있다는 사실에 괴로워하는 피해자 가족이 있는데. 그 트라우마를 평생 갖고 살아야 하는 가족들은 안중에도 없냔 말이다.

어느새 우리 사회에서 일벌백계의 원칙이 사라지고 있다. 일벌백계야말로 사회를 굳건히 지켜주는 한 축이다. 이런 생각 할 때마다 맥이 빠지고, 내가 형사를 계속해야 하나 자괴감만 든다.

좋다. 백 번 양보해서 만에 하나라도 억울한 경우를 배제하기 위해 사형은 집행하지 않는다고 하자. 그렇더라도 사회와 영원히 격리는 시켜야 하는 것 아닌가. 어느 순간 그 놈이 다시 나와 같은 공간에서 생활하고, 내 주위를 배회한다면 이건 국가가 아니다.

어렸을 때는 무기징역이 사형과 비슷하다고 생각했었다. 죽을 때까지 교도소에서 살아야 하니까 어쩌면 사형보다 더 괴로운 형벌 아닌가?

그 때는 감형 제도를 알지 못했다. 형사가 되고 나서 제일 열 받았을 때가 무기징역을 선고받은 살인범이 모범수로 감형을 받아 가석방될 때였다. 누구는 살인범이 모범수가 됐으니까 사람 하나

살린 것 아니냐고 하지만 난 인정하지 않는다. 그건 사회 정의가 아니야.

가끔 미국에서 흉악범에게 징역 400년이나 300년을 선고했다는 뉴스를 볼 때마다 미국 판사들이 미쳤다고 생각했었다. 100년도 못 사는 사람에게 무슨 400년? 웃기네.

그런데 그게 감형 제도를 감안한 형량이라는 사실을 형사 되고 나서야 알았다. 400년쯤 돼야 아무리 감형을 받아도 종신형의 효과가 나타나니까. 이러니까 미국이 선진국이라는 말을 듣는 거다. 우리 사법부도 이런 제도는 적극 도입해야 한다.

민호 유괴범아. 기다려라. 너는 내가 반드시 잡는다.

민호야, 제발 살아있어라. 내가 구해주마.

기파랑 4

조아라

공기부터 달랐다. 미도중학은 뭔가 퀴퀴하고 땀 냄새 같은 게 났었는데 창성중학에서는 기분 좋은 향수 냄새가 났다. 교무실 분위기도 뭔가 달랐다. 꼭 집어 말할 수는 없는데 확실히 부드러운 느낌이었다.

처음 인사하러 창성중 교무실에 들어섰을 때 몇 몇이 힐끔힐끔 곁눈질로 나를 관찰하는 게 느껴졌다. 참 익숙한 곁눈질. 속으로 웃었다.

교감은 역시 내 이름에 먼저 관심을 보였다. 지금까지 살면서 정말 수백 번도 더 들었던 질문.

"예, 할아버지께서 지어주신 본명입니다. 화랑처럼 기개 넘치고, 나라에 충성하고, 부모에게 효도하라는 뜻으로 지었다고 하셨습니다."

"전 제 이름에 자부심을 갖고 살았습니다. 항상 할아버지께 감사하고 있죠."

준비된 정답을 던져주니 교감은 만족한 듯 했다.

최대한 공손하게, 하지만 가슴은 쫙 펴고, 중저음의 자신만만한 말투로.

첫 인상을 좋게 만들기 위한 나의 비법이다.

불과 1~2분의 짧은 순간이었지만 이미 교감은 나에게 호감의 사인을 보내기 시작했다. 됐다. 교감은 내가 원하는 대로 움직이게 할 자신이 생겼다. 이제 선생 중에 빅 마우스 한두 명만 내 편으로 만들면 이 학교에서도 편하게 지낼 수 있다.

여선생들의 시선은 미도중학 때와 비슷했다. 하지만 크게 다른 게 하나 있었다. 여기에는 진 선생이 없었다. 대부분 좋아요, 잘 생겼어요 정도의 일차원적인 메시지였다. 진 선생은 '나를 원해? 능력 있으면 나를 가져 봐. 자신 없으면 조용히 사라지고'같은 복합적인 메시지를 한꺼번에 쏟아냈었다. 도저히 외면할 수 없는 강력한 끌림. 나는 마치 교미 후에 잡아먹힐 줄 알면서도 암컷에 올라타는 수거미 같은 존재였다. 블랙 위도우. 진 선생은 진정한 블랙 위도우였다.

여기는 선수가 없군. 5년 동안 큰 재미는 없겠다.

그 생각은 불과 며칠 지나지 않아 깨졌다.

선생이 아니다!

키 크고 잘 생긴 총각 선생님이 새로 왔다는 소문은 이미 학생들 사이에 짜르르 퍼져있었다. 나를 보려고 교무실을 기웃거리는 놈들도 여럿 있었다.

3학년 3반의 첫 수업 시간. 문을 열고 들어서는 순간 환호성이 터졌다. 여학생들은 거의 괴성을 질러댔다.

"꺄악, 선생님, 멋있어요."

"선생님, 잘 생겼어요."

확실히 남자 중학교와 다르다. 사내놈들은 이렇게 표현할 줄 모른다. 좋아도 좋아한다는 말을 하지 않는다. 호들갑을 떨지 않는다. 자기 속마음을 들키면 무슨 큰일이라도 나는 듯이 "뭐 그런대로"하면서 무심하게 툭 던지고 간다.

자식들, 그래 갖고 연애라도 제대로 하겠냐.

"자, 자. 조용히. 이렇게 시끄러워서 수업을 하겠나. 내 이름은 기파랑이다. 신라시대 화랑 알지? 화랑정신으로 가르치겠다. 그동안 체육 시간을 우습게 봤던 학생도 있겠지만 내 수업은 다를 거다. 기대해도 좋다."

순간 맨 뒷자리에 눈길이 꽂혔다. 강렬한 느낌이 왔다. 심장이 쿵하고 멎었다. 거기에 진 선생이 앉아 있었다.

이게 가능한 건가. 중3이면 몇 살이야? 열다섯 살?

믿을 수가 없다. 열다섯 살짜리 여자애에게서 진 선생의 눈빛을 봤다는 사실을. 그리고 내 눈에도 그 애가 성숙한 여인으로 보인다는 사실을.

대학 1학년 때 민식이 누나부터 시작해서 지금까지 수많은 여자를 상대했지만 단 한 번도 중학생을 여자로 생각해 본적이 없었다. 그러고 보니 나의 상대는 거의 연상이었다. 남녀 공학으로 간다고 했을 때도 여선생만 생각했지 학생은 전혀 고려대상이 아니었다. 어린애들을 데리고 놀 정도로 파렴치하지는 않으니까.

아니다. 어린애가 아니다. 어린애에게서 나올 수 있는 눈빛이 아니다.

뇌쇄적인?

모르겠다. 정말 모르겠다. 정신이 나간 것 같다. 심장이 쿵쿵 뛰기 시작했다.

"선생님, 귀가 빨개졌어요."

앞에 앉은 학생이 킥킥 거리며 놀렸다.

화들짝 놀랐다. 이러면 안 되지. 정신 차리자.

수업 끝나는 벨소리가 이렇게 반가운 적은 없었다. 첫 수업을 어떻게 했는지 기억이 나지 않는다. 나름 산전수전 겪었다고 생각했는데 또 다른 세계가 열리고 있었다.

빨리 만나야겠다. 그 전에는 도저히 정리가 되지 않는다. 내가 느낀 게 맞는 건지, 아니면 나 혼자 착각을 한 건지 반드시 확인을 해보고 싶다.

그 다음에는? 모르겠다. 일단 확인하는 게 중요하다.

이름은 조아라. 초등학교 4학년 때 부모님이 이혼했고, 지금은 엄마랑 둘이 살고 있다고 했다.

진짜다. 나의 착각이 아니었다. 어려서 힘든 일을 겪어서인지 생각부터 어른 같았다.

"선생님은 삶이 의미 있다고 생각하시나요?"

"저는 꿈이 없어요. 그냥 막 사는 거죠 뭐. 죽기밖에 더하겠어요? 운이 있으면 좋은 일도 생기겠죠."

중3짜리 입에서 나올 말이 아니었다. 막 사춘기가 시작될 때 닥친 부모님의 이혼이 그녀의 삶을 온통 부정적으로 바꿔놓은 듯 했다. 생활을 혼자 책임지게 된 엄마는 바빠서 그랬는지 딸이 어떻게 살고 있는지 신경도 안 쓴 것 같았다.

검은 색에 가까운 짙은 갈색 눈동자는 반짝반짝 빛났다. 뭘 바른 건지 모르겠지만 도톰한 입술은 촉촉하게 젖어 있었다.

"선생님, 저 예뻐요?"

"응? 뭐라고?"

내가 너무 뚫어지게 얼굴을 쳐다봤던 것 같다.

"선생님, 되게 순진하신 것 같아요. 귀가 빨개졌어요. 크크."

어쩌다 내가 어린애에게 이런 말을 듣게 됐을까.

그래도 일부러 시선을 피하고 싶진 않았다. 자연스레 눈길이 가슴 쪽을 향했다. 교복에 가려져 있지만 봉긋한 가슴은 완벽한 성인의 그것이었다. C컵은 충분히 될 것 같았다.

대단하다. 성숙한 여인의 향기가 났다.

"저 섹시하죠?"

이럴 때 대답하면 정말 아마추어다. 그저 씨익 웃어주는 걸로 충분하다.

"선생님, 저랑 자고 싶으세요?"

또 훅 들어왔다. 당황하면 안 된다. 침착하자.

얘가 지금 나를 시험하는 건지, 진심인지 아직 모른다.

이전에 내가 상대했던 여자들과는 다르다. 제자에다 미성년자다. 섣불리 반응을 보였다가 한 방에 인생이 망가질 수 있다. 성폭행은 물론이고, 성추행만 해도 지금까지 쌓아왔던 모든 것이 무너진다. 조심하자.

"너 지금 무슨 말을 하는 거야. 농담이라도 선생님께 그런 말 하면 안 돼."

"선생님도 참. 저 어린애 아니에요. 알 만한 거 다 알아요. 선생님이 저를 원하고 있다는 것도 알고요."

이것 봐라. 역시 보통이 아니다.

"남자들은 다 똑같아요. 또래 남자애들도, 오빠들도, 아저씨들도 아래위로 훑어보고, 게슴츠레하게 쳐다보고. 뭐를 생각하는지 제가 모를 것 같아요? 할아버지들도 마찬가지에요. 한 번은 골목길에서 어떤 할아버지가 다가오더니 가슴 한 번 만져 봐도 되냐고 하더라고요. 깜짝 놀라서 신고할 거라고 소리쳤더니 미안하대요. 가슴이 너무 예뻐서 그랬다 면서 남자는 숟가락 들 힘만 있으면 그거 생각한대요. 정말 그래요?"

에이, 변태 새끼. 애한테 무슨 소릴 한 거야.

"지금까지 연애편지 100통은 더 받았을 거예요. 사랑한다고. 예쁘다고. 만나달라고. 어떤 놈은 저 때문에 상사병이 걸렸대요. 매일 제 생각하면서 딸딸이, 아니, 자위한다고 썼더라고요. 미친 놈."

한 번 터진 말은 거침이 없었다. 어디까지 듣고 있어야 할까.

"그런데요 선생님. 이상하게 저는 그런 말 들으면 좋아요. 제 생각하면서 자위한다고 하니까 짜릿하더라고요. 제 몸을 훑어보면서 음흉한 미소를 지으면 오히려 기분이 좋아요. 그럴 때마다 우월감을 느끼는 거 같아요."

마치 경험 많은 술집 아가씨를 대하는 느낌이었다. 아니, 그들도 이런 말은 잘 하지 않는데. 내 앞에 앉아있는 여자가 중학생이라고는 전혀 믿을 수가 없었다.

"선생님, 솔직하게 말하세요. 저하고 자고 싶죠?"

아라가 깔깔대며 웃었다. 완전히 발가벗겨진 기분이었다.

"저도 선생님하고 자고 싶어요. 잘 생기고, 멋있잖아요. 지금 여자애들 난리 났어요. 선생님 얼굴 한 번 더 보려고 교무실이나 운동장 기웃거리고요, 벌써 상사병 걸린 애도 있어요. 다른 애한테 선수 뺏기기 전에 제가 먼저 선생님과 자고 싶어요."

다시 한 번 정신 바짝 차려야 한다. 삐끗하면 죽음이다.

내 얼굴에서 긴장하는 기색을 읽었나보다.

"선생님, 생각보다 소심하시네요. 저 남자경험 많아요. 걱정 마세요. 혹시 제가 떠벌릴까봐 겁나세요?"

젠장. 내가 해야 할 말을 어린애에게 거꾸로 들어야 하는 신세가 처량하게 느껴졌다.

더 이상 참을 수가 없다. 내일 걱정은 내일 하자.

"내가 나중에 따로 연락할게."

마치 첫 경험을 하는 것처럼 떨렸다. 아니다. 오히려 처음에는 떨릴 겨를도 없이 당했기 때문에 이런 두근거림이 없었다.

도대체 어디가 안전할까. 그것부터 걱정이다. 누가 봐도 미성년자인 학생을 데리고 호텔이나 모텔을 갈 자신이 없다.

순간 머릿속을 섬광처럼 스치고 지나가는 이름이 있었다.

노트르담.

그렇지. 경기도 산 속에 있는 무인텔이야말로 이 상황에 가장 적절한 장소임에 틀림없다. 혹시 진 선생을 만나면 어쩌지 하는 생각이 퍼뜩 났지만 고개를 세차게 흔들었다. 지금이 그런 걸 걱정할 때냐.

문자를 보냈다.

'토요일 오전 9시. 지하철 5호선 아차산역 5번 출구.'

5번 출구 앞에 차를 세워놓고 아라를 기다렸다. 만에 하나라도 누가 볼까봐 선글라스까지 꼈다. 이런 기분은 처음인데. 도둑놈이 남의 집에 들어가기 전에 이런 심정일까.

아라가 바로 앞에 와서 나를 쳐다볼 때까지도 알아보지 못했다. 전혀 다른 사람이었다. 롱 웨이브 가발에 짙은 화장, 그리고 흰 티셔츠에 몸에 꽉 끼는 스키니 진. 내 앞에 서있는 여자가 여중생이라고 누가 상상이나 할까. 168cm 정도의 큰 키에 볼륨 있는 S라인은 영락없는 20대 중반이었다. 이 정도면 앞으로 만날 때도 크게 걱정하지 않아도 될 것 같다.

"저 이렇게 하고 술집에도 많이 갔어요. 한 번도 나이 물어본 적 없어요. 제가 맘만 먹으면 술집 여러 곳 혼내줄 수 있어요. 미성년자한테 술 팔았다고. 제 친구 하나는 신고하겠다고 협박해서 돈도 받았대요. 100만 원이나요. 엄청나죠? 제가 그래도 착해서 안 그러는 거예요."

가평으로 가는 차 안에서 아라는 재잘재잘 잘도 떠들었다. 차 안에는 우리 둘만 있다. 아무 것도 신경 쓰지 않아도 된다는 안도감에 이내 마음이 푸근해졌다.

조바심이 기대로 바뀌자마자 아래에서부터 슬금슬금 욕망이 기어 올라오기 시작했다. 따스한 봄날의 북한강 풍경이 차창 밖으로 펼쳐졌지만 내 눈은 재잘대는 아라의 옆얼굴을 힐끔힐끔 훔쳐보고 있었다.

아직 한 시간은 더 가야 하는데 그때까지 참을 수 있을까. 내가 너무 먼 곳으로 잡았나. 중간에 아무 모텔에라도 갈까.

4년 만에 찾은 노트르담은 여전히 아늑하고 예쁜 모습으로 나를 반겼다. 입구의 가림막도 그대로였고, 마당을 어슬렁거리던 점박이 고양이도 아직 죽지 않고 있었다. 조금 더 뚱뚱해졌나. 어디엔가 진 선생의 체취가 남아있는 듯 했다.

오는 동안 내내 떠들던 아라는 방에 들어와서는 갑자기 조용해졌다. 시트를 목까지 끌어당긴 채 눈을 감고 있었다. 감은 눈이 파르르 미세하게 떨렸다. 옆에 살그머니 다가가니 움찔하고 다리를 움츠렸다. 그러면 그렇지. 경험이 많은 것처럼 큰 소리 치더니 역시 어린애는 어린애군.

시트를 살짝 들었다. 탐스러운 가슴이 드러났다. 예상했던 대로다. 크고 탄력 있다. 뽀얀 미백 복숭아가 떠올랐다. 젖꼭지는 가슴 크기에 비해 작았다. 앙증맞다고 해야 할까.

아~.

손가락 끝으로 젖꼭지의 촉감을 느끼는 순간 아라의 입에서 신음소리가 새어 나왔다. 도톰하고 촉촉한 저 입술. 참을 수 없다. 나도 모르게 격렬하게 입술을 핥았다. 부드럽다. 달작지근하다. 뭔가 처음 느껴보는 향기가 흘러나왔다. 아기 냄새?

몸은 여인의 몸인데 살결의 감촉은 생소했다. 벨벳의 촉감이었다. 보성 차밭에서 어린 새순을 만졌을 때의 느낌이 올라왔다. 탄력은 있는데 단단하지 않다. 말랑말랑하다.

깊고 깊은 동굴 속으로 한없이 빨려 들어갔다. 나는 밀림을 헤치고 나아가는 탐험가였다.

"아~. 선생님. 살살."

내가 너무 흥분했었나 보다.

귀한 도자기 다루듯 조심조심 조금씩 전진해 나갔다. 어느새 죄책감은 사라지고 없었다. 오롯이 따스함과 달콤함과 포만감이 나를 감싸고 있었다.

몸이 깃털처럼 가벼웠다. 프리지아 향기가 코를 스치고 지나갔다. 낮은 음에서 높은 음으로, 약하다가 강하게 변화하는 소리는 클래식 음악을 연주하는 클라리넷처럼 느껴졌다.

안 돼. 지금 끝내고 싶지 않아. 이 기분을 조금 더 오래 느끼고 싶어.

눈앞이 갑자기 흐려지는 순간 거대한 화산이 폭발했다.

기분 좋은 무력감. 세상에서 가장 행복한 표정을 짓고 있는 내 얼굴이 또렷하게 그려진다. 내가 지금 내 얼굴을 볼 수 없다는 게 아쉽다.

다른 여자들, 특히 연상의 여인들과 섹스를 한 후에는 한참을 침대에 누워있었다. 기를 완전히 빨린 것 같은 느낌이 들곤 했다.

지금은 아니다. 온 몸에 뭔가가 꽉 찬 것 같다. 에너지가 넘쳐흐른다. 벌떡 일어나서 100m라도 뛸 기세다. 이런 기분은 처음이다. 이래서 서양 애들이 틴에이저, 틴에이저 노래를 부르는 걸까.

지금까지 최고의 섹스 파트너는 물어볼 것도 없이 진 선생이었다. 가루지기의 옹녀가 그랬을까 싶을 정도로 남자를 빨아들이는 힘이 엄청났던 여자다. 하지만 지금 이 순간부터는 아니다.

"선생님, 4년만 기다려 주세요."

자는 것 같았던 아라가 눈을 감은 채 말했다.

"왜?"

"고등학교 졸업하면 결혼할 수 있잖아요. 저 선생님하고 결혼할래요."

"좋았다는 얘기지?"

"당근이죠. 오늘 처음 오르가슴을 느꼈어요. 몸이 막 떨리는데 거의 죽을 것 같았어요. 그 생각하니까 다시 몸이 떨리네요."

나도 그래. 힘이 불끈불끈 솟아나.

처음처럼 조심할 필요가 없었다. 아라도 적극적으로 내 몸을 감싸 안았다. 신음소리도 점점 커져갔다.

손경훈 3

인기 투표

기 선생은 가히 창성중의 대표 교사라고 부를 만 했다. 내가 하도 침을 튀겨가며 기 선생 칭찬을 하니까 하루는 교장 선생님이 주의를 줬다.

“교감 선생님, 아무리 기 선생이 좋아도 좀 자제하세요. 다른 교사들이 질투할 정도가 되면 위화감이 생기고, 학교 전체를 위해서는 좋지 않습니다.”

“죄송합니다. 제가 그까지는 미처 생각을 못했습니다. 하지만 기 선생이 대단하기는 대단하지 않습니까?”

한 번은 차동민 선생이 이의를 제기했다.

“교감 선생님은 기파랑 선생이 학생들에게 압도적으로 인기가 많을 거라고 생각하시는데 사실은 그렇지 않을걸요.”

“그게 무슨 얘기입니까. 차 선생 눈에는 기 선생 인기가 보이지 않나요?”

“물론 여학생들에게는 인기 짱이죠. 하지만 남자 애들은 김창옥 선생을 더 좋아합니다. 예쁘고 날씬하고. 남자들은 무조건 예쁜

게 최고예요. 안 그렇습니까? 그리고 기 선생 오기 전에는 저도 여학생들에게 인기 좋았습니다. 썩어도 준치라고 저도 아직 안 죽었어요."

"허허. 정말 그럴까요?"

"교감 선생님, 인기투표 한 번 해볼까요?"

"인기투표요? 차 선생도 확실한 아재네. 지금이 무슨 90년대 인 줄 알아요?"

"그래도 한 번 해보면 재미있을 것 같은데요. 제가 다 준비할게요. 교감 선생님의 짝사랑을 여지없이 깨뜨려드리겠습니다."

아이고, 저 오지랖을 어찌 말리누.

"교감 선생님, 내기 할까요?"

"쓸 데 없는 소리 말고, 한 번 추진해보세요. 사실 나도 궁금하긴 하네."

차 선생은 자기가 하고 싶은 것은 어떻게 해서라도 하는 스타일이었다. 차 선생은 단 하루 만에 전교생 627명 전원에게 인기 투표지를 받아냈다. 대단한 추진력이다. 학교 일이나 수업을 그렇게 열정적으로 하면 얼마나 좋을까.

교사 휴게실에서 개표가 시작됐다. 나와 차 선생 외에도 교무부장·생활지도부장·예체능부장이 배석했다. 다른 교사들도 개표 상황을 보고 싶다고 아우성을 쳤지만 너무 시끄러울 것 같아서 막았다.

"전원입니다, 전원. 전원이 투표했어요. 교감 선생님, 저 정말 대단하지 않습니까? 하하하."

신이 난 차 선생이 개표위원을 자청했고, 교무부장이 화이트보드에 득표 상황을 적어나갔다.

"기파랑, 기파랑, 기파랑, 기파랑, 기파랑."

시간이 지날수록 차 선생의 얼굴이 점점 어두워져 갔다.

정말 이 정도야? 믿을 수 없다는 표정이 역력했다. 나도 그랬다.

개표가 끝났다. 잠시 침묵이 흘렀다. 화이트보드에는 달랑 세 명의 이름만이 적혀있었다.

남학생들의 절대적인 지지를 얻을 거라던 김창옥 선생이 63표, 썩어도 준치라던 차동민 선생이 딱 두 표, 그리고 나머지 562표가 모두 기파랑이었다. 무려 90%가 넘는 압도적인 몰표. 나머지는 전멸이었다. 한 표라도 얻은 선생이 없었다. 내 예상이 맞아서 기쁘긴 했지만 솔직히 나도 이 정도까지인 줄은 몰랐다.

"꼴랑 두 표? 허참. 기가 막혀서. 아니, 나도 나지만 어떻게 김창옥 선생이 63표 밖에 안 나왔냐고. 남자 애들도 기 선생을 찍었다고?"

반쯤 얼이 빠진 것 같은 차 선생이 혼잣말처럼 중얼거렸다.

"교감 선생님, 결과를 공개해야 하나요? 좀 시끄러워 질 것도 같은데."

교무부장이 걱정되는 표정으로 물었다.

에이, 차 선생한테 휘둘려서 괜한 일을 했네.

"이걸 어떻게 숨겨요? 조작이라도 할까요? 벌써 애들끼리 얘기하고 있을 텐데. 그냥 공개하세요."

인기투표 결과는 당연히 학교에서 화제였다. 소문은 급속히 퍼져나갔다. 주위 학교는 물론 웬만한 서울 시내 학교에서도 알 정도였다. 쓸데없는 일을 했다고 교장 선생님께 한 소리 들었다.

기 선생의 인기가 하늘을 찌른다는 게 마냥 좋은 일은 아니었다. 슬슬 걱정이 되기 시작했다. 혹시나 사고라도 나는 거 아닐까?

맞다. 기 선생이 총각이라서 더 난리일거야. 결혼이라도 하면 좀 수그러들지 않을까? 내가 한 번 나서서 결혼을 추진해 볼까? 기 선생 정도면 훌륭한 신랑감이지.

그때부터 나는 자칭 기파랑 결혼추진위원회 위원장이 됐다.

"기 선생, 김창옥 선생 어때. 예쁘잖아."

"기 선생, 최미나 선생은 교육자 집안이야. 아버지가 고등학교 교장을 지내셨어."

"기 선생, 옥현경 선생은 부부 교사를 원한대."

일단 학교에 있는 미혼 여선생을 다 거론했지만 기 선생은 꿈쩍도 하지 않았다.

"기 선생, 결혼할 마음은 있는 거야?"

"물론이죠. 하지만 이제 겨우 서른한 살이에요. 너무 일찍 결혼하기는 싫습니다."

"이 사람아. 내가 당신 나이에는 벌써 둘째가 세 살이었어. 뭐가 이르다고 그래? 그러지 말고 내 조카 한 번 만나볼래? 미국에서 박사 학위 받은 재원인데 다음 달이면 귀국해. 기 선생이 조카사위가 된다면 난 참 좋겠는데."

내 조카까지 소개시켜 주겠다고 했는데도 별로 관심이 없는 것 같았다. 좀 괘씸한 생각도 들었다. 그렇다고 내가 포기하리라고 생각했다면 나를 잘 못 본거다.

“기 선생, 일과 끝나고 나 좀 봅시다.”

기 선생을 학교 앞 카페로 불러냈다.

“강남 신사동에서 꽤 큰 음식점을 하는 고향 형님이 있어. 고교 선배이기도 하고. ‘강남가든’이라고 제법 유명한 갈빗집이야. 한 달 매출이 10억이 넘는대나. 웬만한 중소기업보다 규모가 크더라고. 이 형님에게 무남독녀 외동딸이 있는데 나보고 신랑감을 구해 달라는 거야. 다른 조건은 필요 없고, 사람 하나 괜찮으면 된다고. 돈이야 자기가 많으니까. 내가 사람도 많이 알고, 사람 볼 줄 아는 눈도 있다고 하면서 자꾸 부탁을 하는데 기 선생 말고 내가 누구를 소개하겠어? 기 선생 얘기를 하니까 꼭 좀 만나게 해달라고 신신당부를 하더라고.”

“아이고, 교감 선생님. 이제 그만 하시죠. 제 결혼은 제가 알아서 하겠습니다.”

말은 그렇게 하는데 이전과는 반응이 조금 달랐다. 단호한 거절이 아니었다. 말끝이 살짝 흐려졌다.

내가 이제 도사가 됐다고 하지 않았나? 이럴 때 결정타를 날려야 한다.

“아참, 그 형님이 강남역 사거리에 10층짜리 빌딩도 갖고 있어. 요즘 제일 부러워한다는 건물주지. 조물주 위에 건물주 말이야. 허허허. 요즘 다른 건물도 보러 다닌다는 얘기가 있던데. 이런 사람이 진짜 알부자야. 험험.”

괜히 헛기침이 나왔다. 돈 얘기를 자꾸 하니까 혹시 나를 속물로 보지 않을까 눈치가 보였다.

"돈만 많다고 이러는 게 아냐. 집안도 괜찮아요. 아가씨도 숙명여대 나왔고."

흔들리는 기색이 역력했다.

"기 선생, 일단 한 번 만나 봐. 만나는 게 어려운 건 아니잖아. 사람은 무조건 만나봐야 아는 거야. 말만 듣거나 사진만 보고 알 순 없다니까. 자기 짝은 다 따로 있는 법이야."

역시 내 예상이 맞았다. 아가씨는 한 눈에 반했다. 기 선생도 싫지 않은 눈치였다. 형님과 형수님은 연신 나에게 좋은 사윗감을 소개시켜줘서 고맙다고 했다. 아무렴. 기 선생인데.

형님은 내가 최고의 중매쟁이라며 자신의 단골 양복점에서 양복 한 벌을 맞춰 줬다. 양복점 주인은 영국 순모 원단 150수라며 자랑했는데 내가 눈만 끔뻑끔뻑 하고 있으니까 원단 1g에서 150m를 뽑아낸 실로 만든 거라고 설명했다. 잘 모르겠지만 엄청 가벼웠다. 확실히 비싼 게 다르긴 다르다는 생각을 했다.

형님은 강남가든을 아무 때나 이용할 수 있는 평생 무료 이용권도 줬다. 카드 같은 건 아니고, 그냥 내 이름만 대고 언제든 마음껏 먹으라고 했다.

교문 건너편으로 100m 정도 걸어가면 '열해(熱海)'라는 일식집이 있다. 형님이 교장 선생님께도 인사를 해야 한다며 나하고 교장 선생님을 그 집으로 초대했다. 입구부터 분위기가 달랐다. 깔끔하지만 고급스러운 입구에 들어서니 기모노를 입은 여직원이

상전 모시듯이 90도로 허리 숙여 인사한다.

나는 부산 출신이라 생선회를 좋아한다. 특히 가장 좋아하는 것은 해삼 내장인 '고노와다'다. 황금빛 영롱한 빛에 향긋한 내음. 한 입 머금고 있으면 아름다운 바다 풍경이 떠오르고, 세상 모든 시름이 한 순간 씻겨 내려간다. 어떤 무식한 놈이 "똥 색깔"이라고 하는 바람에 버럭 소리를 질렀던 기억이 떠오른다.

서울 올라온 이후에는 먹을 기회가 별로 없었는데 이곳에서는 최상급 고노와다를 내놓았다. 작은 종지에 담긴 고노와다를 후루룩 한 젓가락에 삼켰다. 참 맛있다. 입맛을 다시고 있는데 눈치 빠른 종업원이 "고노와다 더 드릴까요?"한다. 이렇게 고마울 수가. "좀 많이…"어색한 웃음을 짓는 나에게 하얀 이를 드러내며 환하게 웃더니 세 배 정도 많이 가져다줬다. 행복했다.

때깔 좋은 횟감들이 배 모양으로 장식된 그릇에 담겨 나오더니 곧이어 참치 뱃살의 향연이 펼쳐졌다. 잠시 후에 주방장이 직접 커다란 참치 머리를 갖고 들어왔다.

"오늘 막 해체 작업한 참치입니다."

쫄깃쫄깃한 볼 살을 썰어주더니 큼직한 눈알을 빼서 교장 선생님과 나에게 하나씩 건네줬다. 제대로 대접받은 날이었다.

"교감 선생님, 제가 오늘 열해로 모시겠습니다."

신혼여행을 다녀온 기 선생이 인사하러 와서는 열해 이야기를 꺼냈다. 아마 장인으로부터 내가 열해를 엄청 좋아했다는 얘기를 들었겠지.

암, 내가 좋은 신부도 구해줬는데 이 정도는 얻어먹을 자격이 있어.

자리에 앉자마자 기 선생은 주문을 척척 했다.

"특A 사시미 주시고요, 고노와다는 많이요. 술은 구보다 만주(久保田 萬壽)로 주세요."

"구보다 만주를? 기 선생 너무 무리하는 거 아냐?"

"아닙니다. 제가 존경하는 교감 선생님께 그동안 제대로 대접도 못해드려서 항상 송구하게 생각하고 있었습니다. 더구나 제 결혼까지 성사시켜 주신 은인이신데 이 정도도 못하겠습니까."

구보다 만주는 사케 중에서도 최상급 사케다. 구하기도 힘들 뿐더러 일식집에서 먹으려면 한 병에 30만~40만 원은 줘야 한다. 나 같은 사람은 아예 생각하지도 못하는 술이다. 그런데 이 젊은 친구가 구보다 만주는 어떻게 알았지?

"교감 선생님, 앞으로 최소한 한 달에 한 번은 이곳으로 모시겠습니다."

역시 사람은 돈이 있고 볼 일이다. 부잣집 사위가 되더니 씀씀이 자체가 달라졌다.

기 선생은 나에게 정말 잘했다. 한 달에 한 번 열해에 가는 것 외에도 수시로 식사와 술을 대접했다. 추석과 크리스마스, 설날에는 잊지 않고 선물을 보내왔다. 모두 명품이었다. 더구나 내 생일과 아내 생일까지 챙겼다.

"기 선생, 이렇게까지 할 필요 없어. 이러면 내가 부담스러워."

"아닙니다. 교감 선생님께서 저에게 얼마나 잘 해 주시는데요. 제가 감사하죠. 그리고 제가 할 만 해서 하는 거니까 절대로 부담스러워 하지 마세요."

그렇지 않아도 최고의 선생이라고 생각하고 있었는데 결혼을 하더니 사람이 더욱 듬직해졌다. 경제적으로 풍족해 지기까지 했으니 확실히 여유도 생겼다.

"교감 선생님, 헤밍웨이 글에서 읽은 건데 '세상에서 제일 가난한 사람은 돈만 있는 사람이다'라는 쿠바 속담이 있답니다. 교감 선생님 덕분에 부잣집 사위가 됐지만 결코 초심을 잃지 않겠습니다. 최고의 교사가 되기 위해 더욱 노력하겠습니다. 이제부터라도 주변에 힘든 사람들, 도움을 필요로 하는 사람들을 위해 봉사하겠습니다. 그게 교감 선생님이 저에게 바라시는 모습 아닙니까."

어떻게 젊은 사람이 저런 생각을 할 수 있을까. 팔방미인이라는 말이 있지만 기 선생이야말로 팔방미인이다. 모든 조건을 다 갖추고도 겸손하고, 남을 도우려는 마음까지 있으니 더 바랄 것도 없다.

기 선생과는 더욱 끈끈한 줄로 연결됐다. 기 선생은 모르겠지만 나는 어느새 기 선생을 아들처럼 여기고 있었다.

이런 아들이 있으면 얼마나 좋을까.

기파랑 5

박정아

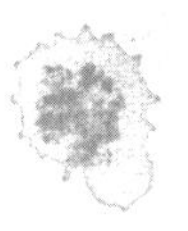

신당역 주변에 오피스텔을 하나 얻었다. 오래 전부터 독립하려고 맘을 먹고 있었는데 지금이 적기였다. 보증금 1,000만 원에 월세 60만 원이 부담되긴 했지만 학교에서 멀리 떨어져있으면서 출퇴근은 쉽고, 다른 사람 눈치 안 보고 아라를 만나려면 그 정도는 감수할 만했다.

탁월한 선택이었다. 내 집에서 편안하게 섹스를 하는 느낌이다. 진작 이렇게 할 걸.

"선생님, 입이 근질근질해요."

"뭔 소리야."

"이거 임금님 귀는 당나귀 귀예요. 정아 아시죠? 박정아. 제 단짝 친구요. 걔도 선생님 완전 좋아하거든요. 얘가 어젯밤에 선생님과 자는 꿈을 꿨대요. 너무 좋았다면서 몸을 부르르 떠는 거예요. 진짜로 선생님과 자면 황홀할 것 같다고 하는데 웃음 참느라고 혼났어요. 속으로 '나는 벌써 그러고 있지롱'그랬죠."

정아라고? 이것 봐라. 나도 정아를 눈여겨보고 있었다. 예쁜 얼굴은 아니다. 하지만 묘한 매력을 풍기는 아이이다. 걔는 어떤 느낌일까 생각한 적도 있다.

아라와의 섹스는 좋았다. 하고 나면 새로운 에너지가 생기는 건 여전했다. 그런데 테크닉 면에서 보면 아라는 확실한 어린애였다. 횟수가 거듭될수록 신선도가 떨어지고 있었다.

새로운 자극이 필요했다. 이럴 때 정아가 등장한 것이다. 이제 손을 내밀기만 하면 되는 타이밍이 왔다.

아라가 눈치 채지 않게 정아를 따로 만나는 것은 쉬운 일이 아니었다, 학교에서 둘은 거의 붙어 다녔으니까. 뒴틀 시간에 아라가 뒴틀로 달려가는 순간, 뒤에서 기다리고 있던 정아와 눈이 마주 쳤다. 아주 짧은 순간이었지만 나의 메시지를 전달하기에는 충분한 시간이었다, 물론 내 생각에는.

과연 정아가 알아챘을까.

잡무를 처리한다는 핑계로 교무실에 남아있었다. 잔잔한 흥분 상태였다. 만일 정아가 오지 않으면 다음에는 어떻게 알리지?

그 순간 교무실 문이 열렸다. 정아다. 멍청하지 않아서 정말 다행이다.

"선생님, 저 부르셨어요?"

"어, 정아야. 잠깐 앉아라."

눈은 여전히 문을 향하고 있었다. 그럴 리는 없겠지만 아라가 같이 오지 않았을까 확인하고 싶었다.

"혹시 아라하고 같이 왔니?"

"아뇨. 약속 있다고 하고, 교문에서 헤어졌어요. 아라도 부르셨어요?"

"아니, 아니."

급하게 손사래를 쳤다.

"항상 같이 다니니까. 혹시나 해서."

자, 이제 무슨 말을 할까.

"너 요즘 무슨 고민 있니? 수업시간에 집중 못하고, 딴 생각하는 것 같더라."

"아뇨. 고민 없는데…요."

정아가 내 눈을 보더니 말끝을 흐렸다. 눈치가 빠르다.

"사실은 부모님이 저보고 체고 가래요. 그래서 선생님께 상담받고 싶어요."

놀라운 순발력이었다. 이 정도로 머리가 잘 돌아가는지 몰랐다. 공부를 잘 한다는 소리는 못 들었는데.

"그래? 일 년도 안 남았는데 지금부터 준비해도 늦어. 혹시라도 가능성이 있는지 내가 체크해 줄게. 따로 시간을 내보자."

"선생님, 감사합니다."

아무리 오피스텔이라고 해도 교복 차림으로 들락거리는 것은 좋지 않다. 입구에 CCTV가 있기 때문에 만일의 경우를 대비해야 한다. 아라도 항상 사복으로 갈아입고, 가발을 쓰고 오라고 했다. 나와 주고받은 문자나 카톡은 항상 그날그날 지운다.

'방심하면 죽는다'는 명제는 해병대 훈련병 시절 처절하게 겪었다. 하루는 분대장이 "오늘 점호시간에 총기 검사와 함께 수통 검사 하니까 수통에 남아있는 물 싹 다 버려"라고 했다. 나는 그날 수통을 쓰지 않았다. 아예 물을 담지 않았으니까 남아있는 물이 있을 리가 없었다. 내무반 동기들이 수통에 남아있는 물을 버리느라 부산을 떠는 동안 나는 총만 열심히 닦았다.

점호시간에 중대장이 "모두 수통 든다. 마개 연다. 뒤집는다. 실시"하는 순간 내 수통에서 쪼르륵 하고 몇 방울이 바닥으로 떨어졌다. '쪼르륵'소리가 '쿵쿵쿵'심장 뛰는 소리보다 더 크게 들렸다.

이제 나는 죽었다. 왜 나에게 이런 일이. 어떻게 된 거지?

중대장의 눈에서 나온 레이저빔이 정수리에 꽂히면서 정말 앞이 깜깜해졌다. 그것보다도 중대장 뒤에 서있던 분대장의 이글거리던 눈빛을 지금도 잊지 못한다.

"이 개새끼, 나 엿 먹이려고 일부러 그랬지. 가르쳐줘도 안 해? 야 이 씨발놈아. 너 같은 새끼 하나 때문에 전쟁에서 다 몰살당하는 거야. 개나 소나 해병이 될 수 있는 줄 알아? 나가 죽어라."

그날 나는 평생 받을 얼차려의 절반을 하루에 다 받은 것 같았다. 초주검이 된 상태에서 다음날 훈련을 받아야했고, 지옥이 따로 없었다. 조금 과장하면 훈련소 수료도 못하고 쫓겨날 뻔 했다.

수통에 왜 물이 있었는지는 정확히 모른다. 아마 그 전날 쓰고 완전히 비우지 않았던 것 같다. 어쨌든 그 사건 이후로 확인, 또 확인하고, 한 번 더 생각하고, 돌다리도 두들겨보고 건넜다. 거의 결벽증 수준이 됐다.

사복을 입고 오피스텔에 나타난 정아도 제법 어른 티가 났다. 이 정도면 합격이다. 당당했던 아라와 달리 정아는 쭈뼛쭈뼛했다.

겁을 먹은 표정이었다.

"그렇게 서있지 말고, 이리 와서 앉아. 긴장하지 말고."

"선생님, 떨려요."

어깨를 살짝 감싸 안았다. 심하게 떨고 있었다.

"괜찮아. 선생님 나쁜 사람 아냐. 네가 싫다면 손끝 하나 건드리지 않을 거야. 절대로. 지금이라도 가고 싶으면 가."

"아뇨, 아뇨. 싫은 거 아니에요. 좋아요. 제가 이 순간을 얼마나 기다렸는데요."

정아는 내 가슴에 얼굴을 묻었다. 가만히 등을 토닥거려줬다. 30초 쯤 흘렀을까. 떨림이 가라앉았다.

얘는 경험이 없는 게 확실하군. 좋았어.

그런데 어떻게 하지? 그렇게 많은 여자와 잤는데 숫처녀는 처음이었다. 그것도 신기한 일이다.

최대한 부드럽게, 서두르지 말고, 천천히, 아주 조금씩.

속으로 반복하며 하나씩 옷을 벗겼다. 눈이 부셨다. 글래머 스타일인 아라와 상당히 달랐다. 키도, 가슴도 크지는 않은데 꽉 들어찬 느낌이다. '탱글탱글'이라는 단어가 떠올랐다.

알몸이 되자 정아는 다시 부들부들 떨기 시작했다. 가볍게 안았다. 손가락을 펴서 정아의 머리카락을 쓸어 넘겼다. 손바닥으로 뺨을 어루만졌다. 얼굴의 열이 그대로 전해왔다. 입술에 손가락을 살짝 갖다 댔다. 부드럽다. 가벼운 입맞춤. 그래도 정아는 전혀 반응이 없었다. 거의 차렷 자세로 뻣뻣하게 굳어있었다.

이러면 곤란하다. 조금씩 범위를 넓혀갔다. 내 입술이 가슴을 지나 젖꼭지에 닿았을 때 "허억"하는 소리와 함께 정아의 허리가 활처럼 휘어졌다.

정아가 나를 받아들일 준비가 될 때까지는 오랜 시간이 필요했다. 서두르면 안 돼. 내가 이렇게까지 인내할 수 있다는 사실에 스스로 대견해 했다.

드디어 조금씩 문이 열리기 시작했다. 촉촉하게 젖었다.

아! 처음은 이런 느낌이구나.

오랜 기다림 끝에 뭔가를 성취했다는 희열이 쏟아져 내렸다. 나의 여성 편력사에 또 하나의 새로운 획이 그어지는 순간이었다.

가슴이 축축해지는 느낌이 왔다. 눈물?

"정아 우니?"

말이 없었다.

"후회하고 있어?"

가슴팍에서 도리질을 했다.

"아뇨. 좋아서요. 선생님 사랑해요."

"나도 좋아. 대신 오늘 일은 우리 둘만의 비밀이야. 선생님 계속 만나고 싶으면 절대 얘기해선 안 돼. 알려지는 순간 너는 물론 선생님도 끝이야."

"당연하죠. 아라한테도 얘기 안 할 거예요."

"약속."

새끼손가락을 걸고 도장까지 찍었다.

어린애랑 놀다 보면 같이 어려지는 걸까.

단짝인 아라와 정아를 번갈아가면서 만나는 게 쉬운 일은 아니었다. 매일 붙어 다니던 애들이 일주일이 멀다하고 서로를 따돌릴

핑계를 대야하는 게 자기들로서도 힘든 일이었을 거다.

"선생님, 정아랑 잤죠?"

아라가 씩씩 대며 들어왔다.

위험하다. 정아가 그새를 못 참고 나불거렸구나. 역시 어린애들은 믿으면 안 돼.

"정아가 나랑 잤대?"

웃긴다는 듯이 짐짓 심드렁하게 말했다.

"흥, 정아가 선생님을 보는 눈빛이 달라졌다고요."

"눈빛이 어떻게 달라졌는데?"

"전에는 간절한 눈빛이었는데 지금은 사랑하는 눈빛이에요."

그게 보인다고? 갑자기 소름이 돋았다.

"아이고, 미아리에서 돗자리 펴셔야겠네. 네가 무슨 선녀보살이라도 되냐?"

"선생님, 여자의 직감을 무시하지 마세요."

아라가 의미심장한 눈빛으로 나를 쳐다보며 말했다. 그 눈은 '다 알고 있으니 거짓말하지 말라'고 말하고 있었다.

여자의 직감이라. 알고도 남지. 단 0.1초의 머뭇거림도 놓치지 않는 천부적인 재능. 무서울 정도의 예리함은 인정할 수밖에 없다. 무수히 많은 시행착오 끝에 찰나의 머뭇거림도 허용하지 않는 경지에 올랐다고 자부하고 있었는데 이제는 상대의 반응까지 원격 조정해야 하니 참 피곤하다.

"괜찮아요. 하지만 저랑 정아랑 같이 부르지만 마세요. 그런 거는 싫어요. 절대."

기가 막혔다. 어떻게 그런 생각을.

"아니, 너는 포르노영화를 얼마나 많이 본거야? 여자애가."

"어, 선생님 지금 '여자애가'라고 하셨어요? 널린 게 포르노인데 남자가 보면 괜찮고, 여자가 보면 안 되나요? 아직도 남녀를 구분하다니 선생님도 꼰대예요. 젊은 꼰대."

아라에게 또 한 방 먹었다. 그나저나 더 조심해야겠다.

기파랑 6

결혼은 미친 짓일까

학교가 시끄러웠다. 느닷없이 인기투표를 한다고 했다. 차동민 선생이 직접 투표용지를 들고 각 반을 돌아다녔다. 여긴 정말 희한한 학교네.

투표 결과가 궁금하긴 했다. 내가 몇 표가 나왔을까.

“기파랑 선생이 압도적이야. 90%가 넘어. 난 이런 거 처음 봐.”

누군가 호들갑을 떨었다.

전교생 627명 중 562표. 그 정도면 나의 예상에서 크게 벗어나지 않는다. 다만 나머지 65표에 신경이 쓰였다. 김창옥 선생을 찍은 애들은 당연히 남자애들일 테니까 상관없고, 차 선생을 찍은 두 명이 정말 궁금했다. 남자일까, 여자일까. 만일 여자라면 매우 자존심이 상하는 문제다. 나보다 차 선생을 더 좋아하는 여자애가 두 명이나 있다는 사실은 받아들이기 힘들다.

남자겠지. 여자라면 아직 나를 잘 모르는 1학년이거나, 미친년이지 뭐. 그렇게 생각하자. 그래야 속이 편하다. 이솝 우화에 나오는 신 포도가 따로 없네.

인기투표 여파는 쉽게 수그러들지 않았다.

"기 선생, 인기투표에서 압도적이었다며? 내가 그럴 줄 알았어. 부럽고, 축하해."

미도중학 예체능부장 전화였다.

"아니, 거기까지 소문이 났어요?"

"여기까지가 뭐야. 아마 서울 시내 중학교 전체에 퍼졌을걸."

"그것 참. 그냥 재미 삼아 한 거래요."

"축하하긴 하는데 한편으로 걱정도 되네."

"걱정이요?"

"이 사람아, 인기가 많은 게 꼭 좋은 것만은 아니야. 그게 여복이 될지, 여난이 될지 누가 알겠나?"

마지막 말이 심장에 와서 콕 박혔다. 여난이 될 지도 모른다고?

그동안 나는 폭발적인 인기를 좋은 쪽으로만 생각했다. 아라와 정아로 인해서 새로운 세상에 눈을 떴다. 싱싱한 전복의 감촉과 풋풋한 생과일의 향.

이제 나이 많은 여자들에게는 관심이 없다. 심지어 20대 조차도 시들시들한 느낌이다. 살결의 촉감이 10대와 20대는 완전히 다르다. 여전히 주위에는 '선생님, 저 한 번만 봐 주세요'하는 눈빛으로 나를 바라보는 수많은 아이들이 있다. 나의 손길을 갈구하는 초롱초롱한 그 눈망울들을 내가 어떻게 외면할 수 있단 말인가.

나에게 학교는 양식장이다. 뜰채로 건지기만 하면 언제든 펄떡펄떡 싱싱한 물고기를 먹을 수 있는데 왜 힘들게 낚시를 하는가.

내가 학생들에게 왕처럼 군림할 수 있는 확실한 근거가 인기였다. 그것 때문에 곤란에 처할 수도 있다는 생각은 해본 적이 없었다. 그런데.

많은 것이 좋은 것만은 아니다. 닥치는 대로 먹다가는 탈이 난다.

미도중 예체능부장의 전화 한 통은 기고만장해서 사고 치기 일보 전인 나를 깨우쳐준 신의 한 수였다.

“기 선생, 혹시 결혼할 생각 없어요?”

교감이 갑자기 결혼 이야기를 꺼냈다. 뜬금없기는.

“갑자기 무슨 말씀이세요. 에이, 생각 없습니다.”

“결혼할 생각이 아예 없다는 거요, 아니면 생각은 있는데 아직 아니라는 얘기요?”

“생각이야 있죠. 하지만 나중 얘기입니다.”

독신으로 살겠다는 생각을 해본 적은 없다. 그렇지만 결혼은 아주 먼 이야기다. 부모님은 지금도 빨리 손자 보게 해달라고 말하긴 한다. 집 한 채 사줄 능력도 안 되면서 결혼부터 하라니 정말 대책 없는 사람들이다. 만일 부모님이 내 앞에 펼쳐진 수많은 기회를 볼 수만 있다면 결혼하라는 얘기 못할 것이다. 내가 마음만 먹으면 원하는 대로 다양하게 즐길 수 있는데 결혼이라니요. 당신 아들이 잘 나서 그런 걸 어찌 하겠습니까.

결혼은 미친 짓이다. 이건 정말 명언 중에 명언이다.

이 젊은 나이에 한 여자에 묶여서 산다는 상상만 해도 끔찍하다. 결혼한 선생들 보면 참 비참하게 산다. 물론 남자들 말이다. 여선생들은 대부분 맞벌이거나 혼자 사니까 자기 월급 자기가 다 쓰는 건 물론이고, 외제차 몰고 출근하는 사람도 부지기수다. 한 공간에서 전혀 다른 두 개의 세상이 펼쳐진다. 「설국열차」의 앞 칸과 꼬리 칸이 실제로 공존하는 모습이다.

남선생들이 느끼는 상대적 박탈감은 학교 밖에 있는 사람들은 이해하지 못한다. 더구나 여초 현상이 심해지면서 몇 명 되지도 않는 남선생들이 설 자리는 점점 옹색해진다. 일반 회사는 아직도 남성 중심으로 움직이지만 학교는 이미 오래 전부터 여성 중심으로 바뀌고 있다.

월급은 집에 다 갖다 바치고, 하루에 용돈 5,000원이나 만 원 받아서 바들바들 떨면서 사는 게 유부남 선생들의 실생활이다. 점심은 교직원 식당에서 해결하고, 커피는 교무실에 비치된 봉지 커피가 전부다. 이제 얼마 남지 않은 흡연파들은 담배 한 갑 살 때도 주저주저한다. 흡연실도 없어서 담배를 피우려면 학교 밖으로 나가야 하는 사람들은 스스로 루저라는 자괴감을 갖고 있다.

갖다 바친다는 말은 어폐가 있다. 은행으로 바로 입금되니까. 유부남들에게 월급이란 돈이 아니고, 숫자에 불과하다. 어느새 월급날 통장 확인하는 것조차도 무의미한 일이 돼버린 것 같다.

나는 절대로 이렇게 살고 싶지 않다. 만일 내 주변에 있는 유부남이 미래의 내 모습이라면 나는 결코 결혼하지 않을 것이다.

생각이 없다고 했는데도 교감은 계속 결혼 이야기를 꺼냈다. 학교의 미혼 여선생들을 하나하나 추천하는 데 미칠 지경이었다. 부부 교사가 좋긴 하지. 하지만 그건 나중에 은퇴 후에 좋다는 거지

지금은 별 게 아니잖아.

분명히 관심 없다고 했어요. 오지랖 떨지 말고 그만 하시죠.

나중에는 자기 조카까지 소개해 주겠다고 난리였다. 내가 미쳤냐. 네 조카사위가 되라고? 학교에서 비위 맞추는 것도 모자라서 집에서까지 비위 맞춰 달라는 얘기잖아. 그렇게는 못하지. 교감은 내가 자기 말이라면 껌뻑 죽는 줄로 안다. 인심 쓰듯이 조카 얘기를 꺼냈는데 내가 별 반응을 보이지 않으니까 되게 당황하는 것 같았다.

조금씩 상황이 나빠지고 있다. 전에 여자들을 만날 때는 내가 돈 쓸 일이 거의 없었다. 자기들이 좋아서 밥 사주고, 술 사주고, 선물도 사주고, 호텔비도 냈으니까.

지금은 모든 경비를 내가 다 부담해야한다. 애들보고 내라고 할 수는 없다. 만날 때마다 밥이라도 사서 먹여야 하고, 용돈도 주고, 선물도 준다. 계절별로 옷도 사주고, 이것저것 화장품 값도 무시할 정도가 아니다. 화장품 종류는 왜 이리 많아?

오피스텔 임대료와 관리비로 매달 80만 원 정도가 빠져나가는 것도 부담이다. 그나마 호텔비가 나가지 않는 것만 해도 다행이라고 생각해야지.

더구나 인기 유지비도 만만치 않았다. 학생들에게 수시로 피자나 치킨을 사주고, 선생들에겐 가끔 술대접을 하다 보니 통장에 돈이 남아나질 않는다. 신용카드와 마이너스 통장으로 버티고 있지만 뭔가 돌파구가 필요했다.

"기 선생, 잠깐 나 좀 봅시다."

또 교감이다. 무슨 말을 할지 뻔하다. 이젠 좀 지친다. 이렇게 눈치가 없을까.

학교 앞 카페로 나를 불러낸 교감이 사진 한 장을 내밀었다. 거기에는 지극히 평범한 얼굴이 나를 보고 있었다. 못 생긴 건 아닌데 딱히 매력도 없다. 어차피 관심 밖이다. 포토샵을 했는데도 저 정도라면 말하기도 싫다. 교감은 도대체 무슨 생각으로 저런 여자를 소개하는 걸까?

"강남 신사동에서 꽤 큰 음식점을 하는 고향 형님이 있어. 고등학교 선배이기도 하고. '강남가든'이라고 제법 유명한 갈빗집이야. 한 달 매출이 10억이 넘는대나. 웬만한 중소기업보다 규모가 크더라고. 이 형님에게 무남독녀 외동딸이 있는데 나보고 신랑감을 구해달라는 거야. 다른 조건은 필요 없고, 사람 하나 괜찮으면 된다고. 돈이야 자기가 많으니까. 내가 사람도 많이 알고, 사람 볼 줄 아는 눈도 있다고 하면서 자꾸 부탁을 하는데 기 선생 말고 내가 누구를 소개하겠어? 기 선생 얘기를 하니까 꼭 좀 만나게 해달라고 신신당부를 하더라고."

한 달 매출이 10억이면 일 년에 120억. 순이익을 30%만 잡아도 36억? 머리가 순식간에 돌아갔다. 이까지 계산하다가 속으로 내 머리를 쥐어박았다.

기파랑. 너 이 정도밖에 안 되는 놈이었어? 관심 밖이라고 하더니 돈 좀 많다고 갈등을 해? 한심하다. 재벌도 아니고, 겨우 음식점 사장에 흔들리다니.

교감은 내 눈치를 살피는 것 같았다.

"아참, 그 형님이 강남역 사거리에 10층짜리 빌딩도 갖고 있어. 요즘 제일 부러워한다는 건물주지. 조물주 위에 건물주 말이야. 허허허. 요즘 다른 건물도 보러 다닌다는 얘기가 있던데. 이런 사람이 진짜 알부자야. 험험."

교감은 괜히 헛기침을 했다. 나도 그렇지만 교감도 평소의 모습이 아니었다. 그동안 우리가 돈과 관련한 얘기를 한 적이 없다 보니 이런 분위기 자체가 어색했다.

"내가 기 선생을 무시한다고 생각하지 마. 기 선생이 돈을 바라는 속물이 아닌 줄은 나도 알지. 하지만 돈만 많다고 이러는 게 아냐. 그 형님이 부동산 졸부 이런 거 아니에요. 젊었을 때부터 열심히 일 해서 모은 거야. 집안도 괜찮아요. 아가씨도 숙명여대 나왔고."

교감은 어색한 분위기를 깨려고 이런 저런 얘기를 쏟아냈다.

"기 선생, 일단 한 번 만나 봐. 만나는 게 어려운 건 아니잖아. 사람은 무조건 만나봐야 아는 거야. 말만 듣거나 사진만 보고 알 순 없다니까. 자기 짝은 다 따로 있는 법이야."

이쯤 해서 못 이기는 척 하고 들어주는 게 정답이다. 솔직히 나도 그 정도면 만나볼까 하고 생각했으니까. 무남독녀라는 게 더 솔깃했다.

"교감 선생님께서 이렇게까지 말씀해 주시는 데 거절하면 제가 나쁜 놈이죠. 만나 볼게요. 신경 써 주셔서 감사합니다."

"그래그래. 기 선생이 이럴 줄 알았어. 고마워. 내가 약속 잡고 연락해 줄게."

우선경.

나이는 나보다 세 살이나 많았다. 또 연상이다. 이제 연상은 만나지 않으려고 했는데 이게 무슨 운명인지. 아마 내 사주에 연상의 여인과 엮여야 하는 팔자가 있는 것 같다.

혹시는 역시였다. 실물로 보니 더 매력이 없었다. 어차피 얼굴 보고 만나려고 했던 건 아니었으니까. 그래도 부잣집 딸이라고 그동안 여러 남자를 퇴짜 놓았었노라고 자랑을 늘어놓았다.

항상 그랬듯이 최대한 정중하게, 품위 있게 행동했다. 배려는 나의 트레이드마크다. 최대의 무기는 얼굴과 몸이지만 중저음의 목소리가 싫다고 한 사람도 지금까지 보지 못했다.

아가씨의 눈에서 꿀물이 뚝뚝 떨어지고 있었다. 이제 나의 결단만 남았다.

결혼을 한다면 과연 그 생활을 잘 유지할 수 있을까. 지금까지 성공적인 학교생활을 해온 걸로 봐서 좋은 남편 역할도 잘 할 자신은 있다. 내 전생이 배우였는지 쇼하는 것은 문제가 없다. 신경이 쓰이는 것은 결혼을 하게 되면 지금처럼 자유롭게 아라와 정아를 만날 수 없다는 점이다. 지금보다 훨씬 더 정교하게 시간을 설계하고, 위장해야 한다.

잘 생각하자. 무엇을 잃고, 무엇을 얻는가. 결혼하고 나서도 이중생활을 완벽하게 할 수 있을까. 지금 결혼하는 게 과연 올바른 결정일까.

결정하는 데 그리 많은 시간이 걸리진 않았다. 잃는 것보다 얻는 게 훨씬 크다.

결혼식까지 일정은 일사천리로 진행됐다. 예비 장인·장모님도 처음 만난 날부터 나에게 흠뻑 빠졌다.

“우리 선경이가 이렇게 좋아하는 남자는 자네가 처음이야. 자기는 결혼하지 않겠다며 아예 소개도 안 받겠다고 하더니 자네 만나고 온 날, 바로 결혼하겠다고 하지 뭔가.”

더욱 신중해야 한다. 마냥 들떠있다가는 실수하기 마련이다. 최대한 점잖고 예의바르게 행동해서 신뢰를 다져놓아야 한다.

신혼집은 강남 삼성동의 38평짜리 아파트로 구했다. 처가에서 불과 200m 정도 떨어진 곳이다. 딸과 멀리 떨어지기 싫다는 장인·장모의 뜻이었다. 나야 어떻든 상관없었다. 오히려 아내가 수시로 친정에 가는 게 좋아.

“기 서방, 내가 여러 차를 몰아봤지만 역시 독일 차가 튼튼하면서도 승차감이 좋아. 자네는 BMW하고 아우디, 벤츠 중에서 뭐가 좋은가?”

이럴 때 속내를 보이면 안 돼. 어차피 시간이 지나면 다 가질 수 있는데 서둘 필요가 없지.

“장인어른, 저는 학교 선생입니다. 학교에 외제차 몰고 가면 위화감만 조성할 수 있습니다. 학생들에게 본도 보여야 하고요. 그냥 국산 중형차면 충분합니다.”

“음, 선생은 언제까지 할 생각인가. 자네만 좋다면 회사든 음식점이든 차려줄 수 있는데.”

“혹시 장인어른께서 저에게 일을 맡기신다면 언제든 하겠습니다. 하지만 지금은 계속 선생을 하고 싶습니다. 학생들을 가르치는 일을 천직으로 생각하고 있습니다.”

장인은 고개를 끄덕이며 "내가 사위 하나는 잘 얻었네"라며 흡족해 했다.

들여다보면 볼수록 처가는 알부자다. 내가 생각했던 것보다도 훨씬 더. 이걸 다 내가 가질 수 있다는 생각만 하면 하늘을 날 것 같다. 물론 언제가 될지는 모른다. 요즘 같은 100세 시대에 30년 후가 될 수도 있지만 생각만으로도 기분이 좋다. 더구나 재산 갖고 싸울 형제가 없다는 게 너무 너무 좋다. 재산 다툼을 하는 형제간 뉴스는 나하고는 전혀 상관없는 일이었다. 우리는 그런 재산이 없으니까. 그런데 부잣집 사위가 된 지금도 그런 걱정할 필요가 없으니 이런 행운이 또 있을까 싶다.

선배로부터 최고의 중매쟁이라는 찬사를 받은 교감도 한껏 기분이 좋았다. 장인에게 선물 받은 양복을 선생들에게 보여주며 자랑하기 바빴다. 강남가든이 마치 자기 것처럼 얘기하는 데 정말 웃긴다. 선생들은 참 단순하다. 요즘에는 촌지가 없어져서 그런지 조그만 선물에도 감격한다. 이 기회에 교감을 완전한 내 편으로 만들자.

부모님은 내가 대학 합격했을 때보다 더 좋아했다. 결혼 얘기만 꺼내면 눈을 부라리며 손사래를 치던 아들이 어느 날 갑자기 부잣집 딸을 며느리로 데리고 왔으니 춤이라도 추고 싶었을 거다.

예단 목록을 보고 엄마는 거의 까무러칠 뻔 했다. 아빠 양복에 금단추 한복 두루마기. 엄마 양장, 한복에 온갖 노리개. 동생 아름이까지 양장에 한복이었다. 여기에 킹사이즈 침대·58인치 TV·양문 냉장고 등 거의 신혼살림 같았다.

엄마가 "우리 집이 좁아서 이런 거 들여놓을 형편이 안 된다"고 하자 장모가 "그럼 좀 큰 아파트를 알아봐 주겠다"고 했단다.

엄마는 "내가 아들 덕에 이런 호사를 누릴 줄 몰랐다"며 눈물을 흘렸다. 나는 다른 것보다 이제 엄마 몸에서 생선 비린내가 나지 않게 돼서 좋았다.

할머니 말이 맞았어요. 돈을 따라가면 안 되고, 돈이 따라와야 한다고요. 여자와 함께 돈이 저절로 따라왔네요.

엄마 말도 맞았어요. 희한하게 돈 버는 사람이 많다고 하셨죠? 나는 모은 게 하나도 없었는데 부잣집 딸과 결혼하니까 하룻밤에 부자가 돼버렸어요. 세상 참 요지경이네요.

그렇게 해서 나는 잘 생기고, 몸 좋고, 능력 많고, 인기 많고, 앞날이 창창한데다 부잣집 사위인 유부남 교사가 됐다.

한 가지 빼먹었다. 여자도 많다.

강석규 2

범인을 놓치다

"돈 놔뒀다는 장소에는 가봤지?"

"예, 민호 집에서 약 300m 떨어져있는 골목의 신축 빌라 공사장입니다. CCTV도 멀리 있고, 뒤쪽은 어두워서 밤에는 잘 보이지도 않는 곳입니다. 범인이 이곳 지리를 잘 알고 있는 놈인 것 같습니다."

음성변조에 대포폰. CCTV가 잘 잡히지 않는 곳을 골라 범행 장소로 택했다. 일단 이것만 보면 전과자 소행인 것 같긴 한데.

아니지. 요즘에야 머리만 조금 잘 돌아가는 놈이라면 이 정도는 충분히 알 수 있을 거야. 인터넷에 돌아다니는 범죄 정보가 오죽 많아야지. 경찰의 과학 수사 기법도 발달했지만 범죄자들이 경찰 머리 꼭대기에서 놀고 있으니 범인 체포가 더 힘들어진다.

제일 중요한 것은 민호의 생명을 지키는 일이다. 이럴 때 필요한 것은 속도전이다. 시간을 끌수록 민호의 생명이 위태롭다. 네댓 살도 아니고 중학생이라니. 범인의 인상착의라든지 모든 것을 기억할 텐데 돈을 받았다고 순순히 풀어줄 리가 없다.

그러고 보니 정말 이상한 게 한두 가지가 아니다. 왜 하필이면 범행 대상을 남자 중학생으로 골랐지? 손쉬운 어린애들 놔두고? 아무리 다리가 불편하다고 해도 중학생 정도가 저항을 하면 납치하기 힘들었을 텐데. 소리를 지를 수도 있고. 그리고 민호네 집 형편이 넉넉하다고는 해도 납치까지 해서 돈을 요구할 정도로 부자는 아닌 것 같은데. 5억 원밖에 요구하지 않을 거면서 중학생이라는 위험부담을 감수하면서까지 왜 민호를 납치했을까.

확실히 통상적인 유괴나 납치 사건과는 결이 많이 다르다.

"모든 가능성을 두고 용의자를 찾아. 아버지 쪽만 보지 말고, 엄마 쪽도 봐야지. 그리고 사업 관계, 학교 관계 싸그리 뒤져봐. 서장님 지시로 오늘부터 강력계 전원이 달라붙는다."

서장님도 이 사건을 보고받는 즉시 직감으로 큰 건임을 인지하셨던 것 같다. "오랜만에 우리 관할에서 터진 큰 사건이다. 마포서 명예를 걸고 최대한 빨리 해결하도록 하라"고 지시하셨다.

"초동 수사가 가장 중요하다는 건 다들 알고 있지? 사소한 거 하나라도 놓치면 안 돼. 민 완이는 CCTV를 뒤져 민호가 하교할 때 누구를 만났는지, 어디로 갔는지 추적해. 다리가 불편한 애니까 찾기는 쉬울 거야. 강호상이는 민호 핸드폰 위치 추적해. 이도성은 아버지 쪽 관계자들 싹 뒤지고, 박치국은 엄마 쪽 사람들 조사해. 그리고 최상현은 학교에 가서 선생, 친구들 만나서 그 날 민호에게서 특이점은 없었는지 알아봐. 조금이라도 수상한 게 발견되면 즉시 보고해."

빨리 단서가 나와야 한다. 민호가 누구를 만났는지 CCTV에 잡혔어야 하는데. 그러면 의외로 빨리 해결될 수도 있다. 이럴 때 범인이 전화해서 돈을 더 요구하는 것도 좋다. 아직 민호가 살아있다는 증거이면서 동시에 범인이 누구인지 알 수 있는 절호의 기회이기 때문이다.

"확실히 이상합니다. 민호가 집과 반대쪽으로 갔어요."

완이가 고개를 갸웃거리며 말했다.

"반대쪽으로 갔다니?"

"CCTV에 찍힌 걸 보니까 민호가 혼자 교문을 나와서 집하고 반대쪽으로, 그러니까 마포역 쪽으로 갔습니다. 누굴 만나러 간 것 같은데 골목으로 들어간 다음에 나오는 장면이 없어요. 골목이 하도 복잡해서 다른 쪽 CCTV는 지금 모두 다 뒤지고 있는데 아직 못 찾았습니다. 골목 안에서 사라졌을 가능성도 있습니다."

"그 골목 안에는 뭐가 있어?"

"4, 5층짜리 건물하고, 연립과 단독주택들이 밀집돼 있습니다."

"그러면 건물들마다 가서 거기 있는 CCTV 다 돌려봐. 거기서 사라졌다면 뭔 가라도 나오겠지."

"예, 알겠습니다."

"혹시 민호가 그 근처에 감금돼 있을 수 있으니까 조용히 수사해야 돼. 범인이 눈치 채면 도망가거나 민호를 해칠 수 있으니까."

"명심하겠습니다."

골목에서 사라졌다면 민호는 그 골목 어딘가에 감금돼 있을 수 있다. 이런 생각을 하다가 불현 듯 고개가 갸우뚱해 졌다. 아니야.

납치한 애를 학교 근처에 데리고 있다고? 아무리 간이 큰 범인이라 하더라도 그렇게 무모한 일을 벌일 리가 없다.

"그리고 민호 집에 연락해서 그 골목에 무슨 연고 있는 데가 있나 물어봐. 평소에 가는 곳이 있는지. 만일 아는 곳이 있다면 거기부터 뒤져야지."

발상은 그럴 듯 했지만 역시 소득은 없었다. 아버지는 물론이고, 민호 엄마도 모르는 골목이라고 했다. 민호가 왜 그 골목으로 갔는지 전혀 모르겠다고 했다.

모르는 골목, 평소에 가지 않던 골목으로 갔다. 그것도 학교 마치자마자. 그렇다면 누구를 만나러 갔다는 얘긴데. 누구와 만났을까. 누구와 언제 약속을 했을까.

확실히 면식범이다. 모르는 사람이 연락했다면 민호가 집에도 알리지 않고 갔을 리가 없다. 범위를 더 좁히자. 민호도 아는 사람이다.

"계장님. 핸드폰 위치 추적했는데요. 이것도 좀 이상합니다."

강호상이 왔다.

"민호가 마포역 인근의 골목으로 간 거는 맞습니다. 그런데 신호가 꺼졌다가 마지막으로 위치가 잡힌 거는 김포공항입니다."

"김포공항이라고?"

"예."

"액면 그대로 해석하면 민호가 마포역에서 지하철 5호선을 타고 김포공항으로 갔다는 말이잖아."

"그렇습니다."

"아냐, 아닐 거야. 만약 민호가 처음부터 김포공항으로 갈 생각이었다면 공덕역에서 지하철을 타지, 뭐 때문에 마포역까지 걸어갔을까. 다리도 불편한 애가."

"그러네요. 그러면 마포역 근처에서 유괴를 당해 김포공항까지 이동했을까요?"

"그럴 가능성이 크지. 그런데 핸드폰 신호가 꺼졌다가 김포공항에서 켜졌다면서?"

"예. 그렇습니다."

"그건 이상하지 않아? 마포역에서 민호를 유괴한 다음 위치 추적을 피하기 위해 핸드폰을 끈 것까지는 좋아. 그런데 김포공항에서 다시 켰다? 그건 민호가 여기 있소 하고 알리는 건데 그럴 리는 없어. 이건 다분히 교란 작전일 가능성이 커."

"맞습니다. 민호가 마포역 근처에서 유괴당한 거는 확실한 것 같습니다. 만약 김포공항으로 이동했다면 사람들 이목이 많은 지하철을 이용하지 않고, 차량으로 이동했을 겁니다. 민호가 마포역 쪽으로 다시 나오는 장면도 없어요. 그런데 김포공항에서 다시 핸드폰이 켜졌다면 저도 이건 의도적인 거라는 의심이 듭니다."

민 완이 거들었다.

전화벨이 울렸다. 최상현?

"반장님, 학교에서 민호 담임이나 친구들 다 만나서 물어봤는데요. 민호가 사라진 날 특이점은 없었답니다. 평소에도 별로 말이 없었지만 그 날이라고 특별히 더 우울해하거나 불안해하거나 하지 않았고요. 그런데 민호가 종례 후에 체육선생님과 얘기하는 걸

봤다는 친구가 있습니다."

"체육선생을 만났다고? 그럼 민호를 마지막으로 본 게 체육선생이라는 거야?"

"일단은 그렇다고 봐야죠."

"그럼 체육선생 만나서 물어봐."

"벌써 만났죠. 특별한 얘기는 없어요. 민호가 발이 불편하니까 체육 수업에는 주로 견학을 했대요. 그래서 다음 학기에는 어떻게 할 건지 그런 얘기 하다가 그냥 헤어졌다고 하더라고요."

민호를 마지막으로 본 게 체육선생이다. 그 후에 민호는 집과 반대쪽으로 갔다. 체육 선생으로부터 뭔가 실마리가 풀렸으면 좋겠다.

"뭐라고요? 알겠습니다."

완이 자리에서 벌떡 일어났다.

"계장님. 전화가 왔답니다."

"무슨 전화?"

"유괴범한테요. 돈을 더 요구했대요. 민호 아버지가 이번엔 녹음을 했답니다."

"나랑 같이 가자."

희망이 보인다. 대담하게 돈을 더 요구해? 아직 민호가 살아있을 가능성이 있다. 범인을 잡을 기회도 생겼다.

"여보세요."

"경찰에는 연락 안했겠지? 연락하는 순간 민호는 죽는다. 지난번처럼 오늘 밤 새벽 1시에 같은 장소에 5억 원을 갖다놓아라. 가방 두 개에 나눠서. 이번에는 정말 민호를 풀어주겠다."

"여보세요, 여보세요. 선생님, 민호 목소리라도 들려주세요."

민호 아버지가 다급하게 외쳤지만 통화내용은 그게 다였다. 역시 목소리를 변조해서 남자인지 여자인지 모르겠다.

"민 완 형사는 이거 받아서 국과수에 성문 분석부터 맡겨."

"알겠습니다."

일단 범인 목소리를 확보했으니까 큰 소득이다. 그리고 접선 장소와 시간을 알아냈으니 범인 검거는 시간문제다.

"민호 아버지, 잘 하셨습니다. 일단 돈은 준비하시고요. 만일을 대비해서 추적이 가능하도록 일련번호로 된 신권으로 찾아주세요. 저희가 잠복해서 반드시 범인을 잡겠습니다."

"감사합니다. 우리 민호 꼭 살려주세요."

"물론이죠."

이번에도 5억 원을 요구했다. 007가방으로 두 개다. 양 손에 하나씩 들고 가겠다는 얘기다. 5만 원 지폐의 무게는 약 1g이다. 5억 원이면 1만 장이니까 10kg. 둘로 나누면 가방 무게까지 합쳐서 하나에 6kg 정도다. 물론 한 손에 더 무거운 것도 들 수 있지만 부피가 커진다. 큰 가방을 들고 가면 사람들 눈에 띌 수 있다. 그렇다면 차로 오지 않고, 도보로 오겠다는 말이다. CCTV까지 의식한 것 같다. 두 개까지는 괜찮다고 생각한 걸까? 범인은 민호 가족이 정말 경찰에 신고하지 않았다고 믿고 있을까?

오늘 밤이 디데이다. 반드시 범인을 잡고, 민호도 무사히 구해야한다.

돈을 갖다놓으라고 한 신축 빌라 공사장은 골목 안쪽에 있었다. 작은 빌라들과 단독주택들이 다닥다닥 붙어있는 골목이다. 요즘 빌라 붐이라고 하더니 여기저기 일반 단독주택을 헐고, 빌라를 짓고 있었다. 이름을 빌라라고 해서 그렇지 사실 연립 주택이다.

공사장 왼쪽에는 빈 집이었다. 여기도 빌라를 짓기 위해 철거하려는 것 같았다. 오른쪽에는 꽤 마당이 큰 단독주택이 붙어있다. 집주인들끼리 합의해서 같이 철거했다면 좀 더 그럴듯한 건물을 지을 수 있을 텐데.

공사장 앞 쪽은 폭이 3m 정도 되는 골목이고, 왼쪽으로는 50m 정도 떨어진 곳에 2차선 도로, 오른쪽으로는 약 30m 거리에 2차선 도로가 있다. 군데군데 차들이 주차돼 있어서, 한꺼번에 교행은 힘들다. 좁은 골목에 빌라를 자꾸 지으면 주차는 어떻게 하나. 건축허가는 어떻게 났지?

낮에도 사람들 왕래가 거의 없어 한적한 느낌이다. 확실히 범인은 이곳을 잘 알고 있거나 여러 차례 답사를 해서 장소를 정할 만큼 치밀한 놈이다.

도로 구조는 비교적 단순해서 양쪽 도로와 공사장 맞은편에서 지키고 있으면 범인이 빠져나갈 공간은 없다.

"밤 10시부터 잠복 들어간다. 민 완하고 이도성은 왼쪽 골목을 맡고, 강호상하고 박치국은 오른쪽 골목 맡아. 최상현은 나하고 반대쪽 건물 옥상에서 대기한다. 거동 수상자가 나타나면 반드시 연락해라."

"범인이 돈 가방을 찾아서 나가는 순간 덮칠까요?"

"그러면 가장 확실하지만 혹시라도 공범이 있을 경우를 대비해야 해."

공범이 있으면 얘기가 달라진다. 범인이 돈을 찾으러 올 때 공범이 민호를 데리고 있다면, 반대로 공범에게 돈 심부름을 시킨다면 현장 검거는 매우 위험하다. 민호의 생명을 보장할 수 없기 때문이다.

"공범이 있다는 가정 하에 미행한다. 민호가 감금돼 있는 장소를 찾아서 동시에 민호도 구하고, 범인도 잡아야겠지."

"범인이 차로 올 수도 있지 않을까요?"

"그럴 가능성은 거의 없지만 그러면 더 좋지. 차적 조회할 수도 있고. 어차피 빠져나갈 곳이 양쪽 2차선 도로 밖에는 없으니까 미행하기에 어렵지 않아."

가로등은 양쪽 도로에 있다. 가뜩이나 빛이 별로 없는 골목인데 밤 11시가 지나면서 비까지 오기 시작했다. 불행은 함께 붙어서 온다더니 잠복근무하기에 최악의 조건이다. 더구나 공사장 앞에는 안전을 위해 가림막을 쳐놓아서 안에서의 움직임은 출입구를 통해서만 볼 수 있었다.

"계장님, 새벽 1시면 여기가 더 깜깜해질 텐데 혹시 나이트 고글이 필요할까요? 군대에서만 쓰던 건데 작년에 우리 서에도 지급이 됐답니다."

옆에 있던 최상현이 말했다.

"나이트 고글? 아, 야시경? 그건 깜깜한 산 속이거나 완전 소등

된 건물 안에서나 사용하는 거야. 아무리 어둡다고 해도 저기 가로등이 있는데 쓰면 안 돼. 잘 못 하다가 실명하는 수가 있어."

아무리 어두워도 단순한 곳이다. 공사장 안에서 무슨 일이 벌어지든지 들어오고 나가는 곳은 한 군데다. 범인이 나타나지 않으면 헛수고지만 나타나기만 하면 반드시 잡을 수 있다.

"계장님, 민호 아버지 오셨습니다."

새벽 0시50분. 강호상에게 연락이 왔다. 조금 후 우비를 입고, 양 손에 가방을 든 민호 아버지가 나타났다. 공사장 안으로 들어가더니 랜턴을 켰다. 확실히 공사장 안은 랜턴을 켜지 않으면 앞을 분간할 수 없을 정도로 어두웠다. 민호 아버지는 두려운 지 서둘러 공사장을 빠져나와 종종 걸음으로 사라졌다.

"아직 거동수상자는 없었지? 지금부터 정신 바짝 차려라. 한 순간도 놓치면 안 돼."

빗줄기는 더욱 거세졌다. 경찰 경력 25년 중 강력계 생활만 20년이 넘는데 아직도 비 오는 날 잠복근무는 싫다. 신경은 바짝 곤두 서있는데 자꾸 시야를 가리니까 돌아버릴 것 같다. 차 안에 있으면 몸은 편하지만 빗방울 때문에 차창이 흐려져서 밖이 잘 보이지 않는다. 와이퍼도 사용할 수 없다. 주차돼 있는 차에서 와이퍼가 작동하면 누가 보더라도 수상하다. 범인에게 우리 여기 있소 하고 알려주는 꼴이다. 그래, 비 맞고 있어도 좋으니까 제발 나타나기만 해라.

시간은 속절없이 지나가고 있었다. 새벽 3시. 너무 조용하다.

"아직 움직임이 없나?"

"전혀 없습니다."

범인이 눈치를 챘을까. 초조해진다. 5시 정도면 사람들이 다니기 시작하니까 만약 온다면 4시 이전이 될 가능성이 크다.

밤새 추적추적 내리던 비가 그쳤다. 한결 낫다. 하지만 눈은 뻑뻑하다. 평소에는 느끼지 못하다가 밤샘 한 번 하면 나이를 먹는다는 걸 실감한다. 어렸을 때 할아버지가 수시로 "삭신이 쑤신다"고 해서 그게 무슨 말인지 몰랐는데 이제 내가 그런 말을 할 때가 왔다. 정말 온 몸이 쑤신다. 이제 이 짓도 못해 먹겠다.

부옇게 동이 터오고 있었다. 대한민국의 유능한 강력계 형사 6명이 밤을 하얗게 새웠는데 아무 일도 일어나지 않았다.

아무래도 범인이 눈치를 챈 것 같다. 어디서 낌새를 느꼈을까. 혹시 주변에서 우리를 지켜보고 있는 것은 아닐까. 그런 생각을 하니까 갑자기 섬뜩한 느낌이 든다.

생쥐 같은 놈. 이렇게 되면 수사가 장기화될 가능성이 있다. 빨리 단서를 찾아야 한다. 돈을 포기했다는 것은 경찰이 수사를 한다는 사실을 알고 있다는 말이다. 민호가 위험하다.

"계장님, 돈 가방이 없어졌어요."

최상현이 하얗게 얼굴이 질린 채로 뛰어왔다.

"무슨 소리야. 돈 가방이 없어지다니."

"아무리 찾아도 없어요. 귀신이 곡할 노릇이네요."

공사장 안으로 튀어 들어갔다. 돈 가방을 놓으라고 한 기둥에는 아무 것도 없었다. 한 쪽에는 시멘트와 벽돌, 목재 등 건자재가 쌓

여있었지만 민호 아버지가 그곳에 돈 가방을 놓았을 리는 없었다.

"민호 아버지에게 어디다 가방을 놓았는지 연락해봐."

민호 아버지야 당연히 기둥 뒤에 놓고 나왔다고 했다.

이게 무슨 조화일까. 분명히 아무도 온 사람이 없었는데. 우리 모두가 동시에 졸지 않았다면 이런 일이 일어날 수가 없다.

"계장님, 여기 와 보세요."

강호상이 가리킨 곳에 사람 하나가 옆으로 겨우 지나갈 만한 틈새가 있었다. 담을 헌 다음 뒷집에 방해가 될까봐 가림막을 설치해 놓았는데 그 사이에 조그만 틈이 있었던 것이다.

이곳을 통해 들어와서 가방을 갖고 나갔다?

만일 경찰이 지키고 있는 걸 알면서도 그랬다면 정말 대담한 놈이다. 몰랐는데도 그랬다면 만일의 경우까지 대비해서 돌다리도 두드리고 건너는 치밀한 놈이다.

아차차. 내 생각이 틀렸다. 이 좁은 틈으로 나가려면 돈 가방이 크면 안 되는구나. 나는 단지 손에 들고 가기 위해 작은 가방 두 개를 요구한 걸로 생각했었다.

형사 생활을 하면서 이렇게 눈 뜨고 당한 경우는 처음이다. 내 일생일대의 치욕이다. 손이 부들부들 떨렸다.

도대체 누구냐 넌.

상현이 말을 들을 걸 그랬다. 야시경이 있었다면 공사장 안의 움직임도 파악할 수 있었을 텐데. 입구만 지키면 된다고 생각한 나의 안일함이 일을 다 망쳐버렸다. 내 탓이다.

"계장님, 죄송합니다. 제 잘못입니다. 공사장 구조를 더 치밀하게 조사했어야 했는데. 제 탓에 범인을 잡을 절호의 기회를 놓쳤습니다. 정말 죄송합니다."

완이 고개를 푹 숙였다.

"됐다. 판단을 못한 내 잘못이 크다. 지금 이러고 있을 때가 아냐. 여기 공사장 인부들 들어오지 못하게 하고, 빨리 과학수사대에 연락해서 족적 수집하도록 해."

승부욕이 강한 완이는 분을 참지 못했다. 어금니를 꽉 다물고 고개를 치켜드는데 눈이 이글이글 타올랐다. 지금 범인이 눈앞에 있다면 당장이라도 뛰쳐나가 죽일 것 같은 기세였다.

우리가 상대하는 범인은 대담하고, 주도면밀한 놈이다. 범인은 내 머리 꼭대기에서 놀고 있다.

이제 어떻게 하지?

기파랑 7

이재영

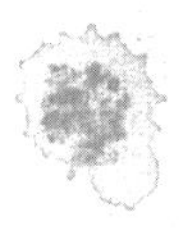

새벽에 눈이 떠졌다. 아내는 옆에서 정신없이 자고 있다. 밖은 아직 어둡고, 주위는 조용하다. 다시 잠을 청했지만 시간이 지날수록 오히려 정신이 점점 맑아진다. 다시 자기는 글렀다.

시계를 보니 오전 4시를 막 지나고 있다. 침대에서 몸을 일으켜 거실로 나갔다. 불도 켜지 않고 소파에 기대앉는다. 혼자 생각하는 시간을 가져본 게 얼마 만인가.

뭔가 이상한 느낌이다. 모든 게 너무 술술 풀리고 있다. 완벽하다. 매일 매일이 행복의 연속이다. 고민할 게 없다. 마지막으로 고민해 본 적이 언제인지 기억이 나지 않는다. 내가 이렇게 행복해도 괜찮아? 호사다마라는데 이러다 큰 사고가 터질 것 같은 두려움이 엄습해온다.

학교생활은 더 이상 바랄 게 없을 정도로 정점을 찍고 있다. 결혼을 하고, 소위 품절남이 됐는데도 인기는 식을 줄을 모른다. 교장과 교감의 신뢰는 절대적이다. 때마다 적절히 접대하고 선물까지 챙기니 그저 홍감해 한다. 선생들은 모두 장가까지 잘 간 나를 부러워한다.

장인은 "어디 가서 절대 기죽지 마라"며 나에게 사용액 한도가 없는 신용카드를 줬다. 무제한 카드라. 생각만 해도 기분이 좋다. 카드를 갖고 있는 것만으로도 VVIP가 될 수 있다는 게 믿어지지 않는다. 전에는 뭐든지 몸으로 때웠는데 돈의 위력까지 더해지니 금상첨화다. 역시 자본주의 사회에서는 돈이 최고다. 돈 앞에 무릎 꿇지 않은 사람을 보지 못했다. 마치 '절대반지'를 갖고 있는 기분이다.

그렇다고 아무데나 가서 마구 카드를 긁어대진 않는다. 카드 사용내역을 장인이 다 볼 수 있는데 그런 멍청한 짓을 할 리가 없지. 이 카드는 황금 알을 낳는 거위다. 절대 배를 가르지 않겠다.

결혼생활 역시 최상이다. 매력 없는 여자와 살아야 한다는 게 유일한 흠이긴 하지만 엄청난 반대급부가 기다리고 있으니 그 정도 투자는 얼마든지 할 만하다. 이렇게 호화롭게 살아도 되나 부모님께 죄송할 정도다. 아직도 적응이 안 된다. 매일 집에서 파티를 하는 것 같다.

아내는 완전히 나에게 빠져있다. 여자들이 좋아할 조건을 다 갖추고 있으면서도 담배 피지 않지, 술 취한 적 없지, 외박 한 번 하지 않는 성실한 남편을 좋아하지 않을 이유가 없다. 물론 밤늦게 오긴 하지만 학교 일이 많아서 그런 줄 알고 있다. 친구들이 자기를 너무나 부러워한다며 매일 밤 자랑하기 바쁘다.

마음에 없는 여자와의 섹스는 감흥이 없다. 아내가 온갖 교태와 신음, 콧소리에 괴성까지 질러대도 마음이 전혀 움직이지 않는다. 아내 귀에 대고 "사랑해"라든지 "당신은 나의 천사"라고 속삭이고, 섹스 도중에는 장단을 맞춰주느라 흥분한 척 하기는 하지만 모두 다 쇼다.

신체 건강한 30대 초반. 두세 명으로도 만족하지 못할 정도로 왕성한 정력을 자랑하지만 아내 앞에서는 전혀 딴 세상이 된다.

우거지상으로 "오늘 의무방어전이야"라며 비아그라를 챙기는 선배들을 보면서 '왜 저러고 사나'며 혀를 끌끌 차곤 했었다. 아무리 잡은 물고기라 하더라도 여자를 보고 흥분하지 않는다고? 의무방어전이라는 말 자체가 이해되지 않았다. 그러던 내가 비아그라를 챙길 줄은 전혀 예상하지 못했다.

신혼인데 잠자리를 거부할 순 없다. 하지만 정말 미안하게도 아내에게는 성욕이 생기지 않는다. 발기부전이라는 말은 나와 상관없을 줄 알았는데 참 한심하다. 어쩔 수 없이 아내와 잠자리를 갖는 날에는 비아그라의 도움을 받는다. 섹스 중에는 내가 만났던 수많은 여인들을 떠올린다. 지금 내가 안고 있는 이 여자는 진 선생이야, 민식이 누나야 하면서 자기최면을 건다.

아내는 만족한 듯 콧소리를 내며 내 품을 파고 든다. 불쌍한 여자라는 생각이 들 때도 있지만 곧 정신을 차린다. 그런 감상에 젖어있을 때가 아니다. 바로 그런 조그만 틈이 대사를 그르치게 한다.

아라와 정아는 꾸준히 만났다. 아내에게서 얻지 못하는 섹스의 즐거움을 이들에게서 얻어야 했으니까. 결혼 이전보다 조금 더 신경 쓰이긴 했지만 전혀 문제될 게 없다. 아내 앞에서 완벽한 포커페이스를 유지하는 스스로에게 감탄할 정도다.

사실을 고백하자면 아라·정아 외에 다른 애들도 만난다. 날이 갈수록 노골적으로 유혹하는 편지를 건네주는 애들이 점점 많아지고, 나에게 살짝 기대서 가슴을 비벼대는 애들도 있다.

열다섯 살 여자의 세계를 몰라도 너무 몰랐다. 아라처럼 조숙한 몇 몇의 케이스인 줄 알았는데 그게 아니다. 전혀 예상하지 않은 편지를 받고 충격에 빠진 적도 있다.

전교 1등 예은이가 그랬다. 예은이는 담임선생 말로 '학생 기파랑'이다. 예쁘고, 얌전하고, 조신하고, 착실하고, 공부도 잘 하는 모범생이다. 남학생들의 인기를 독차지하고 있는 '엄친딸' 예은이가 나를 사랑한다는 편지를 보내와서 너무 놀랐다.

하지만 좋은 일이다. 서로 주겠다고 난리인데 거절할 이유가 없지. 내가 성인군자도 아니고, 절대로 외도를 하지 않겠다고 다짐을 한 것도 아니고, 종교적으로 무슨 죄책감을 갖는 것도 아닌데 말이다.

더 아래로 내려가 볼까 하는 호기심이 생긴다. 육탄 공세를 하는 애들이 3학년에만 있는 게 아니다. 2학년도 있고, 심지어 1학년 꼬맹이 중에서도 애정표현을 숨기지 않는 경우도 있다.

열네 살, 열세 살의 세계는 열다섯 살과는 어떻게 다를까. 아라와 정아만 해도 웬만큼 성숙한 몸이다. 그렇다면 아직 육체적으로 덜 성숙한 몸은 어떤 느낌일까. 궁금증이 점점 커지고 있다. 혹시 나에게 소아 성애자의 DNA가 있는 게 아닐까.

2학년 이재영. 정말 인형같이 생겼다. 쌍꺼풀이 있는 눈은 크다. 속눈썹이 얼마나 긴지 마치 가짜 속눈썹을 붙이고, 마스카라를 바른 것 같다. 코는 작지만 오뚝하고, 새빨간 입술은 귀엽다. 입을 약간 벌리고 있을 때는 마릴린 먼로 같은 백치미를 연상케 한다. 오밀조밀한 얼굴은 내 손바닥으로 가릴 수 있을 정도다. 그냥 작고, 귀엽다. 교복 상의가 민짜인 것으로 보아 가슴은 거의 발달하지 않은 것 같다.

저 애는 어떨까.

어느새 머릿속에 재영이가 자리 잡고 있다. 재영이를 볼 때마다 투시안경을 쓰고 있는 것 같다. 재영이의 알몸이 보이고, 그 몸을 더듬는 내 모습이 보이고, 그 촉감이 고스란히 전해온다. 몸이 부르르 떨린다.

'한 번만 안아 주세요'하면서 접근해오는 수많은 애들이 있지만 지금은 아무도 눈에 들어오지 않는다. 재영이 생각 밖에 없다.

정아를 안고 있을 때 불쑥 재영이를 안고 있다는 착각에 빠졌다. 뭔가 이상하다고 느낀 정아가 눈을 동그랗게 뜨고 쳐다볼 때에야 아차 싶었다. 이런 실수를 하다니. 그나마 정아라서 다행이다. 아라였으면 곧바로 눈치 챘을 텐데.

이럴 수는 없다. 빨리 해결을 해야 한다.

재영이를 따로 만나는 건 쉽다. 핑계 거리야 많으니까. 그 다음이 문제다. 아무 생각 없는 애를 방에까지 데리고 가는 게 결코 쉬운 일은 아니다. 치밀하게 준비해야 한다. 나와 자고 싶어 안달이 난 애들과는 경우가 다르다.

설사 재영이와 자는 것까지 성공한다 해도 재영이가 부모님께 얘기한다든지 입만 잘 못 뻥끗하면 나의 모든 것이 한꺼번에 무너질 수 있다. 사후 관리까지 신경 써야 한다.

드디어 그 날이 왔다. 토요일에 만나서 맛있는 거 사준다고 하자 재영이는 무척 좋아했다. 사복을 입고 나왔는데도 완전 애기다. 역시 예상대로다.

"선생님 만난다는 얘기는 안했지?"

"그럼요. 친구 만나서 영화보고 점심 먹는다고 했어요."

아무리 머리를 쥐어짜내도 노트르담 외에는 답이 없다. 오피스텔도 위험하다. 재영이 같은 애는 어디를 가든 눈에 띌 수밖에 없다. 그리고 무장해제를 시키려면 승용차 같이 폐쇄된 공간과 시간이 필요하다.

"선생님이 스파게티하고 피자 아주 맛있게 하는 집을 알고 있어."

"저 스파게티 좋아해요. 까르보나라 먹고 싶어요."

참 천진난만하기도 하지. 재영이가 그럴수록 더 갖고 싶다는 욕망이 커진다.

맛있는 점심을 먹고 나자 재영이는 매우 기분이 좋은 듯 했다.

"선생님, 저 이렇게 분위기 있는 음식점에는 처음 와 봐요."

당연하지. 여기는 미슐랭 가이드 원 스타야. 꽤 비싼 이탈리안 레스토랑이지. 그래도 까르보나라를 2만5000원 받는 건 좀 너무한 것 같다. 와인 값은 30만 원이라도 아깝지 않은데 국수 주제에 2만 원 넘어가는 것은 아깝다는 생각이 든다.

재영이를 옆에 태우고 출발했다. 노트르담에 도착하기 전에 사전작업을 끝내야 한다. 모텔 앞에서 들어가니 마니 옥신각신하는 것만큼 보기 싫은 건 없으니까. 더구나 재영이는 누가 봐도 미성년자다.

"재영이는 선생님이 좋아?"

"그럼요. 우리 학교에서 선생님 좋아하지 않는 애 없어요."

얘야, 그런 얘기가 아니잖아.

"재영이는 선생님이 남자로 보일 때 있어?"

"당연하죠. 선생님은 제 이상형이에요. 처음에 선생님 보고 가슴이 철렁했어요. 선생님 별명이 '만찢남'이잖아요. 만화를 찢고 나온 남자. 헤헤."

일단 스타트는 무난하지만 너무 가볍다. 이렇게 무드가 잡히지 않으면 시간이 많이 걸릴 수밖에 없다.

"혹시 선생님과 키스하는 상상을 해본 적 있니?"

움찔하는 게 보였다. 재영이 얼굴이 발그스름하게 달아오르는 게 느껴졌다.

"어, 그건. 어."

재영이가 어쩔 줄 모르며 말을 더듬었다. 이럴 때 생각할 시간을 주면 안 돼.

"그런 적 있구나. 그렇지?"

배시시 재영이 입 꼬리가 올라갔다.

"그때 느낌이 어땠어?"

"아이 참, 선생님도. 그걸 어떻게 얘기해요. 창피해요."

거의 다 넘어왔다.

"좋았어?"

계속된 질문공세에 재영이는 조금씩 무너지고 있었다.

"좋았어요. 몸이 떨릴 정도로요."

재영이 무릎에 오른 손을 살짝 얹었다. 몸이 펄쩍 뛸 정도로 크게 튀었다. 그대로 지그시 무릎을 눌렀다.

"재영아, 이젠 상상하지 않아도 돼."

손을 잡았다. 내 손 안에서 꼼지락꼼지락 하는 게 정말 애기 손을 만지고 있는 것 같다.

과감할 때는 과감해야 한다. 재영이가 멈칫할 새도 없이 어깨를 잡고 노트르담으로 들어갔다. 일단 방 안으로만 들어오면 두려움이 사라지는 마법이 있다. 모텔이라는 생각만 하지 않으면 10대 소녀들이 좋아할 만한 분위기다. 방은 온통 핑크 컬러로 장식돼 있다. 벽지도 핑크, 화장대도 핑크, 침대도 핑크다. 커튼을 걷으면 창밖으로 푸른 숲과 예쁜 꽃들이 감성을 자극한다.

모스카토 다스티 (Moscato d'Asti).

특별히 오늘을 위해서 준비한 이탈리아 산 화이트와인이다. 재영이를 무너뜨리려면 이전과 다른 무언가가 필요했다. 마음의 두려움을 없애주고, 몸을 편안하게 해주는 것으로 이것만큼 좋은 게 없다. 매우 달콤한 화이트와인이다. 당도는 아이스와인이 더 높지만 오히려 역효과가 날 수도 있다.

모스카토 다스티의 알코올 도수가 5.5도라는 건 환상적인 배합이다. 술이 아니라 주스라고 생각해도 될 정도로 달아서 어린아이도 먹을 수 있지만 맥주보다 알코올 도수가 세서 한두 잔 먹다보면 제법 취한다.

예상대로다. 쭈뼛쭈뼛하던 재영이 역시 "맛있다"며 한 잔을 다 먹더니 얼굴에 꽃이 피었다. 적당히 기분 좋은 나른함이 보이기 시작한다.

좋았어. 가볍게 입을 맞췄다. 재영이가 눈을 감았다. 입술을 핥기 시작했다. 재영이가 몸을 부들부들 떨었다. 이가 부딪치는 소리가 생생하게 들렸다.

"괜찮아. 겁내지 마. 재영아, 선생님 믿지? 선생님 절대로 나쁜 사람 아냐."

손으로는 머리와 등을 가볍게 쓰다듬으며 귀에다 작은 소리로 속삭였다.

술기운인지 모르겠지만 재영이 몸이 점점 뜨거워졌다. 조금씩 다가갔다. 여기부터는 정아 때와 데칼코마니다. 마치 데자뷔를 보는 듯해서 웃음이 나왔다.

생각했던 대로 재영이는 그냥 여자 아이였다. 여인의 자태라고는 어디서도 찾아 볼 수 없다. 사타구니를 보지 않으면 남자 아이라고 해도 무방할 정도다.

과연 어떤 느낌일까. 묘한 전율이 등줄기를 타고 올라왔다. 시작하기 전부터 짜릿하면 어떻게 하지? 지금까지와 전혀 다른 세상의 흥분이 나를 감쌌다.

흐느낌 소리가 방의 정적을 깼다.

괜히 했다.

처음에는 좋았다. 새로운 세상을 경험하는 것은 항상 흥분되고, 할 만한 가치가 있는 일이다. 재영이는 분명히 정아와 달랐다. 둘 다 첫 경험인 것은 같지만 반응은 전혀 딴판이었다. 정아도 처음에는 두려워하고, 굳어있었으나 나를 받아들인 다음에는 자기도 좋아했다.

재영이는 계속 나를 튕겨냈다. 거의 나무토막 같이 뻣뻣했다. 이만하면 되겠다 싶은 때도 문은 열리지 않았다. 오히려 그게 나를 더욱 흥분시켰다. 기어코 문을 열고 깃발을 꽂았을 때의 그 쾌감은 정아 때와는 비교가 안 된다. 쉽게 얻은 게 아니라 엄청난 노력을 통해 어렵게 성취해낸 것이어서 더욱 큰 의미로 다가왔다.

그랬는데 찜찜하다. 충분히 흥분시켰다고 생각했음에도 재영이는 계속 아프다고 했다. 천천히 조심스럽게 마치 유리잔을 다루듯이 살살 했는데도 그랬다.

만족스러운 미소를 짓고 있는데 "아파요"라는 말을 들었을 때 심정이 어떨지 상상해보라.

처음으로 담배를 피우고 싶다는 생각이 들었다. 담배 피우는 사람들의 심정을 아주 조금은 이해할 수 있을 것 같다.

재영이의 울음은 그치지 않았다. 난감하다. 선불리 말을 걸거나 행동을 하면 안 될 것 같다.

10분쯤 지났을까. 흐느낌 소리가 겨우 잦아들었다. 살짝 안아주자 재영이가 내 품을 파고들었다.

"선생님, 죄송해요."

"아냐, 아냐. 뭐가 죄송해. 괜찮아."

"제가 선생님 실망시켜 드렸잖아요."

다행이다. 산통이 다 깨지는 줄 알았는데, 십년감수했다.

"재영아, 그렇게 생각하지 마. 누구나 처음에는 다 그래. 처음부터 잘 하는 사람이 어디 있니. 이제 재영이 너도 진정한 여자가 된 거야."

"선생님, 고마워요."

첫 경험의 기억이 좋지 않을 수도 있다는 생각에 재영이를 달래는데 더욱 힘을 쏟았다. 정아에게 쏟았던 노력의 거의 열 배는 한 것 같다. 재영이가 누구한테도 얘기하지 말아야 할 텐데.

섣부른 호기심 때문에 지금까지 쌓아왔던 모든 것을 망칠 뻔 했다. 재영이로 인해서 더욱 조심하게 됐다.

이제부터 위험하게 살지 말자. 쉽게 가자. 나 좋다고 달라붙는 애들이 많은데 굳이 어렵게 갈 이유가 없잖아.

손경훈 4

편지

몸이 가볍다. 아침에 눈을 떴을 때 이처럼 개운한 적이 있었던가. 얼마 만에 이런 기분을 느낀 건지 기억이 나지 않는다.

가벼운 발걸음으로 조간신문을 집어 들고 화장실로 향한다. 매일 똑같은 루틴인데 오늘따라 뭔가 달라진 것 같다.

1면 톱기사 바로 옆에 항암 치료에 획기적인 연구가 이뤄졌다는 기사가 눈에 띄었다. 뭔가 좋은 게 있을 것 같았어. 그동안 항암 효능이 뛰어난 치료제는 개발이 됐지만 암세포까지 가는 도중에 약효가 떨어졌었는데 이번에 직접 암세포까지 도달할 수 있는 약을 개발했다는 내용이다. 이 기술이 상용화되면 수술하지 않고, 먹는 약 만으로도 암을 치료할 수 있다고 한다. 빨리 상용화되면 정말 좋겠다. 내 친구 중에도 벌써 세 명이나 암으로 세상을 떠났다. 진작 이 기술이 개발됐으면 이 친구들도 살 수 있었을 텐데.

출근길이 즐겁다. 미세먼지로 회색빛이었던 하늘도 모처럼 맑고 파랗게 다가왔다. 저절로 콧노래가 나온다. 참 신기하기도 하지. 지하철 역 계단도 가뿐하게 오른다. 오늘도 '계단과 친해지면 건강이 가까워집니다'가 나를 반겨준다. 그럼, 그럼. 내가 산 증인이다.

한 무리의 여학생들이 앞서가다가 나를 보고는 일제히 고개를 숙이며 인사를 한다.

"교감 선생님, 안녕하세요."

"응, 그래. 어서 가자."

오늘따라 학생들이 더 예쁜 것 같다. 학생들의 얼굴이 밝으면 내가 잘 가르쳐서 그렇게 된 것 같아 괜히 기분이 좋다.

"교감 선생님, 차 한 잔 합시다."

교장이 불렀다. 교장실은 단정하고 깨끗하다. 교장실에 올 때마다 부럽다. 나는 언제 교장이 될까.

교사의 최종 목표가 교장이기도 하지만 혼자 근무하는 방이 생긴다는 사실이 나에게는 또 다른 의미로 다가온다.

자랄 때는 형제가 많아 내 방을 갖는 게 소원이었다. 결혼을 해서도 교사 박봉에 내 방이 따로 있는 큰 집에서 살아본 적이 없다. 학교에서도 30년 동안 내 자리는 항상 교무실 책상 하나였다. 교감이 된 후에 공간이 넓어지긴 했어도 여전히 교무실을 벗어나진 못한다. 50대 중반을 넘겨 이제 60을 바라보는 나이지만 '내 방'은 아직도 희망사항이다.

"교감 선생님, 내년에는 교장으로 나가실 것 같습니다."

"정말입니까. 무슨 정보라도 들으셨어요?"

아침에 기분 좋았던 게 이 말을 들으려고 그랬던 걸까.

"이미 교장 승진에 필요한 점수는 다 따놓으셨잖아요?"

"그건 그렇죠."

"교육청 장학관에게 들은 얘기인데 올해 우리 학교에 대한 교육청 평가가 아주 좋습니다. 당연히 교감 선생님에게 기회가 오지 않겠어요? 사실 지금도 늦은 거죠."

"그렇게 말씀해 주시니 감사합니다."

사실 나도 그런 기대는 하고 있었다. 내심 학교 평가에서 S등급도 받을 수 있다고 생각했으니까.

대외적으로는 육상부가 전국대회에서 우수한 성적을 거뒀고, 수학 경시대회에서도 상위권을 차지했다. 양성평등 시범학교로 선정돼 학생과 교사 모두 적절한 교육을 실시했고, 학교폭력 문제도 없었다. 기파랑 선생이 온 이후에 모든 것이 안정적으로 돌아가고 있다. 이 정도면 충분히 S를 받을 수 있다고 생각한다. 그렇다면 내가 교장이 안 될 이유가 전혀 없다.

사실 점수로만 보면 교장 대기자 가운데 내가 상위권이다. 그런데 매번 탈락이었다. 나보다 점수가 낮은데도 나를 제치고 먼저 교장이 된 교감이 네다섯 명이나 된다. 그때마다 '도대체 저들은 무슨 백이 있어서 먼저 교장이 됐을까'하고 화가 머리끝까지 뻗쳤다. 나도 교육감 찾아가서 승진 청탁을 해볼까 하는 유혹을 떨칠 수가 없었다. 하지만 그럴 돈도 없었고, 순수한 나의 능력만으로 교장이 되고 싶었다. 지금이라도 교장을 맡겨만 주면 어떤 학교든 최고로 만들 자신이 있다.

오늘 교장도 확인해줬다. 내년에는 드디어 그토록 고대하던 교장이 될 것이다. 내가 교장이 된다면 하고 싶은 일들이 정말 많다.

어느 조직이든 앞에 'vice'가 붙는 2인자가 할 수 있는 일은 거의 없다. 말 그대로 1인자의 대리인 또는 보조일 뿐이다.

"교감 선생님, 잠깐 드릴 말씀이 있습니다."

잠시 눈을 감고, 교장이 되면 할 일을 상상하고 있을 때였다. 황기찬 선생이 다가와 조심스레 말을 꺼냈다.

"무슨 일입니까."

"여기서는 좀 곤란하고요. 휴게실로 가시죠."

무슨 비밀 이야기가 있다고 이럴까.

휴게실에 아무도 없는 것을 확인한 황 선생은 예쁘게 접힌 편지지 하나를 꺼냈다.

"이게 뭡니까."

"학생이 제 서랍에 넣어둔 건데요. 제 편지인 줄 알고 읽어보니까 기파랑 선생한테 보내는 거더라고요. 아마 제 책상하고 기 선생 책상하고 헷갈린 것 같아요. 그런데 내용이 좀… 기 선생한테 주기도 그렇고, 그냥 넘길 수도 없고 해서 교감 선생님께 드리는 겁니다."

황 선생이 진짜 난감한 표정으로 말했다.

느낌이 안 좋다. 보고 싶지 않다.

편지지를 펼쳐보는 손끝이 떨렸다.

첫 세 줄을 읽는데 심장이 멎는 줄 알았다.

선생님, 저 재영이에요.

지난번엔 정말 죄송했어요. 처음이라 너무 아팠어요.

하지만 좋았어요. 제 순결을 바친 남자가 기파랑 선생님이라서 참 기뻐요.

그런데 선생님, 저 피하시는 거 아니죠?

선생님, 만나고 싶어요.

큰일 났다. 어떻게 하지?

동시에 오만가지 생각이 스쳐 지나갔다. 기 선생이 그럴 리가 없어. 저 어린 중학생과? 더구나 제자를? 결혼도 했잖아. 그럴 수가 없지. 아닐 거야.

일단 재영이라는 학생을 불러서 내용을 확인하는 게 급선무다.

상담실로 불려온 재영이는 내가 불안할 정도로 온 몸을 떨었다. 재영이를 보는 순간 안심이 됐다. 이렇게 어린 애를 건드리는 건 불가능하다.

"재영아, 야단치려고 부른 거 아니야. 그리고 집에도 절대 알리지 않을 거야. 걱정하지 마. 그러니까 그냥 솔직하게만 얘기해 줘. 그 편지는 왜 썼어?"

재영이는 얼굴이 하얗게 돼서 울기만 했다. 아무리 달래고 얼러도 소용없었다. 15분이 지나도 울음을 그치지 않았다.

이래 가지고는 안 된다. 할 수 없다. 기 선생을 불러라.

"교감 선생님, 정말 화가 납니다. 제가 그렇게 형편없는 놈이라고 생각하십니까? 교감 선생님께 실망했습니다. 이게 무슨 말도 안 되는."

기 선생은 펄펄 뛰었다.

그럴 만도 하지. 나라도 그럴 거야. 하지만 일이 터진 이상 조사를 안 할 수는 없어.

"기 선생, 나도 기 선생 말을 믿고 싶어. 하지만 내용이 너무 구체적이잖아."

"저는 그 내용에 대해 아무 것도 모릅니다. 그 학생이 왜 그런 편지를 쓴 지도 모르고요. 저하고는 아무 상관도 없는데 이게 무슨 내용이냐고 물으시면 저는 할 말이 없습니다. 교감 선생님, 아시잖습니까. 인기투표요. 제가 학생들에게 받은 연애편지가 몇 통이나 되는지 아십니까. 다 보여드릴까요. 솔직히 적당히 거리를 두면서도 애들 맘 상하지 않게 하려고 제가 얼마나 노력했는데요. 정말 기가 막혀서."

기 선생은 자기가 그런 의심을 받는다는 것 자체를 인정하고 싶지 않아했다.

"자자, 기 선생. 그렇게 흥분하지 말고. 어쨌든 이런 일이 생겼다는 것은 기 선생 본인에게나 학교에게나 좋은 일은 아냐. 앞으로 몸가짐에 더 신경 쓰시고."

"교감 선생님!"

얼굴이 벌겋게 달아오른 기 선생이 소리를 꽥 질렀다.

"제 속을 까뒤집어 보여드릴 수도 없고. 미치겠네."

"됐어, 됐어. 기 선생, 미안해. 하지만 이렇게밖에 할 수 없는 내 입장도 이해해줘. 두 번 다시 이런 일이 생기면 안 되니까."

기 선생은 여전히 분이 풀리지 않은 듯 씩씩 거리며 상담실을 나갔다. 기 선생에게는 정말 미안한 일이다. 그러나 어쩌겠는가. 편지 사건은 이미 일어난 일이고, 내용을 정확히 파악해서 조치하지 않으면 일파만파 소문이 퍼질 텐데. 그때 가서는 무슨 짓을 해도 소용이 없다.

오늘 참 기분이 좋았었는데 이게 뭐람. 한바탕 광풍이 몰아친 것 같다.

상담교사가 왔다.

"재영이가 그러는데요. 기 선생님을 너무 사랑해서 계속 그런 상상을 했었답니다. 따로 만나고 싶은데 기 선생님이 자기한테 관심을 주지 않으니까 그런 편지를 보내면 만나줄 것 같았답니다."

"알았어요. 너무 야단치지 말고, 상처입지 않게 다독거려 주세요. 하지만 따끔하게 주의는 주세요. 다시는 그런 짓 하지 말라고. 자칫하면 본인도 다치고, 여러 사람 다칠 수 있으니까."

"예, 알았습니다."

"그리고 선생님이 주의해서 그 학생 지켜보세요. 정신적으로 문제가 있는 것 같으니까 정기적으로 상담도 하시고요."

그럼 그렇지. 기 선생이 그럴 리가 없지. 이만 하길 다행이다.

그런데 그 재영이라는 학생, 참 깜찍하네. 어떻게 2학년짜리가 그런 생각을 다 했을까. 뭐, 순결을 바친 남자가 기 선생이라 기쁘다고? 그런 편지를 보내면 기 선생이 자기를 만나줄 거라고 생각했다고?

하여튼 요즘 애들 정말 맹랑하다니까.

기파랑 8

위기를 기회로

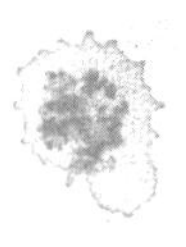

기어코 우려했던 일이 터지고야 말았다.

헷갈릴 게 따로 있지. 어떻게 내 책상하고 황기찬 선생 책상을 혼동할 수 있단 말이야. 그리고 그런 편지를 쓰는 놈이 어디 있어. 혹시라도 남이 볼 수 있다는 생각을 왜 못해.

에잇, 바보 같은 년.

아무리 생각해도 재영이를 건드린 건 일생일대의 실수다.

아라를 만나기 전까지는 열다섯 살짜리를 섹스 리스트에 넣는 것 자체를 생각하지 않았다. 그런데 아라를 통해 열다섯 살도 가능하다는 사실을 알게 됐고, 오히려 나이 많은 여자들보다 훨씬 더 좋았다.

테크닉이 뛰어난 여인들과의 섹스는 재미있다. 쾌락의 끝을 경험하기도 한다. 하지만 뭐랄까. 옐로 망고와 그린 망고의 차이라고나 할까.

노랗게 잘 익은 망고는 그냥 먹어도 맛있고, 빙수나 아이스크림으로 먹어도 맛있다. 태국에 갔을 때 망고를 일주일 내내 먹은 적이 있다. 한국에서 먹던 망고 맛이 아니었다. 혀가 아릴 정도로 달았다. 완전히 다른 과일 같았다. 하루 만에 망고 마니아가 되어 아침·점심·저녁으로 망고를 끼고 살았다.

'망고 내 사랑'을 외치던 그 때, 고등학교 교실에서 배웠던 '한계효용 체감의 법칙'을 저절로 깨우치고 있었다.

망고에 질렸다고 생각하는 순간 그린 망고를 영접했다. 그린 망고는 우리 식으로 하면 덜 익은 망고다. 달지 않고, 떫은맛이 날 것 같은 그린 망고를 이 사람들은 주스로도 먹고, 샐러드로도 만들어 먹었다.

그린 망고 주스를 처음 먹던 순간의 느낌을 지금도 생생하게 기억하고 있다. 젖은 손으로 전기코드를 꼽다가 감전이 됐을 때의 그런 느낌. 더위를 먹어 몽롱하던 정신과 축 늘어졌던 몸뚱어리가 그린 망고 주스 한 잔에 벌떡 살아났다. 기적의 주스였다. 옐로 망고에서는 도저히 찾을 수 없는 신선함과 풋풋함, 시원함이 다 들어있었다.

아라와 정아는 그린 망고였다. 내 욕망의 정신과 육체를 지배해 버렸다. 그러니 더 어린 애들에 대한 욕심이 생길만했다.

위기의식이 온몸에 퍼지고 있다. 머리가 지끈지끈하다. 대책을 마련해야 한다. 나의 오버액션에 교감은 그런 대로 넘어갔지만 소문은 반드시 퍼진다. 학교의 빅 마우스들이 이렇게 좋은 먹잇감을 그냥 놓치지 않을 것이다. 결코 조용히 넘어갈 리가 없다.

우선 재영이를 만나 입단속을 시켜야 한다. 이 멍청한 것이 또 어떤 엉뚱한 말을 할지 모른다.

"선생님, 정말 죄송해요. 선생님 책상인줄 알았어요. 흑흑."

재영이는 나를 보자마자 울음을 터뜨렸다. 울고 싶은 건 나다. 운다고 해결될 문제가 아니다.

"재영아, 울지 마. 잘 생각해야 돼. 지금 네가 입을 한 번만 잘 못 뻥긋하면 나도 죽고, 너도 죽어. 교감 선생님께 뭐라고 했니?"

"아무 얘기 안했어요. 무서워서 그냥 울기만 했어요. 정말 아무 말도 안했어요."

한숨이 저절로 나왔다. 멍청한 줄은 알았는데 이 정도로 멍청할 줄은 몰랐다. 그렇게 조심하라고 신신당부 했건만 기어코 사고를 치더니 설거지도 못하잖아.

"재영아, 네가 말을 안 하면 그 편지 내용을 인정하는 거야. 적극적으로 아니라고 부인했어야지."

"어떻게 아니라고 해요. 저 거짓말할 줄 몰라요."

거짓말이라고? 순진하다고 해야 하나, 바보라고 해야 하나.

아니다. 바보는 기파랑, 너다. 어떻게 상대를 골라도 이런 애를 골랐을까.

"거짓말을 해야지. 재영아, 이건 선의의 거짓말이야. 이걸 한 번 생각해 봐라. 거짓말을 하지 않으면 모두가 죽어. 그런데 거짓말을 하면 모두가 살 수 있어. 그러면 우선 사람이 살고 봐야지. 안 그래? 이럴 때는 좋은 거짓말이라고 하는 거야. 사람을 살리는 거니까 좋은 거짓말이지."

"알았어요, 선생님. 그런데 어떻게 말해요. 그냥 제가 아무렇게

나 지어낸 거라고 할까요?"

"그러면 누가 네 말을 믿겠니? 거짓말을 해도 그럴 듯하게 해야지. 우선 상담 선생님을 찾아 가서 이렇게 말씀드려. 제가 기 선생님을 너무 사랑해서 따로 만나고 싶은데 선생님은 저에게 관심이 없으세요. 그래서 이런 편지를 쓰면 선생님이 저를 만나줄 것 같아서 그랬어요 라고. 알겠지?"

"예, 그럴게요."

"잠깐. 더듬거리거나 우물쭈물하면 안 되니까 확실하게 얘기해야 돼. 여기서 먼저 연습하고 가."

다행히 재영이의 변명이 상담 선생을 통해 교감까지 전달됐다. 일단 기본적인 입막음은 했다. 이제는 소문이 퍼지는 것을 막아야 한다. 이럴 때는 빅 마우스를 역으로 활용하는 게 제일 좋은 방법이다. 우리 학교의 대표 빅 마우스는 역시 차동민이지.

"해가 서쪽에서 뜨겠네. 기 선생이 나한테 밥을 다 사고."

차동민이 음흉한 미소를 지으며 나타났다. 마치 네가 왜 밥을 산다고 하는 지 다 알고 있다는 표정이었다.

"차 선생님, 죄송합니다. 진작 이런 자리를 마련했어야 했는데. 아직 신혼 초라 바빠서 미처 신경을 쓰지 못했습니다."

부잣집 아들인 차동민은 남자 선생 중 유일하게 외제차를 몰고 다닌다. 완전 한량이다. 좀 심하게 말하면 학교는 심심해서 다니는 것 같다. 수업은 설렁설렁하면서도 노는 것 좋아하고, 먹는 것 좋아한다. 어디에 맛 집이 있다는 소리를 들으면 반드시 찾아가서 먹어야 직성이 풀린다. 수업에 관심이 없는 것과 반비례해서 정보력은 엄청나게 뛰어나다. 안테나 성능이 매우 좋다. 증권가 찌라시부터 시작해서 온갖 연예인 정보는 물론이고, 다른 선생님이나 학생들에 관한 소식도 빠삭하게 꿰고 있다. 일단 차 선생한테 걸리면 정보는 엄청난 속도로 퍼지고, 당사자는 뼈도 못 추릴 정도로 너덜너덜해 진다.

역으로 차동민을 내 편으로 만들기만 하면 위기를 기회로 바꿀 수 있다.

차동민이 와인을 좋아해서 와인 바를 자주 간다는 정도는 알고 있었다. 선생 주제에 와인 바 단골손님은 어울리지 않는 조합이지만 차동민이라면 고개를 끄덕이게 된다.

이럴 때는 상대가 감동할 만한 정보를 아는 게 중요하다. 차동민이 특히 좋아하는 와인이 뭔지 알아내야 했다. 같은 영어과 김동욱을 가끔 데리고 다니는 것 같던데.

샤토 라피트 로쉴드(Chateau Lafite Rothschild).

차동민이 가장 좋아하는 프랑스 와인이라고 했다. 와인은 잘 모르지만 이름에 '샤토'가 들어가면 좋은 와인이라는 것 정도는 알고 있다.

삼청동에 있는 와인 바를 자주 간다고 했다. 하지만 차동민의 단골 와인 바에 가면 안 된다. 거기에서는 주도권을 차동민이 쥐게 된다. 나에게 유리한 곳을 놔두고 적지에 가서 싸우는 건 바보나 하는 짓이다.

웨스틴조선호텔 와인 바로 초대했다. 대로에서 살짝 들어와 있어 번잡하지 않으면서도 격조가 있는 곳, 나를 우습게보지 않을만 한 곳이다.

"여기 자주 와?"

나보다 딱 열 살이 많은 차동민은 내가 창성중에 부임해서 첫 인사를 하고나서부터 바로 말을 깠다. 그래도 딱히 밉지 않은 스타일이다.

"결혼한 후에 아내하고 몇 번 와 봤어요. 식사와 함께 와인도 마실 수 있고, 분위기도 좋더라고요. 차 선생님이 와인 좋아하신다고 해서 이곳으로 모셨습니다."

"내가 와인 좋아하는 건 어찌 알았누."

말은 툭 던지는데 싫지 않은 표정이었다.

"오늘은 특별히 샤토 라피트 로쉴드 2005년산이 있다고 해서 준비했습니다. 괜찮으시죠?"

"샤토 라피트 로쉴드?"

차동민의 눈이 동그래졌다.

"허허, 이 사람 나에 대해 많이 조사했네. 샤토 라피트 로쉴드를 준비했다고? 제일 좋아하는 와인이지만 비싸서 나도 자주 못 마시는데."

"제가 오랜만에 대접하는 데 제대로 모시고 싶어서요."

"기 선생, 아무리 봐도 장가 한 번 잘 갔단 말이야. 내가 기 선생한테 샤토 라피트를 얻어먹을 줄이야. 그런데 2005년산이 어떤 건 줄은 알고 시킨 거야?"

"2000년 이후로는 2005년하고 2007년산이 좋은 것으로 알고 있습니다만."

"이야, 기 선생이 와인에도 일가견이 있는 줄은 몰랐네. 정말 팔방미인이야."

역시 당일치기·분치기는 이럴 때도 매우 유용한 공부방법이다. 차 선생도 내가 단기 속성으로 배운, 어설픈 지식이라는 걸 알면서도 짐짓 나를 치켜세웠다. 자기가 좋아하는 말만 골라서 해주는데 싫어할 사람은 없다.

날이 어두워지면서 조명을 받은 환구단의 모습이 창밖으로 아름답게 펼쳐졌다. 투 플러스 안심 스테이크에 최고의 와인까지 곁들이니 분위기는 최고였다.

"역시 샤토 라피트 로쉴드는 나를 배반하지 않아."

평소에도 하이 톤인 목소리가 한 단계 더 올라갔다. 얼굴 전체로 '나 지금 기분이 최고야'라고 말하는 듯했다.

"기분 좋은 바디감과 밸런스는 정말 최고야. 특히 피니쉬가 길어서 좋아."

와인을 인터넷으로 공부하면서 정말 이해할 수 없었던 단어가 그놈의 바디감이다. 내 입에는 그냥 떫기만 한데 이거 한 병이 300만 원이라니 아깝다는 생각 밖에 들지 않는다. 하지만 어쩌겠나. 급한 건 나고, 차동민을 내 편으로 만들 수만 있다면 돈은 얼마든지 아깝지 않다.

어쨌든 이 정도면 성공이다. 나의 탁월한 선택을 스스로 칭찬하고 싶었다. 분위기가 무르익었을 때 공격적으로 치고 나가야 한다.

"차 선생님. 앞으로 제가 형님으로 모시겠습니다."

"형님? 나야 좋지. 그래, 앞으로 사석에서는 나를 형님으로 불러라."

"감사합니다, 형님."

와인에 한껏 기분이 좋아진 차동민은 바로 형님 행세를 했다.

남자 사회에서 형님이라는 호칭은 남다르다. 그냥 호칭만 달라지는 게 아니라 거기에는 자동으로 의리가 포함된다. 형님 동생하는 순간 동생은 형님을 받들고, 형님은 동생을 보살펴야 한다. 피는 물보다 진하지만 가끔 물이 피보다 진할 때가 있는데 그게 바로 의리가 앞장설 때다.

밑밥은 다 깔아 놓았으니 이제 본론을 꺼낼 시간이 됐다.

"형님, 다 아실 테니까 돌려서 말하지 않을게요. 저 요즘 여자애들 때문에 힘들어 죽겠습니다."

"재영이? 하하하하. 언젠가 이런 일이 터질 줄 알았다니까."

차동민은 만면에 함박웃음을 터뜨리며 즐거워했다.

그랬겠지. 오히려 이런 일이 터지기를 기대하고 있었겠지.

"형님, 놀리지 마세요. 저는 아주 죽을 맛입니다."

최대한 불쌍하게, 억울한 표정을 지으려고 애를 썼다.

"형님도 아시잖아요. 저 좋아한다고 노골적으로 떠드는 애들이요. 어떤 놈들은 아예 옆에 붙어서 가슴을 비벼댄다니까요."

"정말? 그런 애들도 있다고?"

차동민도 그 정도까지는 예상하지 못했던 것 같다. 정말 놀라는 표정이었다.

"형님, 제가 없는 얘기 지어내는 걸로 보이세요? 그거 좋은 거 아닙니다. 끔찍해요. 안 당해본 사람은 몰라요. 저도 이 학교 올 때 중학생이 이럴 줄은 상상도 못했어요. 아니 이제 열세 살, 열네 살짜리 애기들이잖아요. 형님도 재영이 아시죠? 걔가 여자로 보이세요? 그런 애를 데리고 노는 놈은 완전 변태죠. 편지 얘기 듣고 얼마나 기가 막히던지. 그동안 저 일부러 여자애들 피해 다녔거든요. 혹시 이상한 소문이라도 날까봐 얼마나 조심했는데요. 오죽했으면 교감 선생님 소개받고 제가 서둘러서 결혼까지 했겠어요. 저 결혼 일찍 하고 싶지 않았어요. 그렇게 했는데도 이런 일이 벌어지니까 진짜 난감하네요."

준비했던 말들을 속사포처럼 쏟아냈다. 마냥 즐거웠던 차동민도 어느새 심각한 표정으로 내 말을 듣고 있었다. 이제 마지막 결정타를 날릴 타이밍이다.

"형님도 책임지셔야 돼요."

"뭐? 내가 무슨 책임을 져."

"형님이 인기투표하자고 하셨잖아요. 투표 결과가 퍼지면서 다들 색안경 끼고 저를 보기 시작했어요. 이번 일이 터지니까 제가 진짜 그랬을 거라고 생각하는 선생들도 있을 거예요. 솔직히 형님도 그렇게 생각하셨죠?"

정곡을 찌르는 말에 차동민이 크게 흔들렸다.

"아냐, 아냐. 내가 왜 그런 생각을 해. 나도 재영이 알잖아. 정말 그랬다면 네 말대로 그건 변태지."

차동민은 크게 손사래를 치면서 강하게 부정했다.

"형님, 저 좀 도와주세요. 이런 소문 퍼지면 저 학교에 남아있지 못해요. 어떻게 학생들을 가르치겠어요. 사표 써야죠. 부탁합니다. 형님."

옆 테이블 손님들이 보건말건 바닥에 무릎을 꿇고 차동민의 두 손을 꼭 잡았다.

"알았어, 알았어. 알았으니까 그만 일어나. 형님이 동생 지켜줘야지. 너무 걱정하지 마."

"형님만 믿습니다."

"그럼. 이 차동민을 안 믿으면 누굴 믿겠어."

차동민은 어느새 예전의 자신만만하고 기분 좋은 표정으로 돌아와 있었다.

참 힘든 하루였다.

차동민

빅 마우스의 탄생

기파랑이 오기 전까지는 모든 것이 좋았다. 사실 기파랑이 왔다고 해서 크게 달라지진 않았다. 다만 아무 거침이 없던 내 삶에 살짝이라도 흠집이 났다는 게 기분 나쁠 뿐이다.

나의 인생철학은 '케 세라 세라'다. 이 뜻을 '될 대로 되라'고 이해하는 사람도 있지만 그런 부정적인 게 아니다. 정확한 뜻은 '되어야 할 일은 어떻게 해서든 된다'는 것이다. 그래서 미래에 대해 너무 걱정하지 말라는 뜻이 내포돼 있다. 나는 그렇게 긍정적으로 살아왔고, 앞으로도 그렇게 살고 싶다.

그런 배경에는 당연히 부자 아버지가 있다. 든든한 경제력이 받쳐주지 않으면 '정신승리'만으로는 불가능하다.

어렸을 때는 원래 우리 집이 부자인 줄 알았다. 그런데 알고 보니 나도 졸부의 후손이었다. 번듯한 빌딩 임대업 회장님이었던 할아버지가 사실은 농사꾼이었단다. 세상에, 농사꾼이라니.

말죽거리에서 호박하고 고구마 농사를 짓다가 1970년대 강남이 개발되면서 졸지에 부자, 즉 졸부가 된 것이다. 영화「말죽거리 잔혹사」나「강남」에서 봤던 강남 개발 스토리가 바로 우리 집하고도 연관돼 있다니 참 영화 같은 현실이다.

그래도 할아버지가 농사꾼치고는 머리가 잘 돌아갔던 것 같다. 5,000평정도 되는 땅을 한꺼번에 팔지 않고 값이 오를 때마다 야금야금 팔았는데 도로변에 있는 노른자 땅 300평은 끝까지 팔지 않았다. 지금 양재역 사거리 부근이니 할아버지의 선견지명에 탄복할 따름이다.

그 다음 스토리가 더 기가 막히다. 하루에도 서너 명씩 그 땅을 팔라고 연락이 왔는데 할아버지는 미동도 하지 않았다. 급전이 필요하지도 않았고, 나중에 할아버지가 직접 그 땅에 빌딩을 지을 생각이었다고 했다. 그 와중에 솔깃한 제안이 들어왔다. 놀리기에는 너무 아까운 땅이니 그 땅을 무상으로 빌려주면 자기가 빌딩을 지어서 10년 동안 쓰고, 10년 후에는 그냥 주겠다는 것이었다.

Why not?

그렇게 할아버지는 손 안대고 코 풀면서 가만히 앉아서 강남 건물주가 돼버렸다.

아버지 얘기도 재미있다. 농사꾼 아들로 태어나 초등학교 때는 책가방도 없어서 보자기에 책을 싸매고 다녔다는 아버지. 갑자기 부잣집 아들로 신분 상승이 되는 바람에 얼떨떨했지만 곧 신나는 네 박자 인생이 기다리고 있었다.

할아버지의 기질을 이어받았는지 돈의 흐름을 기막히게 꿰뚫어버렸다. 강남을 개발하면 건물을 계속 지어야 할 테니 철근·벽돌·시멘트 등 건축자재가 많이 필요할 거다. 자본은 두둑하니까(물론 할아버지 돈이지만) 굳이 레드 오션에서 국내 업자들과 싸울 필요가 없다. 해외로 눈을 돌리자. 고급 자재를 수입해서 블루 오션에서 놀자.

당시에 아버지가 레드 오션이니 블루 오션이니 그런 용어를 알리 없었겠지만 동물적인 감각으로 그런 판단을 했다는 말이다.

아버지는 이탈리아에서 고급 대리석을 수입해서 팔았다. 불티나게 팔렸다. 세면대와 욕조도 수입했는데 이것도 대박이 났다. 당시만 해도 국내 제품은 조잡해서 경쟁 상대가 아니었다.

할아버지와 아버지 얘기를 했으니 이제 내 얘기를 해볼까.

다 짐작했겠지만 나야말로 순도 100%의 금수저다. 부인하려고 해도 부인할 수 없는 명백한 사실이다. 태어날 때부터 부잣집 손자, 부잣집 아들이었으니까. 정말 부족함 없이 자랐다. 친구들도 다 비슷한 수준이어서 돈이 없어서 못한다는 게 무슨 뜻인지도 몰랐다.

초등학교 5학년 때 친구들이 하나 둘 씩 사라졌다. 미국에서 학교를 다닌다고 했다. 조기유학 붐의 시작이었다. 나도 미국 보내달라고 엄마를 졸랐다. 공부는 무슨 공부. 그냥 친구들하고 미국에서 놀고 싶을 뿐이었다. 엄마는 "영어만이라도 배워오면 그게 어디냐"며 흔쾌히 허락했다.

미국 생활은 천국이었다. 공부하라고 잔소리하는 사람도 없었고, 마음껏 뛰어 놀았다. 지금 생각해도 그때 5년간의 미국생활은 다시 못 올 황금기였다.

한국에 오기 싫었다. 올 생각도 없었다. 입시지옥이 기다리는 한국에 미쳤다고 다시 가냐고 친구들끼리 말하곤 했다.

그런데 스스로 무덤을 팠다. 부모 통제 없이 내 마음껏 살다 보니 거리낄 게 없었다. 미국 10학년 때 처음으로 마약을 접했다. 그 놈의 마약장이들을 만난 게 실수였다. 어울려 다니던 미국 친구가 어느 날 자기 집으로 초대했다. 즐거운 마음으로 파티에 참석했는데 알고 보니 마약파티였다.

"It's OK!"

"No problem."

이 자식들은 언제 어디서나 이 말을 입에 달고 산다. 사실 나도 호기심이 있긴 있었다. 그동안 안 되는 것 없이 살다 보니 마약에 대한 두려움도 별로 없었다. 마리화나도 피워보고, 코카인도 흡입해 봤다. 하라는 대로 했는데 환각에 빠지거나 막 좋다는 느낌은 없었다. 내가 이상한 건지, 약이 이상한 건지.

아무 생각 없이 "마약 해봤는데 별 게 없더라"고 한국 친구들에게 말했는데 이게 사단이 났다. 한 놈이 자기 엄마한테 얘기했고, 그 엄마가 우리 엄마한테 꼬질렀다.

'하나 밖에 없는 아들이 약쟁이가 되는 걸 그냥 놔둘 수 없다'며 당장 귀국하라는 명령이 떨어졌다. 나는 돌아가지 않겠다고 버텼다. 다시는 마약 하지 않겠다고 싹싹 빌어도 소용없었다. 당장 송금이 끊겼다. 돈이 없으니까 미국에서 혼자 할 수 있는 게 아무 것도 없었다. 눈물을 머금고 귀국 비행기에 올랐다. 내가 하고 싶은 것을 하지 못한 첫 케이스였다.

아버지는 나에게 대학에서 경영을 공부해서 아버지 사업을 물려받으라고 했다. 옆에서 가만히 지켜보니까 사업하는 것도 무지 힘든 일이었다. 돈을 많이 벌긴 했어도 아버지가 제대로 쉬는 모습은 보지 못했다. 직원한테 맡겨놓고 놀러 다녀도 좋을 것 같은데 그러면 망한다고 했다.

그런 거라면 나는 절대 안 한다. 아무리 돈이 많으면 뭐 하나. 맘대로 놀지 못한다면 나에겐 아무 의미가 없다.

직업 없이 놀고먹는 것은 쪽팔려서 싫고, 아버지 회사 물려받는 것도 싫고, 창업은 더더욱 힘드니까 싫고, 일반 회사는 말해 무엇하랴. 건물 하나 물려받아 임대업하면 쉬운데 그건 언제든지 할 수 있으니까 히든카드로 남겨놔야지. 선택의 여지가 별로 없었다. 제일 그럴 듯한 게 공립학교 선생이었다. 공무원 연금 때문에 인기가 많다지만 나의 관심은 그런 게 아니었다. 방학이 최고다. 방학이 없는 삶은 생각하기도 싫다.

일단 사범대를 노려보고, 안 되면 교직이라도 해놓자. 교사 자격증만 따놓으면 임용시험에 떨어지더라도 아버지가 사립학교 선생 자리 정도는 구해주시겠지.

조기유학에서 얻은 성과는 역시 영어였다. 영어는 내가 제일 좋아하는 과목이었고, 성적도 잘 나왔다. 수학·국어는 과외로 근근이 따라갔다. 엄마는 나에게 최고의 과외 선생님들을 붙여줬다.

한때 미국에서 '타이거 맘 학습법'이 유행했던 적이 있었다. 중국계 엄마가 쓴 책이었는데 미국 애들은 기겁할 정도로 무지막지하게 공부를 시키는 것이다. 미국 학교에서는 B학점을 'Asian F'라고 부른다. 아시아계 학생들은 B학점만 받아도 F를 받았다고 생각한다는 뜻이다. 학생들이 그렇게 생각하는 게 아니라 부모들의 기대치가 그만큼 높아서 생긴 용어 같다.

무지막지하게 공부를 시켜도 학생이 따라가기만 하면 효과는 당연히 크다. 나도 이때는 과외의 효과를 봤다. 실력 있는 과외 선생들이다 보니 시험 때마다 거의 족집게에 가깝게 예상문제를 뽑아줬다.

놀기 좋아하는 내가 그나마 엉덩이 붙이고 공부했던 때는 대학입시 때 1년하고, 임용시험 준비하는 1년이었다.

나의 잔머리는 아버지로부터 물려받았다. 나처럼 최소의 노력으로 최대의 효과를 노리는 사람들에게는 잔머리가 필수다. 시험 볼 때도 잔머리의 도움을 많이 받았다. 모르는 문제가 나와도 문제만 찬찬히 들여다보고 있으면 대충 답이 보인다. 소위 '찍기 신공'이라고 불리는데 다른 애들처럼 처음부터 아무렇게 그냥 찍는 게 아니다. 나름 논리적으로 접근하다 보면 정황상 이게 답이어야 하는 게 보인다. 그런 경우의 성공률은 거의 70~80%에 이른다. 살면서 접한 모든 시험에서 나의 찍기 실력은 반타작을 넘긴 것으로 기억한다.

찍기 신공의 절정은 임용시험 때였다. 찍는 족족 정답이었다. 야구 선수들이 "홈런 치는 날에는 공이 수박 만하게 보인다"고 하던데 딱 그런 느낌이었다. 정답이 스스로 반짝반짝 빛나고 있었다. 경쟁률이 무려 30대1이었던 서울지역 영어과 시험에서 '하느님이 보우하사' 첫 해에 덜커덕 합격해버렸다. 그 후로 15년 동안 선생하면서 공부라는 걸 해본 적이 없다.

공립학교는 내가 원하던 바로 그런 일자리였다. 엄청난 사고만 치지 않으면 잘릴 염려가 없다.

여기에 전교조도 있다. 그냥 정치이념 집단인 줄 알았는데 막상 교사가 되고 보니 전교조는 엄청난 이익 집단이었다.

고등학교 다닐 때 전교조 선생들은 수업 시간 때마다 이념 교육을 했다. 북한이 남한보다 정통성이 있다느니, 미국은 자기네 이익에 따라 움직이지 절대로 우리를 도와주는 게 아니라느니, 그래서 반미를 해야 한다느니, 미군이 철수해야 통일을 할 수 있다느니 그런 말을 하곤 했다.

그런 얘기에 귀 기울인 적이 없다. 마약 문제만 없었다면 계속 미국에서 살았을 정도로 미국의 자본주의를 동경하는 내가 전교조 교사들의 말을 주의 깊게 들었을 리 없다.

또 있다. 미국에서 미들스쿨 다닐 때 북한에서 망명 온 친구를 만난 적이 있다. 이름이 박현철이었다. 아버지가 당 서열이 꽤 높은 간부였는데 온 가족이 미국으로 망명했다. 한국을 거치지 않고 바로 미국으로 왔다고 해서 신기하다고 생각했다. 현철이는 첫 학기에는 거의 말을 하지 않았다. 물론 영어를 잘 못해서 그랬을 수도 있고, 한국 애들을 경계하느라 그랬겠지. 거의 1년이 지나고 나서야 우리와 대화를 시작했는데 현철이 입에서 나오는 북한의 실상은 충격이었다. 우리가 TV에서 보는 북한의 모습은 모두 평양인데 평양만 벗어나면 사람 사는 곳이 아니라고 했다. 물론 현철이 말을 100% 믿지는 않았다. 북한에서 사고를 쳤거나 그 체제가 싫어서 망명한 사람들이 그 쪽을 좋게 얘기할 리가 없으니까. 어쨌든 북한이나 공산주의는 체질적으로 싫다. 그러니 그것을 찬양

하는 사람들도 좋게 보이지 않는다.

그런데 막상 내가 교사가 돼서 학교에 부임하고 나니까 전교조에 가입하라는 권유가 들어왔다. 내가 전교조에 가입한다고? 하늘이 두 쪽 나도 있을 수 없는 일이었다.

가입했다. 가만히 보니 이념 문제만 눈 질끈 감으면 이것처럼 좋은 게 없었다. 사고를 치거나 농땡이를 부려도 전교조 교사는 함부로 건드리지 않았다. 구조가 그랬다. 전교조가 든든한 바람막이가 돼 주니 나 같이 놀기 좋아하는 선생에겐 안성맞춤이었다.

공립학교에다 전교조까지 가입하니 든든했다. 여기야말로 진정 내가 원하던 신의 직장이다. 매주 주말이 보장되고, 여름 방학과 겨울 방학에 봄 방학까지 있으니 학생 때와 다를 바 없다. 아니지. 학생보다 더 좋다. 중간고사·기말고사 때 학생들은 시험 공부하느라 놀지 못하고 끙끙 대지만 나는 오히려 수업 부담 없이 오후 시간을 즐길 수 있다. 시험 문제 내는 게 골치 아프긴 하다. 그러나 처음에 몇 개만 준비해 놓으면 돌려막기 하거나 조금씩 변형하면 된다.

학기 중에는 설렁설렁 일해도 교감 잔소리만 흘려버리면 그만이다. 고과 점수에 따라 성과급을 주는데 그래봐야 S등급과 B등급 차이가 200만 원도 되지 않는다. 그깟 몇 푼 되지도 않는 것 때문에 신경 쓰기 싫다. 교감·교장 될 생각도 없으니까 너무 편하다.

수업 시간은 온전히 내 시간이다. 자습을 시키든 영화 이야기를 해주든 내 맘이다. 미국에서 살던 이야기해주면 학생들이 더 좋아한다. 미국 학교생활, 스포츠 활동, 식당 얘기에서부터 미국에서 놀러 다녔던 얘기까지 무궁무진하다.

"교과서로 공부하는 영어는 죽은 영어고, 바로 이런 게 살아있는 영어"라고 설레발을 치면 말 그대로 '노 프러블럼'이다.

내가 선택 하나는 참 잘했다. 노는 것 좋아하고, 먹는 것 좋아하니 동료 교사와 학생들에게는 인기 짱이다. 전국의 맛 집을 찾아다니며 온갖 맛있는 거 사주는 데 싫어할 사람이 어디 있겠는가. 학생들은 피자 · 햄버거 · 콜라면 끝이다. 내 월급은 열흘도 되기 전에 흔적도 없이 사라진다. 그래도 좋다. 내가 월급 바라고 선생 된 건 아니니까. 뭐든 베풀면 사람들은 따라오게 마련이다.

그렇게 순풍에 돛을 단 듯 순항하던 삶에 어느 날 거대한 암초를 만났다. 바로 기파랑이었다. 첫 만남부터 만만치 않은 상대임을 직감했다. 잔머리의 대가인 내가 기파랑을 바라보는 여선생과 여학생들의 심상치 않은 눈길을 눈치 채지 못했을 리가 없지 않은가. 처음으로 위기의식을 느꼈다. 나의 인기전선에 막대한 지장이 오리라는 것은 충분히 예상할 수 있었다.

강적임은 알았지만 이 정도일 줄은 몰랐다. 교감이 도에 지나치게 기파랑을 칭찬하는 바람에 배알이 뒤틀려서 꺼낸 얘기가 인기투표였는데 오히려 기파랑의 인기만 확인시켜 줬다. 더구나 온통 장안의 화제가 되는 바람에 일이 커져버렸다.

자타가 공인하는 멘탈 갑인 나도 달랑 두 표에 그대로 무너져 내렸다. 그동안 내가 사준 피자와 햄버거를 무수히 얻어먹고 "선생님 짱"이라고 엄지를 치켜들던 애들은 도대체 뭐야? 엄청난 배신감에 떨어야 했다. 확실히 '잘생김'은 돈으로 살 수 없는 무기임에 틀림없다.

기파랑은 여학생뿐 아니라 남학생 표도 무더기로 가져가 버린 무시무시한 놈이다. 마음으로는 강력한 라이벌 의식이 생겨나는데 머리는 '달랑 두 표'가 지배하고 있었다.

기파랑 이놈은 확실히 괴물이다. 하나라도 이상한 게 걸리면 죽이려고 벼르는데 꼬투리를 잡을 게 없다. 일이면 일, 처신이면 처신, 거의 완벽하다. 뭐 이런 놈이 있지?

갑자기 나의 동물적인 감각이 움직이기 시작했다. 느낌이 이상하다. 여학생들이 기파랑을 좋아하는 정도가 날이 갈수록 심해지고 있다.

"저러다 사고 나지."

나도 모르게 입에서 이런 말이 튀어나왔다. 그래. 만약 기파랑이 실수한다면 그건 여자 문제일 거다. 기파랑을 좋아하는 여선생이나 여학생들을 점찍어 놓고 지켜보기 시작했다. 덫을 놓고 기다리는 심정이었다.

그런데 몇 달이 지나도록 스캔들 비슷한 것도 없다. 결혼하고 나서 더욱 몸가짐을 조심하는 듯했다. 선생이나 학생들이 여기저기서 계속 집적대는데도 조금의 빈틈을 허용하지 않았다. 역시 대단한 놈이다.

편지 사건은 정말 예기치 않은 상황에서 터져 나왔다. '드디어 걸렸다'했는데 예상보다 너무 셌다. 내가 기대한 것은 성추행 정도였다. 그런데 섹스라니. 본인들이야 서로 좋아서 했다고 주장하겠지만 미성년 제자와의 성관계가 어찌 정당화될 수 있을까. 이건 시말서 정도가 아니라 옷을 벗어야 할 사건이다.

기파랑은 뭐라고 변명할까. 학교에서는 이 문제를 어떻게 처리할까. 혹시 교장·교감이 책임지기 싫어서 그냥 유야무야 시키는 것은 아닐까. 그러기만 해봐라. 내가 가만히 있지 않을 거다.

사태가 어떻게 전개될지 흥미진진했다. 입이 근질근질하긴 한데 조금만 더 지켜보자.

기파랑이 저녁식사를 모시겠다고 했다. 쾌재를 불렀다. 드디어 네가 나에게 고개를 숙이는 날이 왔구나.

호텔 와인 바? 내 취향을 꿰뚫고 있네. 너의 그 철저한 준비성은 칭찬해 주지.

그런데 샤토 라피트 로쉴드에서 마구 마음이 흔들렸다. 이 자식이 이런 것까지 알아서 준비하다니. 기분이 좋으면서도 한편으론 소름이 끼치도록 무섭다는 생각이 들었다.

오랜만에 맛보는 샤토 라피트 로쉴드의 향에 취해 있는데 기파랑이 나를 형님으로 모시겠다고 했다.

흥, 네가 급하긴 급했구나. 그동안 인기를 믿고 뻣뻣하게 굴던 놈이 이제 내 밑으로 들어온다는데 거절할 이유야 없지.

곧바로 자기 좀 도와달라고 애원하기 시작했다.

"재영이? 하하하하."

내가 너무 호탕하게 웃은 것 같다. 순간 기파랑의 눈이 파르르 떨렸다. 고소해하던 내 속마음을 들킨 것 같아 뜨끔했다.

기파랑이 읍소 작전으로 나왔다.

재영이가 여자로 보이냐, 그런 애기를 건드리면 그건 변태 아니냐, 자기가 오해받을까봐 얼마나 조심하는지 아느냐, 정말 억울하다. 도와 달라.

얼마나 준비를 했는지 숨도 쉬지 않고 속사포처럼 이어갔다.

이걸 어떻게 받아줄까 행복한 고민에 빠져있는데 순식간에 역공이 들어왔다.

"형님도 책임지셔야 해요."

코와 혀에서 기분 좋게 맴돌던 와인 향이 확 달아났다.

내가 주도한 인기투표 때문에 애들이 더 난리를 피우는 거고, 자기를 색안경 끼고 보는 선생도 생겼다는 말이다. 이게 무슨 개떡 같은 논리야.

"솔직히 형님도 제가 재영이 건드렸을 거라고 생각하시잖아요."

확실히 아까 내가 너무 크게 웃었다. 바보같이. 와인에 취해서 포커페이스를 망각하다니.

그래, 이놈이 징계 받고 쫓겨나간다고 해서 나한테 크게 도움될 거는 없지. 차라리 기파랑처럼 일 잘 하고, 성실하고, 윗사람 비위 잘 맞추는 애를 수족처럼 부리는 게 더 좋을 거야. 약점 잡혔으니까 나한테 까불지 못할 거고.

"걱정하지 마. 이 형님을 믿어라."

강석규 3

용의자를 찾아라

잠을 제대로 못 자겠다. 자다가도 갑자기 벌떡 일어나는 바람에 아내가 깜짝깜짝 놀라서 깬다. 형사 마누라 된 죄로 수시로 겪는 고난이다. 아내에겐 정말 미안한데 어쩔 수가 없다.

이틀이 지났지만 아직도 충격에서 벗어나지 못하고 있다. 돈 가방을 가지고 유유히 사라진 범인을 뻔히 두 눈 뜨고도 놓쳤다는 자괴감이 나를 옭아매고 있다. 가슴이 답답해진다.

서장에게 불려가 평생 먹을 욕을 한꺼번에 먹었다. 변명거리도 없으니 아무 소리 못하고 죄인처럼 머리만 조아리고 있다가 거의 기어서 나왔다.

"민호 죽으면 강 계장 책임인 줄 알아."

돌아서 나오는데 등 뒤에서 쏘아붙인 서장의 말이 화살처럼 날아와 박혔다. 아프다.

도대체 어떤 놈일까. 하루에도 수십 번씩 허공에 범인의 얼굴을 그렸다 지웠다 한다. 경험상 이런 놈들은 의외로 평범한 얼굴이 많다. 소름끼치게도.

실패는 실패고, 처음부터 다시 훑어보자. 또 놓친 것은 없을까. 단서가 될 만한 것은 하나도 빠지지 않고 챙겨야 한다. 강력계의 명예를 더 이상 훼손시킬 수는 없다. 범인도 잡고, 민호도 살려야 한다.

"성문 분석 결과는 아직 안 나왔어?"

"내일쯤 나올 것 같답니다."

1분 1초가 급한데 우리가 직접 하는 게 아니니까 손 놓고 마냥 기다려야 하는 상황이 답답하다. 성문 분석 결과라도 나오면 실마리가 풀릴 텐데.

"족적은 어떻게 됐어?"

"과수대에서 하긴 했는데."

"하긴 했는데 뭐?"

"범인이 신발을 끌고 다녔답니다. 마치 스케이트 탄 것처럼 죽 이어져있어서 족적을 뜰 수 없었다고. 주위에서 몇 개 뜨기는 했는데 아마 우리 것 아니면 인부들 족적일 거랍니다."

족적을 남기지 않으려고 신발을 끌고 다녔다? 그러면 신발 끄는 소리가 났을 텐데 그런 소리를 들었나? 맞아, 그 때 비가 왔었지. 빗소리에 묻혔을 수 있다. 설사 비가 안 왔더라도 그 안에 사람이 있을 거라고는 생각 못하고 길에만 신경 쓰고 있었으니 듣지 못했을 거다. 역시 보통 놈이 아니다. 전과자 소행일까, 아니면 범죄 영화를 너무 많이 본 걸까.

족적에서 건진 게 없다면 남은 것은 CCTV밖에 없다.

"완이, CCTV에서 뭐 건진 건 없어?"

나도 모르게 목소리에 간절함이 묻어 나왔다.

"골목에서 세 번째 집이 마지막 가게입니다. 거기 CCTV에는 당연히 민호가 골목 안으로 들어가는 게 찍혔고요. 그런데 그 다음부터는 주택들이라 추적이 안 됩니다. 골목이 미로처럼 연결돼 있어서 나오는 구멍이 한 열 개는 됩니다. 혹시 민호가 나오는 모습이 찍혔을 까 싶어서 하나씩 보고는 있는데 어느 세월에 다 볼지. 지금도 눈알이 빠지는 것 같습니다."

결론은 CCTV에서도 실마리는 못 찾았다는 얘기다. 추론은 할 수 있다. 민호가 그 골목으로 들어가서 나오지 않았다면 당연히 그 골목 안 주택 어딘가에 감금돼 있다는 결론이 나온다.

그런데 범인이 아무리 대담한 놈이라 해도 학교 근처에 인질을 감금해 놓을 수 있을까. 아니지. 등잔 밑이 어둡다고 그동안 범인의 행동을 보면 충분히 그럴 만한 놈이다.

그럼, 그 많은 집들을 다 뒤져야 하나? 투입할 인력과 시간도 만만치 않지만 뒤지고 다니면 아무래도 시끄러워 질 테고, 민호가 정말 그곳에 감금돼 있다면 오히려 목숨이 위태로울 수 있다. 머리가 복잡하다.

"인원을 더 보완해줄 테니까 CCTV 더 뒤져 봐. 지금 상황에서는 거기서 뭔가 찾아내야 해."

처음부터 수사는 증거 찾기와 용의자 투 트랙으로 진행했다. 증거 찾기가 쉽지 않다면 용의자를 찾아야겠지.

"지금까지 각자가 조사한 내용 발표해봐. 조금이라도 의심 가는 용의자가 있으면 빠트리지 말고 얘기해. 같이 얘기하다 보면 나는 이상하지 않았는데 다른 사람에게는 이상하게 보이는 부분이 반드시 나오니까."

일단 용의선상에 오른 사람은 모두 의심해 봐야 한다.
민호 아버지는 대인관계가 나쁘지 않다. 그러나 내가 생각하는 것과 상대방의 생각이 완전히 반대인 경우를 우리는 너무나 많이 목격하고 있다. 나는 잘 해줬다고 생각하는데 왕왕 상대방은 무시당했다고 생각하기도 한다. 민호 아버지는 자기에게 앙심을 품을 만한 사람이 없다고 했지만 가능성만 따져보면 다 나오게 돼있다. 세상에 모든 사람이 좋아하는 사람은 없다.

아버지 쪽 첫 번째 용의자는 막내 동생이다. 삼 형제 중 맏이인 민호 아버지는 평소에 두 동생을 잘 챙겼다. 경제적으로도 여유가 있어서 동생들이 돈이 필요할 때마다 잘 도와줬다고 했다. 그런데 작년에 막내 동생을 엄청나게 야단친 적이 있었다.
"조영우, 42세. 작은 베어링 공장을 운영하고 있는데 작년에 친구들과 함께 비트코인 투자를 했답니다. 큰 형인 조상우 씨에게 사업자금에 쓴다고 거짓말해서 1억 원을 빌리고, 자기 돈 1억 원까지 합쳐서 총 2억 원을 투자했습니다. 당시 개당 1,000만 원 정도에 샀는데 이게 360만 원까지 폭락했답니다."
"비트코인이 그렇게 비싸?"
"2017년에는 2,000만 원을 넘은 적도 있는데요 뭐. 이게 주식처럼 상한가·하한가 같은 게 있는 게 아니라서 하루에도 몇 백만 원씩 널뛰기한답니다. 그래서 투자가 아니라 투기라고 하는 사람도 많아요."

"이도성, 강력계 형사가 그런 것까지 공부하느라 고생한다."

"감사합니다. 이 사실을 알게 된 조상우 씨가 노발대발하면서 빌려준 돈을 회수했습니다. 가상화폐는 노름하고 똑같은 건데 어떻게 돈을 빌려서까지 샀냐며 야단을 치고 당장 돈을 갚으라고 했답니다. 지금 팔아서 7,000만 원이라도 갚으면 나머지 3,000만 원은 탕감해주겠다고 해서 울며 겨자 먹기로 팔았습니다. 자기 돈 1억 원은 그냥 날아간 거죠. 그런데 공교롭게 불과 한 달 만에 다시 1,000만 원으로 회복이 됐습니다. 그래서 형 때문에 1억을 날렸다고 주위에 형 욕을 많이 하고 다녔답니다."

화가 많이 났겠지. 그렇다고 조카를 납치할 삼촌이 어디 있을까 싶지만 사람 일은 모른다. 우리는 영화보다 더 영화 같은 범죄 현장을 거의 매일 보고 있다.

두 번째 용의자는 2년 전 회사에서 퇴직한 전무다. 민호 아버지는 직원이 15명인 무역회사를 운영하고 있는데 주로 미국에서 화학제품을 수입하는 중견업체다.

"김철호. 50세. 조상우 씨 회사에서 15년 이상 일했는데 따로 사무실을 차려서 일감을 빼돌렸습니다. 민호 아버지 회사는 ㈜오성무역인데 주식회사만 빼고 오성무역이라는 자신 명의의 회사를 차렸답니다. 영업부장하고 짜고, 수입물량의 일부를 자신의 회사가 수입하는 걸로 만들어서 납품업체에 납품했습니다. 수수료와 이윤 등 회사로 들어가야 하는 이익의 일부를 빼돌린 거죠."

"아니, 전혀 다른 회사로 수출하는 건데 미국 회사에서 몰랐다고?"

"영문으로 하면 맨 뒤에 코퍼레이션, 이렇게 영어로 Co하고 점 찍은 거 있잖아요. 그것만 없고 다른 건 다 똑같으니까 다른 회사라고 생각하지 못했다고 합니다. 오랫동안 거래한 상대라서 자기들을 속일 줄은 몰랐대요."

"무역 쪽은 잘 모르는데 진짜 별 일이 다 있네."

"갑자기 수입물량이 줄어들어서 이상하게 생각한 조상우 씨가 직접 수출회사에 알아보니까 그곳에서는 수출한 물건이 이쪽 수입 목록에는 빠져 있는 것을 확인한 거죠. 전무와 영업부장 짓인 걸 알고, 두 명 모두 해고했습니다. 횡령으로 고소할 수도 있었는데 조상우 씨가 워낙 마음이 여려서 고소하지는 않았답니다. 그런데 오히려 김 전무가 부당한 해고라며 소송을 걸었습니다. 퇴직금을 제대로 받아야 하겠다고 했는데 올해 초 패소했습니다. 직원들 얘기로는 김 전무가 앙심을 품었을 수 있다고 하더군요."

둘 다 범행 동기는 있다. 가능성만 본다면 동생보다는 김 전무의 범행 가능성이 더 커 보인다. 아무래도 회사 직원이야 다시는 안 보면 그만이니까. 그런데 민호가 김 전무를 잘 알았나? 집에다 알리지 않고 갈 정도면 잘 아는 사람을 만나러 갔을 텐데.

"수고했어. 둘 다 가능성 있으니까 도성이하고 호상이는 그 동생하고 김 전무 더 샅샅이 조사해."

"알았습니다."

"치국이, 엄마 쪽은 어때?"

"민호 엄마는 전형적인 가정주부입니다. 특별히 활동하는 거는 없고, 친구들 모임하고 학부형 모임이 거의 전부인 것 같습니다. 굳이 특이점을 찾자면 상속세 때문에 큰 오빠와 많이 다퉜다고 합니다."

"상속세 문제?"

"민호 엄마의 어머니, 그러니까 민호의 외할머니가 작년에 돌아가셨습니다. 상속 문제가 불거졌는데 좀 복잡합니다. 저도 상속세가 이렇게 복잡한 줄 몰랐어요. 솔직히 지금도 정확하게는 모르겠습니다."

박치국의 설명은 이랬다. 혼자 살던 어머니가 돌아가시기 전 큰 오빠에게는 시골에 있는 땅을 줬고, 민호 엄마와 작은 오빠에게는 3억 원씩을 줬다고 했다. 문제는 큰 오빠에게 땅을 준 것은 13년 전이었고, 둘째 오빠와 민호 엄마에게 돈을 준 시점은 9년 전이었다는 사실이다. 상속세법에서는 사망 10년 전까지 증여한 것은 모두 상속재산으로 간주해 상속세를 계산한다고 한다. 그러니까 큰 오빠의 땅은 상속재산이 아니고, 두 사람이 받은 현금은 상속재산이라는 말이다.

정말 복잡하다. 설명을 한 번 들어서는 잘 모르겠다. 박치국이도 "저도 잘 모르는데"라며 머리를 긁적이며 계속 설명을 반복해야 했다. 이런 건 경제팀에서 다뤄야 하는데.

"큰 오빠가 받은 땅은 조치원에 있는 복숭아 밭 1,200평이었는데 이게 세종시가 개발되면서부터 값이 뛰었습니다. 처음에는 별게 아니어서 가만히 있던 동생들이 땅값이 계속 오르니까 어머니에게 불평을 했겠죠. 그래서 어머니가 동생들에게도 3억 원씩 준 거랍니다. 동생들은 여전히 큰 오빠에 비해 적다고 불만이 많았지만 어찌어찌 그 정도 선에서 봉합이 됐습니다. 그런데 어머니가 돌아가신 뒤 묘하게도 큰 오빠 땅은 상속재산에서 빠지고, 동생들이 받은 6억 원은 상속재산에 포함되니까 문제가 커진 거죠. 민호 엄마도 워낙 오래 전 일이라 잊어먹고 있었는데 상속세 계산하던 세무사가 이 6억 원도 상속재산에 포함해서 상속세를 내야한다는 말을 듣고 무척 화를 냈다고 합니다. 하지만 그 다음이 더 큰 문제였습니다. 상속 재산을 3분의 1씩 나누는데 큰 오빠가 '너희는 이미 3억 원씩 받았으니까 그거 제하고 나머지만 주겠다'고 한 겁니다."

"당연히 난리가 났겠군."

"그렇습니다. 수십 억 원을 챙긴 큰 오빠가 동생들 3억 원씩은 상속분에서 까겠다고 하니까 동생들이 가만히 있지 않았죠. 그런데 큰 오빠가 동생들 말은 듣지도 않고 계속 '법대로 하자'고 우기는 바람에 더 열을 받았답니다. 이것 때문에 큰 오빠의 부인, 그러니까 올케하고도 엄청 싸웠다고 하네요. 민호 엄마는 큰 오빠는 주려고 하는데 올케가 못 주게 막았다고 생각했다고 하더군요. 지금은 두 집이 거의 원수처럼 지낸다고 합니다."

"그래서 결국 민호 엄마는 그 3억 원을 빼고 받았대?"

"큰 오빠가 안 주는데 어떻게 하겠어요. 소송을 할 수도 없고. 법대로 하면 그게 맞으니까요."

돈 때문에 가족 간에 원수가 된 케이스는 너무 많이 봐와서 식상할 정도다. 존속 살인이나 형제간 칼부림의 원인은 거의 대부분이 돈이다. 꼭 많은 돈이 걸려 있어서도 아니다. 내가 볼 때는 진짜 하찮은 푼돈인데 그것 때문에 사람을 죽이기도 한다.

그런데 이 경우는 또 특이하다. 사망하기 10년 전까지의 증여를 소급해서 상속재산으로 간주한다는 사실은 이번에 처음 알았다.

큰 오빠와 사이가 나쁜 건 알겠는데 정황을 보면 큰 오빠가 민호를 납치하는 것 보다 오히려 민호 엄마가 큰 조카를 납치하는 게 더 설득력 있어 보인다. 하지만 이후에 어떤 일이 벌어졌는지 모르니까 선불리 예단하면 안 된다.

"상속 때문에 사이가 나빠진 이후에 무슨 일이 더 있었는지 알아봐. 민호 엄마나 아빠는 물론이고, 혹시 이 과정에서 민호가 외삼촌이나 외숙모에게 실수를 한 게 있는 지도 조사해. 엉뚱하게 불똥이 튀는 경우도 있으니까."

엉뚱한 불똥이라. 갑자기 생각이 꼬리에 꼬리를 문다. 강력 사건 중에 의외로 허망한 사건이 참 많다.

하숙집 할머니가 방문을 열어놓고 자고 있는데 머리맡에 돈이 보여서 슬쩍 가져가려다 할머니가 깨자 얼결에 옆에 있던 수석으로 내리친 대학생이 있다. 할머니가 피를 흘리며 쓰러지자 겁이 난 나머지 집에 불을 질렀다. 처음에는 단순 절도였는데 순식간에 살인, 방화에 사체 훼손까지 엄청난 중죄인이 돼버렸다. 사실 절도도 아니었다. 훔치려는 순간 들켰으니까 절도 미수다. 할머니가 그 정도로 자기 집 하숙생을 경찰에 신고했을 리가 없다. 그냥 야단치고 말았을 것이다. 그런데 돌로 할머니를 내리치는 순간 모든 것이 끝나버렸다. 역설적으로 그 대학생이 너무 착하고 순진해서 생긴 일이다. 그냥 "할머니, 죄송해요. 용서해주세요"하면 되는데 너무 당황해서 그 순간을 모면하려고 했던 게 잘못이었다.

이 사건도 거의 한 달 동안 고생했다. 없어진 물건도 없었고, 할머니를 살해한 수법이 너무 잔인해서 당연히 원한 관계라고 생각했다. 할머니 주변 사람들을 샅샅이 뒤졌다. 수사 과정에서 유력한 용의자로 지목받아 고통 받은 사람도 있다. 솔직히 한 달 동안 너무 고생했기 때문에 고문해서 자백을 받아내던 옛날 선배들을 생각하기도 했다. 원점으로 돌아가서 다시 한 명 한 명 뒤지다가 마침내 범인을 잡고 보니 너무나 순하게 생긴 하숙생이어서 깜짝 놀랐다. 10년도 더 지난 일이지만 겁에 질려 벌벌 떨던 그 학생의 얼굴이 지금도 선명하게 떠오른다.

"상현이, 학교에서는 더 나온 거 없어?"

"죄송합니다. 아무리 뒤져도 학교에서는 더 이상 나올 게 없는 것 같습니다. 의심할 만한 것도 없고요. 그런데…"

"그런데, 뭐야."

"계장님이 조금이라도 이상한 게 있으면 얘기하라고 하셔서 하는 건데요. 그 체육선생 있잖습니까. 민호가 유괴되기 전 마지막에 만났다는 선생이요."

"응."

"저하고 얘기하는데 눈을 마주치지 않더라고요. 자꾸 다른 데 보면서 얘기하는데 찜찜한 느낌이 들어서요."

눈을 마주치지 않았다고? 순간 찌릿했다. 뭔가 있다.

"체육선생 이름이 뭐야?"

"기파랑입니다."

기파랑? 이름도 특이하네.

"내가 직접 만나봐야겠다. 물어볼 게 있으니까 서로 좀 오라고 해."

"알겠습니다."

어차피 한 번은 만나야 할 상대였다. 민호의 행적을 유추하려면 마지막 본 사람의 증언이 꼭 필요하다. 무슨 말을 했는지, 표정이나 행동이 어색하지 않았는지, 불안해하고 있었는지.

그런데 최상현이랑 얘기하면서 눈을 피했다? 오랜 경험상 그런 행동은 범인이거나 최소한 범인을 아는 사람이 하는 행동이다.

하지만 선생인데. 선생이 자기가 가르치는 제자의 유괴에 직간접으로 연관돼 있다? 그렇게 연결시키는 것은 아무래도 무리다.

직접 만나서 얘기하다 보면 알겠지. 지금은 찬밥, 더운밥을 가릴 때가 아니다.

손경훈 5

늑대와 개의 시간

교장이 일주일 일정으로 일본에 갔다. 일본 간사이 지방의 세도 중학이 자매결연 학교인데 한 해는 일본에서 선생과 학생 대표가 우리 학교로 오고, 한 해는 우리가 그곳으로 간다. 올해는 우리가 가는 해라서 교장이 직접 학생회 임원들을 데리고 갔다. 보통 이런 경우는 교감이 인솔하는 데 무슨 바람이 분 건지 교장이 직접 가겠다고 했다. 모처럼 콧바람 쐴 수 있는 좋은 기회였는데 아쉽기만 하다.

일주일 동안은 내가 교장 대행이라며 억지로 위안을 삼는다. 대행이 아니라 지금 당장 교장을 시켜도 못할 일이 없다. 더 잘 할 자신도 있는데.

'몇 달만 참아라. 이번 교장 승진은 떼 놓은 당상이니까.'

교장이 없으니까 선생들 흐트러지는 모습이 눈에 보인다. 오후 수업 없다고 조퇴 신청도 하지 않고 슬그머니 사라지는 선생도 있다. 이런 일에는 항상 차동민이 주동이다. 공짜 영화에 저녁까지 사준다는 데 혹하지 않을 선생이 몇이나 있을까. 교장 없을 때 사고가 나면 안 된다. 빈자리가 드러나지 않도록 물 흐르듯이 매끈하게 일 처리를 하는 게 대행의 가장 중요한 덕목이다.

"아저씨, 들어가시면 안 돼요. 아저씨~이."

"교장 어디 있어? 나, 교장 만나야 해."

"용건을 말씀해 주세요. 이렇게 막무가내로 나오시면 막을 수밖에 없어요."

"너희들하고 얘기할 시간 없어. 교장 어디 있냐고."

행정실 쪽이 시끌벅적하다. 일주일에 한두 번은 꼭 저런 사람들이 있다니까. 자기가 무슨 대단한 사람이나 되는 듯이 교장 아니면 상대를 하지 않으려 든다. 알고 보면 대부분 별 일도 아닌데. 이런 허드렛일까지 교감이 해결해야 한다.

"무슨 일로 오셨습니까?"

"당신이 교장이야?"

이런 사람들의 특징. 꼭 반말이다.

"이 학교 교감입니다. 저한테 말씀하시죠."

"교감 필요 없고, 교장 나오라고 해."

"교장 선생님은 지금 해외 출장 중이십니다. 제가 교장 대행입니다."

"학교는 개판으로 만들어놓고, 자기는 외국으로 놀러 다닌다 이거지? 하여튼 선생 새끼들 다 죽여야 해."

"이렇게 막말 하시려면 나가주시죠."

"흥. 누구 맘대로. 너 이게 뭔지 알아?"

갑자기 손에 들고 있던 가방을 흔들어 보인다.

"이 새끼들. 너희 이제 다 죽었어."

나이는 50대 중반쯤 됐을까. 매우 흥분한 상태인데 술을 마신 것 같지는 않다. 정신이 오락가락하는 사람도 아닌 것 같은데 무엇 때문에 이렇게 흥분했을까. 처음부터 반말에다가 욕을 해대니 속에서 불덩어리가 목까지 차오른다. 당장 쫓아내고 싶은데 뭔가 심상치 않은 느낌이 왔다. 화를 꾹꾹 눌러 참고, 겨우 교장실로 데리고 갔다.

"흥분 가라앉히시고, 무슨 용건인지 말씀해 주시죠."

"선생이란 새끼가 제자들이나 따먹고. 그것도 중학생을 말이야. 이러니 누가 마음 놓고 자식을 학교에 보낼 수 있어. 엉?"

뭐라고? 선생이 제자를 따먹었다고? 이게 또 무슨 소리야.

"그게 무슨 말입니까?"

"이 노트에 뭐라고 쓰여 있는 지 읽어 봐."

가방에서 노트 한 권을 꺼내 던져준다.

읽기 싫다. 진심으로 읽기 싫다.

아직 펼쳐보지도 않았는데 마치 영화의 한 장면처럼 화면 가득 펼쳐진 노트가 눈앞에 보이는 듯하다.

세종문화회관 근처에서 분식집을 운영하는 사장님이었다. 이틀 전에 학생이 가방을 놓고 갔는데 아무리 기다려도 찾으러 오지 않기에 찾아주려고 가방을 뒤져봤다고 했다. 학교하고 이름이 있나하고 노트를 뒤졌는데 거기에서 기가 막힌 내용을 발견하고, 직접 학교를 찾아 왔다는 것이다.

"사장님, 함부로 남의 일기장이나 노트 보시면 안 되는데요."

"뭐요? 당신 지금 나 협박하는 거야? 고발하겠다고?"

"아닙니다. 아닙니다. 그런 뜻이 아니고요."

이놈의 주둥이. 지금 상황에서 그런 말이 왜 튀어 나오나.

손이 떨렸다. 겁이 났다. 무슨 글이 적혀있을지 보지 않아도 알 것 같았다.

꿈을 꾸는 것 같아. 꿈에서라도 안기고 싶던 기파랑 선생님이 진짜 나를 안아줬다. 짜릿해.

역시 또 기파랑이다. 왜 불길한 예감은 틀리지 않는 걸까.

처음부터 불길하다. 젠장. 불길하다.

제주 한마음 콘도는 정말 죽을 때까지 잊지 못할 거야.

벽치기. ㅋㅋ

벽치기 할 때의 느낌은 어떨까 굉장히 궁금했는데 선생님이 나를 그렇게 할 줄은 몰랐어. 더구나 옆방에 다른 애들도 있었는데.

들킬까봐 숨죽이며 하는 섹스는 최오! 내가 소리를 지르니까 선생님이 커다란 손으로 내 입을 막았다. 숨 막혀 죽는 줄 알았다.

기파랑 선생님, 사랑해요.

내가 꿈을 꾸고 있는 것 같다. 차라리 꿈이었으면.

아무 말도 할 수가 없다.

"자, 어떻게 할 거요?"

정신 놓고 멍하니 천장만 바라보고 있다가 호통소리에 화들짝 정신을 차렸다.

"당장 그 새끼 자르지 않으면 내가 가만히 있지 않을 거야. 신문 방송에 다 알리고 SNS에 올릴 거야. 알았어?"

"알겠습니다, 사장님. 확실하게 조사해서 이게 사실이라면 중징계를 하겠습니다."

"뭐? 사실이라면? 웃기고 있네. 이게 사실이 아닐 수도 있단 거야? 이렇게 구체적인 증거가 있는데 어디서 개 수작질이야?"

"사장님, 고정하세요. 절대로 사실을 숨기거나 속이려고 하는 게 아닙니다. 다 절차가 있으니까 그 절차를 따르겠다는 것뿐입니다. 반드시 응분의 조치를 하겠습니다."

"똑바로 하시오. 내가 다 지켜보고 있을 테니까."

"알겠습니다. 이렇게 직접 와서 알려주셔서 정말 감사합니다."

식은땀이 흘렀다. 가슴이 쿵쾅쿵쾅 방망이질을 해댔다. 지금 내 얼굴은 핏기 하나 없이 새하얘졌을 거다. 하필이면 교장이 없을 때 이런 일이 터지다니.

기파랑. 넌 뭐냐. 왜 너한테만 이런 일이 생기냐. 인기가 너무 좋아서 애들이 상상을 하는 거냐. 아니면 네가 지킬과 하이드냐.

3학년 1반 황혜영. 너는 또 누구냐. 중3짜리가 상상만으로 이런 글을 쓸 수 있을까. 정말 기파랑이 제자와 그렇고 그런 관계란 말인가. 이게 사실이라면 보통 문제가 아니다. 기파랑은 물론이고, 나와 교장까지 모두 중징계 감이다.

교무부장·생활지도부장·예체능부장·3학년 부장, 그리고 3학년 1반 담임을 불렀다. 떠들썩하게 만들고 싶지는 않은데 많은 사람이 머리를 맞대고 고민을 하면 조금이라도 낫지 않을까 싶었다.

"교감 선생님, 이게 정말 사실일까요?"

모두가 경악했다. 다들 우리 학교 최고의 엘리트 교사인 기파랑 선생이 중학생 제자와 성관계를 했다는 것을 믿을 수 없다는 표정이었다.

"제주 한마음 콘도면 수학여행 때 숙소잖아요?"

"그렇습니다."

3학년 부장이 대답했다.

"그때 교장선생님과 함께 생활지도부장과 3학년 부장도 가셨죠?"

"맞습니다."

"당시에 이상한 조짐이 있었나요?"

"전혀요. 그런 거 없었습니다."

생활지도부장이 손사래를 쳤다.

"교감 선생님, 생각해 보세요. 100명이 넘는 학생들이 함께 움직였어요. 교장 선생님과 각 반 담임 등 선생님만 열 명이 넘었고요. 둘이 따로 어디 숲속에 가서 그랬다면 혹시 몰라도 옆방에 애들도 있는데 벽치기라뇨. 어휴 정말."

그래. 그건 나도 똑같은 생각이다. 그런데 현장에 없었으니 나도 답답하긴 마찬가지다.

"어쨌든 외부에서 제보해온 일인 만큼 그냥 넘어갈 수는 없습니다. 정확한 진상을 규명해야 돼요. 박명주 선생님, 담임이시니까 황혜영 학생 만나서 왜 이런 글을 썼는지 알아보세요. 상처받지 않게 조심스럽게 해주세요. 소문나지 않게 신경 써 주시고요. 기파랑 선생은 제가 만나 보겠습니다."

기파랑. 제발 나를 실망시키지 않았으면 좋겠다.

교장실 문을 열고 들어오는 기파랑은 언제나처럼 자신감이 넘치고 환한 얼굴이었다. 무슨 일인지 전혀 모르는 눈치였다.

"기 선생, 돌려서 얘기하지 않을게. 일단 이것부터 보라고."

노트를 펼친 기 선생의 미간이 강하게 찌그러졌다. 어금니를 꽉 깨물고 나서 노트를 바닥에 패대기쳤다.

"나 참. 기가 막혀서. 이번엔 또 누굽니까. 미치겠네 정말."

"3학년 1반 황혜영 몰라요?"

"혜영이요? 혜영이가 수학여행 가서 콘도에서 저랑 벽치기를 했다고요?"

한참을 씩씩 대던 기 선생이 긴 한숨을 내쉬었다.

"교감 선생님, 이렇게 자꾸 물의를 일으켜서 죄송합니다. 그런데 자존심도 상하고, 무력감도 듭니다. 제가 뭘 어떻게 해야 할지. 지금까지 살아오면서 제 본분을 지켜왔다고 자부합니다. 누구보다 학교 일에 열심이고, 선생으로서 사명감도 투철합니다. 결혼도 했고, 가정도 화목합니다. 그건 누구보다도 교감 선생님께서 잘 아시지 않습니까. 그런데 왜 저에게 이런 시련이 자꾸 오는 걸까요. 한 가지 후회되는 일은 있습니다. 제가 항상 웃고, 모든 학생을 따뜻하게 대해 주다보니 자기를 개인적으로 좋아한다고 오해하는 학생들이 있는 것 같습니다. 결과적으로 모든 게 제 잘못이네요."

어깨가 축 처져있는 기 선생을 보니 측은하기도 했다.

"기 선생을 내가 믿지 못해서 이러는 게 아니야. 기 선생은 내가 지금까지 본 선생 중에 최고야. 하지만 사실을, 아니 진실을 알고 싶을 뿐이야. 정말 이런 일이 없었나?"

"교감 선생님과 이런 대화를 한다는 자체가 참 서글프네요. 분명히 말씀드리지만 전혀 없습니다. 하늘을 우러러 한 점 부끄럼 없습니다. 저 그렇게 파렴치하게 살아오지 않았습니다."

"그렇게 얘기해줘서 고맙네. 하지만, 중3짜리가 상상해서 쓰기에는 너무 내용이 구체적이지 않나?"

"혜영이는 뭐라고 하던가요?"

"지금 담임이 알아보고 있어."

"교감 선생님, 황혜영이 어떤 애인지 모르세요?"

"어떤 애라니?"

"걔 별명이 4차원이에요. 엉뚱한 상상도 많이 하고, 엉뚱한 말도 많이 한다고요. 그리고 생각 안 나세요? 작년에 왜 우리 학교 남학생이 자기를 성추행했다고 경찰에 고소한다고 난리쳤다가 사실무근으로 밝혀졌던 거요."

"아, 그런 일이 있었나?"

"그럼요. 황혜영이 그런 애예요. 그런 애가 쓴 글을 보고 저를 의심하신다는 것 자체가 정말 자존심 상하네요."

"알았어. 기 선생 얘기는 충분히 들었으니까 학생 얘기도 들어봐야지."

"교감 선생님, 앞으로 이런 일들이 또 일어날 수도 있습니다. 그때마다 변명하기 싫습니다. 교감 선생님만이라도 저를 절대적으로 믿어주셔야 합니다."

담임이 전해준 말은 역시 예상대로였다. 기 선생을 너무 사랑해서 밤마다 꿈을 꾼다고 했다. 자기 말로는 상사병이란다. 하루는 수학여행 가서 기 선생과 섹스 하는 꿈을 꿨는데 너무 좋아서 마치 실제상황인 것처럼 일기장에 썼다고 했다.

정말 선생과 잤다고 해도 그걸 그대로 고백할 학생이 있을까. 그러나저러나 본인들이 모두 부인을 하는데 처벌할 수는 없다. 우리가 경찰처럼 수사권이 있어서 강제 수사를 할 수도 없고 말이다.

기 선생은 강하게 부인했다. 나도 그 말을 믿고 싶다. 기 선생이 그럴 리 없다고 생각한다. 그런데 뒤끝이 깨끗하지 않다. 가슴이 답답하다. 혹시 내가 놓치고 있는 것은 없을까.

지금이야말로 늑대와 개의 시간이다.

어스름한 황혼, 나에게 다가오고 있는 검은 물체가 나를 해치려는 늑대인지, 내가 기르는 개인지 판단하기 어렵다. 정확한 판단이 늦으면 목숨을 잃을 수도 있다.

기 선생은 늑대일까, 개일까. 어쩌면 나는 지금까지 늑대새끼를 강아지로 알고 키워왔던 것은 아닐까.

사람 마음은 참 간사하다. 다른 교사들에게 싫은 소리 들으면서까지 좋아했던 기 선생인데, 최고의 교사라는 칭찬을 아끼지 않았었는데 의심이라는 놈이 한 번 조그만 틈을 비집고 들어오고 나니 걷잡을 수 없이 커진다.

지금이라도 늑대로 판단하고 도망갈 것인가, 아니면 여전히 충성스러운 개로 믿고 기다려 줄 것인가.

그 가능성이 반반이라면 위험한 쪽을 택해야 한다. 늑대인 줄 알고 도망갔는데 그게 개였다 하더라도 피해는 없다. 그러나 개인 줄 알고 가만히 있다가 늑대라면 최악의 상황을 맞게 된다. 그렇다면 결론은 명확하다.

기 선생을 위해서라도 조치를 취해야 한다. 그게 교감으로서 해야 할 일이다.

기파랑 9

황혜영

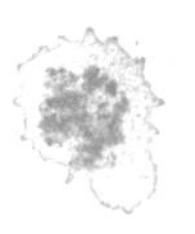

빅 마우스는 필요악이다. 이들 때문에 쓸 데 없는 소문들이 순식간에 퍼지면서 사회가 혼란스러워진다. 건설적인 곳에 쓰여야 할 에너지들이 소문을 막느라 낭비되기도 한다. 국가라는 큰 조직은 물론 작은 친목 모임에서도 빅 마우스로 인해 겪는 손해는 막심하다.

하지만 특정 목적을 위해서는 이들이 꼭 필요하다. 조작된 정보를 이들에게 슬쩍 흘려주기만 하면 그 다음부터는 알아서 잘 굴러간다. 손 안대고 코 풀기에 제격이다.

차동민은 기대했던 대로 훌륭한 빅 마우스였다. 재영이 건으로 인해 자칫 위험한 상황이 전개될 수도 있었지만 차동민의 대활약으로 오히려 비 온 뒤에 땅이 굳어진 형태가 됐다. 나를 라이벌로 생각해서 평소에 나에 대해 살짝 안티였던 차동민이 큰 목소리로 나를 옹호하고 나서준 덕에 내 입지는 더욱 단단해졌다. 차동민마저 확실한 내 지지자가 되고나니 학교 내에서 나를 견제하는 세력이 없다.

차동민은 단순한 스타일이다. 내가 말끝마다 "형님"이라 부르면서 굽실대니까 너무나 기분 좋아 했다. 한 달에 한 번, 샤토 라피트 로쉴드 한 병이면 끝이다. 차동민은 자기가 무슨 조직의 보스나 된 것처럼 거들먹거렸다. 참 단순한 놈.

앞길을 막는 걸림돌이 제거됐으니 나의 미래는 거칠 것이 없었다. 없어야 했다. 분명히 그럴 거라 생각했다.

병신 같은 혜영이가 다 망쳐놓았다. 재영이 때문에 하도 혼이 나서 절대로 편지 같은 거 쓰지 말라 강조했는데, 그러겠다고 다짐까지 받았는데 가방을 잃어버리다니. 어떻게 이런 일이 생길 수 있단 말인가.

다시는 재영이 같은 순진한 애, 아니 멍청한 애는 건드리지 않기로 작정한 날, 뉴 페이스로 등장한 애가 혜영이었다. 눈에서 색기가 흘렀다. 색기라면 아라도 뒤지지 않지만 차원이 다르다. 아라가 은은한 향기를 풍기는 색녀라면 혜영이는 요부 스타일이다. 간단한 눈웃음 한 방에 나를 흥분하게 만드는 재주가 있다.

생각하면 할수록 창성중학은 보물섬이다. 한 걸음 한 걸음 지날 때마다 새롭고 진기한 보물들이 쏟아져 나온다. 중학생이라고 어리게 보다간 큰 코 다친다.

혜영이는 완벽한 숏 타임용이었다. 아라와 정아가 졸업하고 고등학생이 되자 만나는 횟수가 줄어들었다. 눈앞에 보이지 않으니 생각난다고 해서 바로 바로 만날 수 있는 게 아니었다. 자연스레 요일을 정해놓고 만나게 됐다. 그 사이를 메꿔준 게 혜영이었다.

혜영이는 뜸을 들일 필요가 없다. 항상 준비가 돼 있었다. 나의 손길이 살짝만 스쳐도 신음소리와 함께 자지러졌다. 그때마다 얘가 정말 중학생이 맞는지 의심이 들곤 했다. 신비한 동물의 세계가 아니라 신비한 여자의 세계다. 혜영이를 보면서 아직도 내가 모르는 미지의 세계가 얼마나 무궁무진할지 상상했다.

혜영이는 또 다른 의미의 완벽한 파트너였다. 정욕을 주체할 수 없는 30대 초반 남자가 갑자기 여자 생각이 날 때 혜영이가 있었다. 거창한 계획을 세우거나 많은 시간이 필요하지 않았다. 자투리 시간만 활용해도 충분했다.

그 때도 그랬다. 3학년 수학여행에 인솔자로 따라갔을 때 그런 생각은 추호도 하지 않았다. 아무리 내가 섹스를 좋아한다 해도, 엄청난 강심장의 소유자라 해도 공식 일정에 공동 숙소인데 거기서 학생과 섹스를 한다는 것은 애초에 불가능이었다.

저녁식사 후에 혜영이와 눈을 마주 치지 말았어야 했다. 나를 보면서 살짝 눈웃음을 치는데 그만 발동이 걸려버렸다. 30분 후면 내가 앞에 나가서 레크리에이션을 진행해야 하는데 잔뜩 성이 난 상태에서 학생들 앞에 설 수 없는 노릇이 아닌가.

혜영이에게 오라는 눈짓을 보냈다.

시간이 없어. 빨리.

같은 방을 쓰는 3반 담임은 지금 레크리에이션 준비한다고 방에 들어오지 않을 것이다. 방에 들어오자마자 급하게 바지를 내렸다. 내가 생각해도 웃기는 상황이었는데 어쨌든 급한 걸 처리해야 했다. 많은 경험이 있었지만 나도 벽치기는 그때가 처음이었다. 그동안에는 굳이 그렇게 해야 할 필요가 없었으니까.

혜영이는 확실히 경이로운 존재였다. 돌발적인 상황에 당황할 수도 있고, 경직될 수도 있었는데 너무나 부드럽게 나를 받아줬다. 그 와중에도 신음을 크게 내는 바람에 식겁했다. 급하게 손으로 입을 틀어막지 않았으면 산통이 다 깨질 뻔했다.

번갯불에 콩 구워먹는다는 속담이 딱 이런 경우였다. 스릴과 서스펜스. 일부러 즐기려 한 건 아니었으나 수많은 학생과 선생들 옆에서 엄청난 스릴을 경험해버렸다.

둘 만의 비밀을 간직한 채 의미심장한 웃음을 지으며 헤어졌는데 그게 결국 뒤통수를 때릴 줄 몰랐다. 그걸 세세하게 일기장에 써놓은 것도 어처구니가 없는데 더구나 가방을 잃어버려? 아니지, 분식집에 놔두고 왔다고? 그러면 빨리 찾으러 갔어야지 이틀 동안 찾아가지 않아서 분식집 주인이 그걸 보게 하다니.

불행은 한꺼번에 몰려온다고 했나. 꼬일 대로 꼬여버렸다.

아무리 교감이 나를 철썩 같이 믿는다고 해도 두 번째는 설득이 쉽지 않을 거라는 건 어린애도 알 것이다. 예상대로 교감은 입으로는 믿는다 믿는다 하면서도 내내 미심쩍은 표정을 감추지 않았다. 똑같은 읍소 전략은 한계가 있다. 입장 바꿔서 내가 교감이라도 믿지 못하겠다.

문득 대학 시절 동아리 선배가 했던 말이 생각났다.

"메시지가 불리하면 메신저를 공격하라."

학생 운동을 할 때 꼭 필요한 전략이라고 했다. 나에게 불리한 내용이 전파됐을 때 적극적으로 방어하거나 역습을 해야 하지만, 그럼에도 전세가 달라지지 않으면 메시지를 나르는 사람의 신뢰도를 떨어뜨림으로써 내용 전체를 불신하게 만들어야 한다는 것이었다.

지금 나에게 꼭 필요한 전략이다. 다행히 교감은 혜영이에 대해 잘 모른다. 작년에 혜영이를 집적대던 놈을 학생부에서 불러서 혼을 내줬던 일이 생각났다. 혜영이가 그 남학생을 성추행으로 무고했다는 식으로 엮으면 어쩌면 통할 지도 모르겠다. 혜영이가 평소에도 엉뚱한 행동을 많이 하는 4차원이라고 몰아가면 교감이 어떻게 확인을 하겠는가.

위기를 탈출하려면 이 방법 밖에 없었다. 교감도 어떻게 해서든 내가 결백을 증명해줬으면 하는 바람을 갖고 있다. 그동안의 신뢰관계를 깨뜨리기 싫었을 것이다. 그런 생각을 바탕에 깔고 있으니 내가 혜영이에 대해 좋지 않게 말했을 때 '그럼 그렇지'하는 안도의 표정을 읽을 수 있었다.

혜영이는 재영이 같은 숙맥이 아니었다. 꿈이라고 했단다. 꿈이 너무나 생생해서 그 느낌을 잊어버리지 않으려고 일기장에 적어 놓았다고 둘러댔다고 했다. 나름 순발력도 있고, 똑똑하다. 이 정도는 돼야 내 파트너라고 할 수 있지.

우여곡절 끝에 또 한 번 위기를 벗어났지만 혜영이와의 만남도 끝내야 할 때가 왔다. 교감이든 다른 선생들이든 앞으로 나와 혜영이를 유심히 지켜볼 것이다. 막상 그만 만나려고 하니 매우 아쉽다. 혜영이 같은 스타일을 또 찾기 어려울 거라는 생각을 한다. 그동안 잠깐 잠깐 필요할 때마다 참 유용하게 잘 써먹었는데. 쩝.

한바탕 광풍이 지나간 교정은 이전보다 더 아름답게 보였다. 마치 아무 일 없었다는 듯이 하루하루가 평온하게 흘러갔다. 이럴 때일수록 몸을 낮추고 조신하게 지내야 한다. 나는 다시 열정을 갖고 학교 일을 매끈하게 처리해 나갔다.

내가 누구냐? 내가 기파랑이다.

교감이 나를 열해로 오라고 했다. 열해에서 접대한 지 보름밖에 지나지 않았는데 무슨 일이지? 이번 일을 잘 처리해 줬다고 특별 접대를 요구하나?

능구렁이 같은 놈. 설마 현금을 요구하는 건 아니겠지? 내가 술은 얼마든지 사 줄 수 있는데 너한테 줄 현금은 없다.

교감이 미리 와서 나를 기다리고 있었다. 상에 생선회랑 술도 아예 차려져 있었다.

"기 선생, 오늘은 내가 사는 거야."

"그게 무슨 말씀이십니까. 그러지 마세요. 당연히 제가 사야죠."

"아냐. 오늘은 내가 기 선생에게 할 말도 있고 해서 부른 거니까 그렇게 알아."

평소와 분위기가 많이 달랐다. 교감도 에너지가 넘치는 사람인데 오늘따라 목소리가 착 가라 앉아 있었다.

이상하다. 무슨 일일까. 무슨 말을 하려고 이러는 걸까. 알 수 없는 불안함이 온 몸을 휘감았다.

교감은 내 잔에 술을 따랐다. 그리고 자기 잔에도 자기가 술을 따랐다. 내가 벌떡 일어나서 술을 따르려고 하자 손을 훼훼 저으며 막았다. 이런 적이 없었는데.

단숨에 술잔을 비운 교감이 입을 열었다.

"기 선생, 내가 당신을 아들처럼 생각하고 있는 건 잘 알고 있지?"

"그럼요. 교감 선생님께서 저를 예뻐하시는 거는 학교 전체가 다 아는 사실인걸요."

"정말로 기 선생이 내 아들이었으면 하고 생각한 적이 많았어. 그러면 얼마나 좋을까 혼자서 흐뭇한 미소를 지을 때도 있었지. 기 선생은 내가 30년 넘게 교사 생활 하면서 만난 모든 교사 중에서 단연 탑이야. 교사의 표본이라고 자신 있게 말할 수 있어. 모든 교사의 귀감이지. 한국의 선생들이 기 선생만큼 사명감을 갖고 일을 한다면 대한민국은 당장 세계 최고의 선진국이 될 수 있을 거야."

교감은 다시 자기 잔에 술을 따르더니 단숨에 잔을 비웠다.

태풍 전야의 고요함이 이런 것일까. 교감의 입에서 나올 다음 말이 궁금했다.

"내가 볼 때 기 선생은 완벽한 교사야. 딱 하나 흠이 있는데 너무 인기가 좋다는 것이지. 특히 여학생들에게. 따지고 보면 그게 기 선생의 흠은 아냐. 기 선생이 처신을 잘 못 한 것도 아니고. 다만 너무 인기가 좋다 보니 기 선생의 의사와 상관없이 문제가 생기고 있어. 안타깝지만 학교를 위해서, 그리고 기 선생을 위해서라도 결단을 할 수 밖에 없었어."

"무슨 말씀입니까. 다 해결된 게 아니었나요? 아직 남은 게 있었나요?"

"아냐. 그런 게 아냐. 다만 서로를 위해서 좋은 쪽을 찾아보자는 거지. 나도 기 선생처럼 탁월한 교사와 계속 일하고 싶어. 하지만 아무리 생각해봐도 기 선생은 남녀공학보다는 남학교에서 일하는 게 좋을 것 같아."

"교감 선생님. 그 말씀은 저보고 남학교로 가라는 말인가요? 절대로 못합니다. 저 아직 3년이나 남았습니다. 비정기 전보를 하면 제가 진짜 미성년 제자와 놀아났다는 걸 인정하는 겁니다."

"이 사람아. 그게 어찌 인정하는 건가. 그걸 인정한다면 전보가 아니라 파면감이지. 그리고 생각해 보시게. 기 선생도 자꾸 구설수에 오르는 게 바람직하지 않잖아. 당신처럼 능력 있는 교사가 쓸데없는 구설수에 휘말리면 기 선생 자신에게도 손해고, 국가적으로도 엄청난 손실이야. 남학교라면 그런 걱정 없이 자신의 능력을 맘껏 발휘할 수 있잖아. 그렇게 합시다."

일이 엉뚱하게 진행되고 있었다. 남학교로 전보라니. 안 되지. 어떻게 발견한 보물섬인데 여길 두고 떠나라니 절대 받아들일 수 없지. 여기서 밀리면 안 돼. 이게 나쁜 선례가 될 수 있다는 점을 적극 어필해야 해.

"안됩니다. 2년 만에 전보를 한다면 새 학교에서 분명히 저를 색안경 끼고 볼 겁니다. 제가 왜 그런 시선을 받아야 합니까. 저는 결백합니다. 하늘을 우러러 한 점 부끄럽지 않습니다. 학생들이 상상으로 쓴 글 때문에 학교를 떠나야 한다면 나쁜 선례가 됩니다. 생각해 보십시오. 앞으로 학생들이 쫓아내고 싶은 선생이 있으면 마음대로 상상해서 편지만 쓰면 되겠네요."

"기 선생. 그렇게 일반화 시키지 마. 누구나 이런 상황을 겪는 건 아니잖아. 기 선생에게는 미안한데 어쩔 수 없어. 이미 교장 선생님과도 충분히 상의한 결과니까 받아들이세요. 나도 이러고 싶진 않아. 알잖아."

"제가 교장 선생님을 찾아뵙고 말씀 드리겠습니다."

"그것 참. 이것까지는 얘기하지 않으려고 했는데. 그 분식집 사장이 교육청에도 신고를 했대. 아무리 설명을 해도 이 사람이 막무가내야. 반드시 기 선생을 잘라야 한다고 펄펄 뛰는데 막을 수가 없었어. 교육감하고 담당 장학관에게 상세하게 설명도 했는데 뭔가 액션을 취해야 하는 상황이 됐어. 남학교 전보가 그나마 모두에게 큰 피해 없이 할 수 있는 최선의 방법이 아닐까 해. 혹시라도 언론에 알리거나 SNS에 올리면 그 때는 더 걷잡을 수 없는 상황이 벌어질 거야."

막다른 골목이었다. 이 정도면 나에게 선택권은 없다.

언론? SNS?

그건 아니다. 그런 상황이 오면 최악이다. 반드시 막아야 한다.

내 일생일대에 치욕적인 일이지만 비정기 전보를 받아들일 수밖에 없다.

초롱초롱한 눈으로 나를 바라보던 사랑스런 아이들을 떠나야 하다니. 싫다.

말도 안 듣고, 애교도 없고, 말썽만 피우는 남학생하고만 지내야 하다니. 정말 싫다.

2년이라는 짧은 시간에 너무나 많은 것을 경험하게 해준 창성중이여 안녕. 보물섬이여 안녕.

아직도 많은 아이들이 내 손길을 기다리고 있는데 아쉽다.

죽을 때까지 창성중을 결코 잊지 못할 것이다.

강석규 4

체육 선생

민호가 유괴된 지 벌써 6일이 지났다. 손에 잡히는 것은 아무 것도 없다. 한 움큼 집었다고 생각했는데 어느새 손가락 사이로 스르르 빠져나가 남은 게 없다. 범인을 잡을 절호의 기회는 놓쳤다. 용의자는 몇 명 있지만 아직 유력한 용의자는 없다. 결정적인 증거라고 할 만한 것도 못 찾았다.

초조하다. 형사 생활 25년이 넘었으면 이런 상황에 익숙해져서 느긋해 질만도 한데 얼마나 더 수행을 해야 하는 걸까.

한숨을 내쉬다가 화들짝 놀라 심호흡으로 바꿔본다. 사람의 목숨이 경각에 달려있는데 느긋하다면 그게 형사냐. 당장 옷을 벗어야지.

이럴 때 간절히 바라는 게 '일각이 여삼추'다. 15분이 3년처럼 길게 느껴진다면 얼마나 좋을까. 천천히, 여유 있게, 조바심 내지 않고, 하나씩 문제를 해결하면 되니까.

하지만 시간에도 머피의 법칙이 있다. 시간이 멈췄으면 하고 바랄 때마다 시간이라는 놈은 F1 그랑프리 직선 코스를 달리는 머신처럼 내달린다. 고막이 찢어져라 굉음까지 지르면서.

그나저나 민호는 아직까지 살아있을까. 오금이 저려온다. 일주일이면 거의 데드라인이다. 돈을 요구한 유괴범이 일주일 이상 인질을 살려두는 경우는 보지 못했다. 돈도 두 번씩이나 받고 돌려주지 않았다. 면식범인 경우는 더더욱 살려둘 가능성이 없다.

미안하다 민호야. 내가 바보 같아서 너를 살릴 수 있는 기회를 놓치고 말았구나. 천운으로 아직 살아있다면 기운을 내주렴. 범인은 반드시 잡을 테니 너는 어떻게 해서든 버텨주라.

기파랑 선생이 왔다. 180cm 정도의 큰 키, 떡 벌어진 어깨, 군더더기 없는 몸매, 호감형의 잘 생긴 얼굴, 서글서글한 눈매. 일단 범죄형과는 거리가 멀다.

형사 생활을 오래 하다보면 관상쟁이가 된다. 첫 인상이 굉장히 중요하다. 촉이다. 나도 촉으로 범인을 잡은 경우가 굉장히 많다. 요즘 같은 과학수사 시대에 무슨 얼어 죽을 촉이냐고 비난해도 어쩔 수 없다.

촉을 맹신하다가 엉뚱한 사람을 범인으로 몰아 고생시킨 어두운 과거가 존재하지만 그건 극소수다. 수사하다 보면 촉은 확실히 효과 있는 무기다.

기파랑 선생이 상현이의 눈을 피했다는 말을 듣자마자 바로 촉이 왔는데 오늘 직접 보니 내 촉이 틀린 것 같기도 하다. 역시 직접 봐야지 말만 들어서는 한계가 있다.

형사 세계에서 촉만큼 중요한 게 또 하나 있다. '껍데기에 속지 말라'는 격언이다. 천사의 얼굴 뒤에 숨어있는 악마를 단 한 번이라도 본 사람들은 이 말이 무엇을 뜻하는지 잘 알 것이다.

생각해보니 참 웃기는 말이다. 결국은 모든 사람을 의심하는 거다. 어쩔 수 없는 직업병이다. 의심하지 않으면 결코 어떤 범인도 잡을 수 없다.

"바쁘실 텐데 이렇게 오시라고 해서 죄송합니다."

"아닙니다. 민호 유괴범을 잡는 일인데 제가 할 수 있는데 까지 적극적으로 도와 드려야죠."

민호 유괴범을 잡는 일? 민호를 찾는 일이 아니고?

"감사합니다. 선생님의 도움이 절실히 필요합니다. 민호가 유괴된 날, 그러니까 6월23일 화요일 수업이 다 끝난 뒤 선생님이 민호를 만나셨다면서요?"

"그렇습니다. 상의할 일이 있어서 좀 보자고 했죠."

"무슨 말씀을 하셨습니까?"

"아시겠지만 민호는 다리가 불편한 아이입니다. 실기시간에 참여를 못하고 거의 견학만 했죠. 그래서 2학기에는 어떻게 할지 물어봤습니다. 계속 견학만 할 건지 아니면 간단한 운동은 참여를 할지."

"민호가 뭐라고 하던가요?"

"뭐 사실 민호가 결정할 문제는 아니죠. 어머니께 여쭤보겠다고 했어요. 제가 직접 민호 어머니께 물어봐야 하지만 민호의 생각을 존중해서 먼저 물어본 겁니다."

민호의 생각을 존중해서라. 최상현과 얘기할 때는 눈을 피했다고 했는데 나와 얘기할 때는 전혀 그러지 않았다. 내 눈을 똑바로 쳐다보고, 말에도 주저함이 전혀 없었다. 매우 또박또박 침착하게 대답했다.

최상현이 본 모습이 진짜일까, 지금 내가 보고 있는 모습이 진짜일까.

처음에는 학생이 유괴됐다고 하니까 당황했다가 본래의 모습을 찾았을 수 있다. 반대로 처음에는 경찰을 보고 두려움을 느꼈다가 차츰 침착해졌을 가능성도 있다.

"혹시 민호의 행동이나 말에서 이상한 점이 보이진 않았나요?"

"글쎄요. 민호가 평소에도 말이 별로 없고, 내성적인 애라서 특별히 이상하다고 느끼진 않았어요. 다만."

"다만?"

"형사님이 말씀하시니까 생각이 났는데 뭔가 불안한지 계속 주먹을 쥐었다가 폈다가 했던 것 같아요."

"주먹을요? 어느 손이었나요?"

"예? 아, 잠깐만요."

기 선생은 갑자기 뒤돌아서더니 오른손을 쥐었다 펴보였다.

"오른손입니다. 예, 오른손을 쥐었다 폈다 했어요."

"민호가 가방이나 짐을 들고 있었나요?"

"아닙니다. 백 팩을 메고 있었고, 다른 짐은 없었습니다."

거짓말이다. 직접 봤다면 오른손인지 왼손인지 헷갈릴 수가 없다. 그런데 이 선생은 자기가 뒤돌아서 직접 해보고 난 다음 오른손이라고 말했다. 더구나 불안할 경우 보통 두 손을 동시에 쥐었다 펴지 한 손만 그러는 경우는 거의 없다.

어느 손이냐고 물어본 것은 진술의 신빙성을 테스트해보기 위한 것이었다. 진술이 사실인 경우에는 결코 돌발적인 질문이 아니다. 하지만 꾸며낸 이야기라면 어느 쪽 손까지는 생각하지 않기 때문에 예상 밖의 질문에 당황하게 된다.

"민호가 학교 끝나고 어디 간다는 얘길 하진 않았나요?"

"아뇨. 그런 얘긴 없었습니다."

"그날 학교 끝나고 선생님은 어디로 가셨나요?"

"곧바로 집으로 갔습니다. 아내가 임신 중이라서 요즘에는 집으로 바로 바로 가는 편입니다."

"혹시 민호가 유괴될 만한 이유가 있나요?"

"잘 모르겠습니다. 민호네 집이 아무리 알부자라고는 해도 돈 때문에 중학생을 유괴할 사람이 있을까요?"

"그렇죠. 그런데 민호 집이 알부자인가요?"

"아, 민호 담임에게 들은 적이 있습니다. 아버지가 중소기업을 경영하는데 굉장히 알짜 기업이라고요."

"그렇군요. 선생님이 생각하시기에 의심 가는 사람이 있습니까?"

"죄송합니다. 그것까지는. 아무래도 부모님이 그런 거는 잘 아시겠죠."

"잘 알겠습니다. 협조해주셔서 정말 감사합니다."

"아닙니다. 제 도움이 필요하시다면 언제든 달려오겠습니다. 수고하십시오."

기파랑 선생은 허리를 굽혀 인사를 하고 뒤돌아 나갔다.

그때 나는 봤다. 아주 찰나였지만 그의 입 꼬리가 살짝 올라가는 것을.

또 벌레 한 마리가 등을 스멀스멀 기어 다니기 시작했다.

"최상현. 너는 기파랑 선생이 어떻다고 생각해?"

"솔직히 저는 잘 모르겠습니다. 크게 의심할 만한 게 없어요. 아무리 세상이 말세라고 해도 선생이 자기가 가르치는 제자를 유괴하는 경우가 있겠어요?"

그렇지. 선생이 제자를 유괴하는 경우는 없었지. 하지만 과거에 없었다고 해서 앞으로도 없을 거라는 명제는 성립하지 않아.

"내가 항상 모든 가능성을 열어놓고 수사하라고 했지?"

"그래도 이건 아닌 거 같아요."

"내가 기파랑을 의심하는 이유는 첫째, 내가 어느 손이냐고 물었을 때 당황하며 오른손이라고 대답한 것, 둘째는 제자가 유괴당했는데 너무나 침착했다는 것, 셋째는 한 번도 민호의 안전을 물어보지 않았다는 거야."

"계장님 말씀을 듣고 보니 이상하기는 하네요. 하지만 제자를 유괴할 만한 범행 동기가 없어요. 제가 기파랑 선생에 대해 더 조사해 봤는데요. 교장·교감은 물론 다른 교사들과 학생들까지 최고의 선생이라고 칭찬하더라고요. 인기도 최고고요. 그리고 결정적인 것은 처가가 엄청 부자예요. 장인이 강남에서 대형 갈빗집을 운영하고 있습니다. 건물도 있고요. 기 선생 집도 삼성동 아파트예요. 돈 때문에 제자를 유괴할 만한 아무런 이유가 없다고요. 원한 때문에 그랬다면 혹시 몰라도요."

최상현의 설명은 분명히 나의 촉을 넘어서는 확실한 근거다. 나의 촉은 기파랑이 수상하다고 말하고 있지만 범행 동기는 여전히 찾을 수 없다. 잘 나가는 선생이, 집에 돈도 많은 선생이, 엄청난 위험 부담을 지고 제자를 유괴할 마음을 먹을 수 있을까. 차라리 권총 사격할 때 다섯 발이 모두 한 구멍을 통과하는 걸 기대하는 게 나을지도 모른다. 촉만 믿고 한 곳만 계속 파는 것은 위험하다.

"계장님, 성문분석 결과가 나왔습니다."

민 완이 뛰어오며 소리쳤다.

목 빼고 기다리던 결과였다. 족적 채집은 결국 실패했고, CCTV에서도 더 이상의 증거를 얻지 못했다. 기댈 것은 성문분석 밖에 없었다. 협박 전화를 한 놈의 성문 결과가 나오면 범인의 윤곽이 어느 정도 드러날 수 있다.

"10대 후반에서 20대 초반의 여자 목소리라고?"

이게 뭐야. 또 한 번 뒤통수를 얻어맞은 느낌이다. 여자라고는 생각 못했다.

"국과수의 성문 분석이 틀릴 가능성은 없나?"

"신뢰도가 98%라고 나와 있는데요."

"젠장, 용의자 중에 여자는 없잖아?"

"그렇습니다. 공범이라고 보면 간단하기는 한데."

민 완이 머리를 긁적이며 말했다.

만일 전화의 목소리가 범인이라면 수사는 원점이다. 지금까지 완전히 허공에 대고 칼을 휘두른 셈이다. 처음부터 다시 뒤져야 한다. 이럴 수는 없다.

가만. 차분히 생각해보자.

10대 후반에서 20대 초반인 여자의 단독 범행이라고 가정하자. 아무리 장애인이라고 해도 남자 중학생을 혼자 납치하기는 역부족이다. 처음에 5억, 두 번째도 5억 원을 요구했다. 혹시 경찰이 지켜보고 있을지 몰라 비 오는 깜깜한 밤에 랜턴도 없이 뒤쪽으로 들어와 돈 가방을 들고 나갔고, 족적을 남기지 않기 위해 신발을 끌고 다닐 정도로 치밀할 수 있을까. 가능성은 작다. 그렇다면 결론은 젊은 여자가 포함된 2인조 이상의 집단이다.

"여자 공범이 가능한 용의자가 누구야?"

"가능성만 본다면 모든 용의자가 다 가능하죠. 딸도 있고, 여직원도 있고요."

"이 여자는 직접 전화를 걸어서 협박을 했어. 단순한 공범이 아냐. 아주 깊숙이 관여를 하고 있어. 딸이나 여직원이 과연 그 정도까지 할 수 있을까?"

"그러네요."

"지금부터 흩어져서 자기가 맡은 용의자가 여자 공범과 함께 범행할 가능성을 샅샅이 조사해."

협박 전화의 목소리가 젊은 여자라는 바람에 순간적으로 잠시 헷갈리기는 했지만 그래도 진전된 정보가 나왔다. 단독 범행이 아니라면 오히려 쉬울 수 있다. 여러 곳에서 정보를 취합할 수 있으니까.

"계장님, 서장님 호출입니다."

올 것이 왔다. 어떻게 보고하나. 민호의 생사도 모른다. 범인의 윤곽도 잡히지 않았다.

서장실 문이 오늘따라 묵직하다. 열기 싫다. 노크를 하고 조심스레 열어보니 수사과장도 이미 불려 와서 앉아 있다. 딱 내가 싫어하는 침묵의 방이다.

“부르셨습니까, 서장님.”

“과장에게 보고는 받았는데 진전된 사항 있으면 얘기해 봐요.”

“성문 분석 결과 협박 전화를 한 범인이 10대 후반에서 20대 초반의 젊은 여자랍니다. 여자가 포함된 2인조 이상 범인입니다.”

“그래서 범인이 누군지는 알아냈습니까?”

“지금 용의자들을 대상으로 수사망을 좁히고 있습니다.”

“강 계장, 아직까지 민호가 살아있을까요?”

대답이 어떨지 뻔히 알면서 저런 질문을 하는 게 너무 싫다.

“죄송합니다. 솔직히 자신 없습니다.”

“야, 강 계장!”

서장이 손바닥으로 탁자를 쾅하고 내리쳤다.

“내가 뭐라고 했어? 민호 죽으면 네 책임이라고 했지? 병신같이 눈 뻔히 뜨고 범인도 놓친 놈들이 무슨 강력계 형사라고. 여기서 한강 가까워. 죽기 딱 좋은 날이다 그치?”

서장은 씩씩 거리고, 과장은 고개만 푹 숙이고 있다.

“어떻게 할래? 이제 공개수사로 전환해야지? 기자들한테 뭐라고 하냐? 눈앞에서 돈 가방 갖고 가는 범인 놓쳤다고 할까? 으이그 썅.”

유괴나 납치 사건의 경우는 인질의 생명이 위험하기 때문에 모두 비공개 수사를 하는 것이 원칙이다. 그러나 인질이 살아있을 가능성이 희박하고, 범인 검거가 어려워 시민들의 신고를 기대할 때 공개수사로 전환한다. 경찰로서는 공개수사로 전환한다는 것 자체가 실패와 실수, 무능을 자인하는 셈이다.

"서장님, 사흘만 말미를 더 주십시오. 사흘 안에 꼭 범인을 잡겠습니다. 그리고 민호 부모님도 공개수사를 원치 않습니다. 아직 민호가 살아있다고 믿고 있으니까요."

서장도 말은 그렇게 했지만 공개수사를 원하진 않을 것이다.

"사흘 안에 잡을 수 있지? 사흘이야. 그때까지 못 잡으면 너하고 나하고 같이 죽자."

사흘이다. 사흘 안에 끝장을 내야 한다. 모든 용의자들은 형사들이 밀착수사하고 있다. 서장은 병신 같다고 했지만 나는 우리 동료의 능력을 믿는다.

그렇다면 지금 내가 할 일은? 신속하게 방향을 정한 뒤 집중을 해야 한다. 나의 선택은 아무래도 체육선생이다.

10년 이상을 나와 함께 땀 흘리며 뛰어다닌 완이가 내 마음을 읽었다.

"계장님, 저도 체육선생이 찜찜합니다. 객관적인 상황을 보면 전혀 용의자가 될 수 없는데 이상하게 걸려요. 제자가 유괴됐는데, 더구나 자기가 마지막으로 만난 애가 유괴됐다는 데 그렇게 침착할 수 있을까요."

"내 말이. 그럼 지금부터 상현이하고 임무 바꿔. 네가 체육선생을 깊게 파봐. 뭔가 나올 것 같아. 주어진 시간이 많지 않으니까 이제부터는 속도전이야."

"알겠습니다."

"집에 가서 짐 챙겨와. 나하고 사흘 동안 서에서 먹고 자고 하자. 잠 잘 시간이나 있을까 모르겠다."

영화에서 보듯이 멋진 액션으로 흉악범들 때려잡는 강력계 형사의 모습에 반해 이 생활을 시작한 지 20년이 넘었다. 어렸을 때부터 배운 태권도를 바탕으로 강력계 형사가 되려고 합기도·검도에 주짓수까지 섭렵했다. 격투 끝에 살인강도범을 체포한 적도 있지만 실제 속을 뒤집어보면 격투 장면은 가뭄에 콩 나듯 한다. 뒷조사하고, CCTV 뒤져보고, 하리꼬미 하는 게 강력계 형사 생활의 대부분이다. 「베테랑」이나 「극한직업」같은 영화에서 형사들이 수십 명의 조폭들과 한 판 뜨는 장면은 말 그대로 '영화'일 뿐이다.

하리꼬미, 아참 잠복이라고 해야지. 며칠 밤을 새웠는데 아무것도 건지지 못했을 때의 허탈함은 안 해본 사람은 모른다. 그래도 범인을 잡은 뒤 손목에 수갑을 채울 때의 그 짜릿함은 강력계 형사가 누릴 수 있는 최고의 보상이다.

"민 완. 이제 또 이름값을 할 때가 왔어."

이름값 얘기에 완이의 어깨가 움찔하더니 '이름 얘기를 또 꺼내다니'하는 표정으로 눈을 흘긴다.

"형님, 사흘 안에 범인 잡을 테니 소주 한 잔 사십시오."

자식, 이럴 때만 형님이라네.

그래. 그랬으면 정말 좋겠다.

손경훈 6

최고의 교사

교정에 꽃이 만발했다. 우리 학교 화단을 가꾸는 기사님이 정말 부지런해서 계절별로 돌아가며 꽃이 핀다. 예쁜 꽃들을 보면서 출근하면 하루의 시작이 즐겁다.

6월은 역시 장미다. 빨갛고, 노랗고, 하얀 색깔의 장미들이 저마다 자태를 뽐내고 있다. 기사님이 일일이 꽃말을 적은 표지판을 꽂아놓았다. 빨간 장미는 열렬한 사랑, 흰 장미는 순결함, 노란 장미는 우정과 영원한 사랑이란다. 참 꼼꼼하기도 하시지. 뒤에서 묵묵히 자기 일을 하시는 이런 분들 덕분에 세상은 살 맛 나는지 모른다.

하지만 지금은 아니다. 매일 매일이 우울하다. 장미를 봐도 그저 그렇다. 장미의 빨간 색이 썩은 핏빛으로 보인다. 작년만 해도 하루하루가 즐거운 나날이었는데, 왜 이렇게 됐을까.

기파랑.

그로 인해 얼마나 많은 기쁨과 즐거움과 희망을 느꼈던가. 자식처럼 사랑했던 선생이었는데 그렇게 내 손으로 떠나보내고 나니까 회한만 남는다.

이번에야말로 교장으로 나갈 줄 알았다. 교장이나 나나 모두 떼 놓은 당상이라고 생각했었는데, 기파랑이 내 발목을 잡을 줄은 꿈에도 몰랐다.

나로서는 기 선생을 남학교로 보낸 것이 최선이었다. 나도 그러기 싫었고, 기 선생도 심하게 반발했지만 징계를 할 수 없는 상황에서 내가 할 수 있는 가장 좋은 방법이라고 생각했다. 지금도 그렇게 생각한다. 내 결정을 후회한 적이 없다.

결국 그 분식점 사장이 교육청에 신고한 게 결정적이었다. 기 선생을 징계까진 안 하더라도 물의를 일으킨 만큼 나에게 관리 책임을 묻지 않을 수 없다는 게 교육청의 입장이었다. 당연히 받아들일 수 없었다. 나로서는 최선을 다했다. 당사자들이 모두 부인을 하는데 확실한 증거 없이 징계할 수는 없다. 어찌 보면 남학교로 보낸 것 자체가 징계라고 할 수 있다. 여학생들에게 인기가 많은 것까지 교감이 어떻게 통제할 수 있다는 말인가. 그나마 유부남이 되면 좀 나아질까 싶어서 중매까지 했고, 결국 성사시켰다. 이렇게까지 했는데 관리 책임을 져야한단 말인가. 교육청 놈들이 면피하기 위해서, 그 분식점 사장에게 우리는 이렇게 액션을 취했다고 보여주기 위해 나를 희생양으로 만들었다는 생각밖에 들지 않는다.

억울하다. 마치 100m 달리기에서 1등으로 달리다 결승점 바로 앞에서 자빠진 느낌이다. 그렇게 교장 승진은 물 건너갔다.

새로 교장으로 발령받은 학교에서 교장실에 앉아 업무 보고를 받고 있는 내 모습을 그려본다. 지금쯤 그러고 있어야 하는데 나는 여전히 창성중 교무실 한 구석에 쭈그리고 앉아 있다.

의욕이 없다. 왜 열심히 일하지 않느냐고 다그치는 놈이 있으면 그게 교장이든 누구든 다 받아버릴 거다. 제발 건드리지 마라.

기파랑은 새로 옮긴 학교에서도 여전히 잘 하고 있단다. 물색없는 놈 같으니. 나는 이 모양으로 만들어 놓고, 저는 희희낙락하며 잘 지내고 있다고?

그럴 리 없다. 기파랑이라고 해서 속이 편할 리가 없을 거라고 자위해본다.

기파랑은 나에 대한 배신감을 숨기지 않았다. 차동민이 전해준 말로는 나에게 거의 쌍욕을 해댔다고 한다. 앞장서서 자기를 보호해줄 거라고 믿었던 내가 오히려 자기를 내쳤다며 화를 내더란다. 기파랑이 술에 취한 모습은 그 때 처음 봤다고 했다.

그 날 이후 기파랑과 연락이 끊겼다. 기파랑도 연락하지 않았고, 나도 차마 연락을 할 수 없었다.

마일중 김민교 교감과 가끔 통화한다. 김 교감도 기파랑에 대해 궁금한 게 참 많았다. 학기 초에는 이틀이 멀다하고 전화해서 기파랑에 대해 물어보곤 했다. 김 교감도 교장 승진을 앞두고 있는데 내 전철을 밟지 않으려고 애쓰는 모습이었다. "마일중은 남학교라서 전혀 걱정하지 않아도 된다"고 말해줬다. 사실이 그러니까. "오히려 기파랑 덕분에 교장이 빨리 될 걸"이라고 하니 기분이 좋아진 목소리가 전화기 너머로 전해온다.

한 달 남짓 지나고부터는 기파랑 칭찬 일색이다. 내가 처음에 그랬던 것처럼. 기파랑이 일하는 모습을 보면 어떤 관리자가 좋아하지 않을 수 있을까.

이러다가 김 교감이 나보다 빨리 교장 되는 것 아닐까 생각하니 속이 쓰리다. 나보다 교사 경력이 3년이나 짧은데.

형사가 나를 찾는다고 했다. 가슴이 철렁 내려앉는다.

형사가 나를? 또 무슨 일일까? 지금보다 더 나쁜 일이 있단 말인가?

마포경찰서 강력계 민 완 형사라고 했다. 강력계 형사는 내 평생에 처음 본다. 나 같은 소시민이 경찰서에 갈 일은 거의 없다. 강력계는 더더구나 거리가 멀다. 그런데 왜 강력계 형사가 나를 찾아왔을까. 죄지은 것도 없는데 괜히 가슴이 쿵쾅거리고 다리가 떨린다.

"기파랑 선생을 잘 아시죠?"

또 기파랑이다. 아니, 기파랑 사건이 강력계 형사가 다룰만한 건가. 내가 경찰 쪽을 잘 모르지만 이건 정말 아닌 것 같은데.

기파랑의 올가미가 이렇게 질긴 줄은 몰랐다.

"지난해까지 저희 학교에서 근무했습니다만. 무슨 일이시죠?"

나도 모르게 목소리가 떨렸다.

"그렇게 긴장하지 않으셔도 됩니다. 별거는 아닙니다. 다른 사건을 조사하다가 기파랑 선생의 이름이 나와서요. 어떤 사람인가 좀 알아보려고 온 겁니다."

"어떤 사건인지는 모르겠습니다만 기파랑 선생이 어떤 식으로든 연결이 되진 않았을 겁니다. 확실하게 말씀드릴 수 있는 것은 제가 30년 넘게 교사 생활을 하면서 만난 최고의 교사입니다. 실력뿐 아니라 인성까지도 최고입니다. 범죄와는 거리가 먼 사람입니다."

기파랑 때문에 교장 승진이 안 됐다고 해서 기파랑을 음해할 정도로 나쁜 놈은 아니다. 사실을 사실대로 얘기할 뿐이다.

"교감 선생님께서 이토록 자신 있게 말씀하실 정도입니까?"

"그렇습니다. 그 사람은 제가 확실하게 보장합니다."

"그런데 보통 5년마다 로테이션을 하는데 기파랑 선생은 중간에 학교를 옮겼다고 하던데요. 이유가 뭐죠?"

역시 그 내용을 알고 있군. 혹시 그 분식집 사장이 경찰에도 신고를? 그래서 미성년자 성폭행으로 기 선생을 엮으려고 하나?

"아, 그거요? 기 선생이 무슨 잘못을 해서 그렇게 된 것은 결코 아닙니다. 워낙 인기가 좋았거든요. 특히 여학생들한테요. 형사님은 잘 모르시겠지만 감수성이 예민한 여중생들에게 잘 생긴 총각 선생님은 선망의 대상입니다. 기 선생은 중간에 결혼을 했습니다만 거의 상사병에 걸린 애들이 연애편지를 쓰곤 했습니다. 편지 내용이 문제가 됐지만 저희가 조사한 결과 기 선생과는 아무 상관이 없었습니다. 그냥 애들이 상상으로 쓴 거였죠. 하지만 학교 차원에서 아무래도 남녀공학보다는 남학교에서 근무하는 것이 좋겠다고 판단을 해서 옮기게 된 겁니다. 제가 직접 서울교육청에 부탁을 했죠. 기 선생이 결격사유가 있어서 그렇게 된 게 결코 아닙니다."

형사는 내 얘기를 들으면서도 계속 미간을 찌푸리고 있었다. 내 말을 못 믿겠다는 건가?

"문제가 됐다는 편지 내용은 뭔가요?"

"형사님, 요즘 중학생들이 어떤 지 잘 모르시죠? 우리 때하고는 완전 다르고, 10년 전과 비교해 봐도 하늘과 땅 차입니다. 숨기는 것도 없고, 창피한 것도 없고, 속에 있는 감정을 그대로 다 표현합니다. 선생님과 자는 꿈을 꿨는데 너무 황홀했다 뭐 이런 내용도 있고요."

"그런 말을 편지에 쓴다고요?"

"그렇습니다. 저희도 처음에 얼마나 황당했다고요. 그런데 학생이 제 맘대로 상상으로 쓴 글을 갖고 멀쩡한 선생을 징계할 수는 없지 않습니까. 사실 기 선생은 피해자입니다."

"그렇군요. 교감 선생님, 말씀 잘 들었습니다. 감사합니다. 혹시 또 궁금한 게 있으면 연락드리겠습니다."

일어서려는 형사를 급하게 말렸다.

"저 형사님, 혹시 기 선생이 연루된 사건이 어떤 건가요? 이 내용이 아니고 다른 건가요?"

"죄송합니다. 지금 비공개 수사라서 자세한 내용을 말씀드릴 수 없습니다. 양해해 주십시오. 그렇게 걱정 안 하셔도 됩니다. 그냥 참고로 알고 싶어서 온 거니까요. 그럼 이만."

비공개 수사라서 자세한 내용을 말해줄 수 없다? 그런데 그냥 참고 사항일 뿐이니까 걱정하지 말라?

찜찜하다. 기파랑이 무슨 사고를 친 거야? 그럴 리가 없는데.

모르겠다. 이미 다른 학교로 갔는데 사고를 쳤다 하더라도 나하고는 이제 상관없는 일이다.

강석규 5

범죄의 냄새

민 완이 '완벽'이라는 표현을 했다. 기파랑 주변 사람들을 만나고 온 다음에 그랬다. 뭔가 단서를 물어올 줄 알았는데 거꾸로 '혐의 없음'을 확인한 셈이 됐다. 만난 사람마다 이구동성으로 "기파랑 선생은 절대 어떤 범죄도 저지르지 않을 사람"이라고 강조했다고 한다. 싫어하는 사람이나 뒷담화를 할 사람이 있을 만한데 그런 사람은 한 명도 만나지 못했다고 한다. 기파랑을 다른 학교로 쫓아낸 창성중 교감마저도 "기파랑은 절대 그럴 사람이 아니다"라며 펄쩍 뛰었다고 했다.

맥이 빠진다. 진짜 헛다리짚은 건가. 나의 잘 못된 판단 때문에 귀중한 시간과 인력을 낭비한 거라면 내 책임은 더 커진다.

용의자에 대한 수사에서 진전된 것은 없다. 민호 삼촌 조영우 씨나 큰 외삼촌은 당일 알리바이가 확인됐다. 그나마 가장 유력했던 조상우 씨 회사의 김철호 전 전무도 민호 유괴 전날부터 태국 여행 중이었다.

완전히 벽에 부딪힌 느낌이다. 면식범의 소행이 아닐 수도 있다. 그렇다면 맨 땅에 헤딩이다. 처음부터 다시 시작해야 한다.

공개수사가 불가피하다. 민호의 생명은 이제 보장할 수 없다. 미안하다. 또 한 번 나의 무능력을 처절하게 깨닫는 순간이다.

민호 집을 찾아갔다. 조용하다. 오랫동안 사람이 살지 않은 폐가 같은 느낌이 들었다. 무릎을 꿇었다.

"죄송합니다. 아직까지 약속을 지키지 못했습니다."

민호 엄마가 대성통곡을 했다.

"아이고, 민호야. 민호야. 안 된다 민호야. 우리 민호 어떡해. 우리 민호 살려주세요. 형사님, 제가 이렇게 빌게요. 제발 우리 민호 살려주세요. 엉엉"

침통한 표정의 민호 아버지는 손등으로 눈물을 훔쳤다.

"혹시 전화 목소리. 그걸로 범인을 찾을 수는 없었나요?"

"10대 후반에서 20대 초반의 여자 목소리였습니다. 아무래도 공범이 있는 것 같습니다. 혹시 짐작이 가는 사람이 있을까요."

"아뇨. 전혀요."

"이제 공개수사를 해야 할 것 같습니다. 시민들의 제보가 도움이 될 수 있으니까요. 부모님께서 동의를 해주셔야."

"그럼 우리 민호는 이미 죽었다고 생각하시는 겁니까?"

"안 돼."

민호 엄마가 절규했다.

"우리 민호 죽으면 안 돼. 아악. 민호 살려준다며. 범인 잡는다며. 경찰들 뭐하는 거야. 지금까지 거짓말 한 거야? 이놈들아, 빨리 우리 민호 데려와."

민호 아버지가 말리려고 했지만 민호 엄마는 손을 뿌리치며 발버둥을 쳤다. 비명과 함께 바닥을 데굴데굴 굴렀다.

그런 모습은 정말 보고 싶지 않았다. 보란 듯이 범인을 잡고 민호를 구해내고 싶었는데 입이 열 개라도 할 말이 없다.

"지금까지 민호가 살아있더라도 공개수사를 하게 되면 범인이 민호를 그냥 두지 않겠죠?"

민호 아버지는 놀랄 만큼 침착했다. 이 정신없는 상황에서도 문제점을 정확하게 지적했다.

"죄송합니다. 아마 그럴 가능성이."

"안 돼. 공개수사 안 돼. 콜록콜록."

내 말이 끝나기도 전에 민호 엄마가 소리쳤다. 너무 악을 써서 목소리가 갈라지고 마른기침을 해댔다.

"저도 공개수사는 반대입니다. 끝까지 희망을 놓을 수는 없습니다."

민호 아버지의 반응도 예상했던 대로였다. 아들의 목숨을 쉽게 포기할 부모는 없다.

"알겠습니다. 경찰력을 총동원해서 반드시 범인을 잡고, 민호를 구해오겠습니다."

서장에게 약속한 시간은 이제 하루밖에 남지 않았다. 그 안에 실마리라도 찾아야 한다. 민호 부모님이 반대하는 공개수사를 강제로 밀어붙이기도 어렵다.

"계장님, 수상한 걸 찾았습니다."

민 완이 눈을 반짝이며 다가왔다. 수상한 거라는 말에 눈이 번쩍 뜨인다. 지금은 지푸라기라도 잡는 심정이다.

"뭔데?"

"김철호 전무가 태국 여행 중이었다고 해서 강호상이 출입국 관리사무소에서 확인을 했잖아요. 그런데 갑자기 기파랑 출입국 기록도 보고 싶더라고요. 그냥 버리기에는 너무 아깝다는 생각이 들어서. 확인해 보니 확실히 이상합니다. 지난 해 8월부터 올 5월까지 마카오에만 모두 열 차례나 갔다 왔어요."

"마카오에? 거의 한 달에 한 번 꼴이네."

"맞습니다."

"그건 좀 이상하지 않아? 학교 선생이 어떻게 한 달에 한 번씩 해외에 나갈 수 있지?"

"방학 때는 일주일 정도씩 다녀왔고요. 학기 중에도 주말을 이용해서 갔더군요."

"마카오까지도 가고 오는 시간이 꽤 될 텐데 마카오를 1박2일로 다녀왔다는 거야?"

"아뇨. 저도 그게 이상해서 더 알아보니까 1박3일이나 2박4일도 가능하더라고요. 기파랑도 그런 식으로 다녀왔고요."

"주말에 2박4일이 가능하다고?"

인천-마카오 구간은 항공 스케줄이 독특해서 밤에 출발해서 새벽에 도착하는 일정이 많다고 했다. 금요일 수업이 끝난 뒤 밤에 출발하고, 월요일 새벽에 도착해서 바로 출근하면 된다.

"기파랑도 열 번 중 두 번은 주말에 2박4일로 다녀왔어요."

"마카오에는 왜 그렇게 자주 갔을까?"

"당연히 카지노겠죠. 마카오에 뭐 볼 게 많다고 그렇게 자주 갔겠어요."

카지노? 실마리가 보이는 것 같다. 기파랑을 의심할 때마다 내 목덜미를 잡아챈 부분이 바로 돈이었다. 처가가 그렇게 부자인데 과연 돈을 노리고 제자를 유괴할 사람이 있을까? 카지노라면 말이 된다. 화투건 경마건 카지노건 노름에 한 번 빠지면 아무리 부자라도 순식간에 거덜 나는 경우를 많이 봐왔다.

"어떻게 할까?"

"제가 마카오에 다녀오겠습니다. 현장에 가면 뭐라도 나오지 않겠습니까."

"지금 이 판국에 해외 출장 간다고 하면 출장비는커녕 미쳤다고 욕이나 한 사발 먹을 거야."

"그러면 출장비 없이 하루 만에 다녀올게요."

"갈수록 태산일세."

"저도 짬밥 먹을 만큼 먹은 놈인데 그걸 생각 못했겠습니까. 오늘 밤에 가서 내일 하루 조사하고 모레 새벽에 오면 무박 3일이 가능합니다. 평일이니까 비행기 표도 왕복 15만 원이면 되고요."

"좋아. 그 정도면 내가 수사비로 지원해줄게. 보고하면 시끄러워 지니까 살짝 다녀와. 내가 책임진다. 반드시 뭐라도 물어갖고 와야 돼."

"알겠습니다."

마카오라. 진한 범죄의 냄새가 난다. 완이의 실력을 믿어 볼 수밖에.

민완 2

마카오 배 사장

아내는 내가 그냥 경찰서에서 자는 줄 알고 있다. 계장님과 단둘만 아는 해외 출장이다. 내가 홍길동도 아닌데 출장을 출장이라고 말하지 못하다니. 그것도 비행기 타고 바다 건너가는 건데.

세면도구만 챙겨서 백 팩 하나 매고 인천 공항으로 가는 버스를 탔다. 얼마 만에 인천 공항에 온 건지 모르겠다. 발리로 신혼여행 다녀오고 나서 처음이니까 벌써 10년도 더 지났다. 제주도 갈 여유도 없는데 언감생심 해외로 나갈 생각을 했을 리 없다. 평일에다가 밤 8시가 넘은 시각인데도 공항이 바글바글하다. 외국 나가는 사람이 이렇게 많다니. 갑자기 아내에게 미안한 생각이 든다. 우리는 언제 해외여행 가보나.

바보 같은 마누라. 부모님이 반대하는 데도 "강력계 형사 멋있잖아요"하면서 나와 결혼해버렸다. 결혼 초에는 씩씩하게 "형사 와이프가 이 정도 고생은 각오해야지"하더니 애 둘 키우느라 팍삭 늙어버린 요즘에는 "그래도 얼굴은 좀 보고 살자"며 푸념이다. 일주일 만에 집에 와서 속옷만 갈아입고 가는 주제에 부부 동반 해외여행을 떠올리다니 생각만 해도 사치다.

가격 비교 사이트에 들어가 제일 싼 비행기 표를 골랐다. 마카오-인천 왕복이 12만7800원. 이 정도면 제주도 왕복보다 싼 거 아닌가.

밤 10시50분 출발해서 새벽 1시50분에 마카오에 도착하는 비행기다. 오는 건 모레 새벽 1시55분 마카오 출발, 오전 6시 인천 도착이다.

좋지 않은 시간대라서 값이 싼 거겠지만 나에게는 안성맞춤이다. 오랜만에 비행기를 탔는데 생각보다 좌석이 좁다. 내가 살이 쪘나, 원래 이렇게 좁았나.

밥도 안 준다고 했다. 옆 사람에게 기내식을 왜 안 주냐고 물어보니까 이 비행기는 저가 항공이라서 식사를 하려면 따로 주문해야 한다고 했다. 기내식 먹는다고 좋아했는데.

"저가 항공이라서 밥을 안 준다고요?"

내 목소리가 컸나 보다. 지나가던 승무원이 나에게 다가오더니 아주 상냥한 목소리로 "손님, 저가 항공이 아니고 저비용 항공입니다"한다.

눈만 끔뻑이고 있으니 친절하게 설명을 한다.

"저희는 손님들의 경제적 부담을 줄여드리기 위해 국적 항공사보다 싼 가격으로 모시는 저비용 항공사입니다. 저가 항공은 싸구려 비행기라는 뜻입니다. 앞으로 저가 항공이라고 하지 말고, 저비용 항공사로 불러주세요. 감사합니다."

저가 항공과 저비용 항공이 뭐가 그리 다르다고 따지나 싶었는데 우리도 강력계·형사계·마약계를 구분 못하는 사람을 보면 한 마디 해주고 싶은 생각이 들기도 한다.

그렇게 생각하니 이해는 되지만 억울하다. 저가 항공이라고 먼저 얘기한 사람은 옆 사람인데. 곁눈질로 보니 옆 사람은 짐짓 모른 체하고 딴 짓을 하고 있다.

창가 자리를 잡았다. 모처럼 하늘 위에서 내려다보는 기분을 느껴보고 싶었다. 밤이라서 도로가 반짝이는 선으로 보인다. 개미만한 자동차들이 꼬리에 꼬리를 물고 지나간다. 컴퓨터 게임 같이 비현실적이다.

가운데 자리가 비면 좀 편하게 갈 수 있을 거라 기대했는데 웬걸, 거의 만석이다. 평일 밤 비행기가 이 정도라니 놀랄 수밖에 없다. 마카오로 가는 사람이 이렇게 많다고?

숙소는 예약하지 않았다. 돈도 아껴야 하지만 시간도 아껴야 한다. 도착하자마자 기파랑의 흔적을 찾아 다녀야 한다. 이까지 와서 빈손으로 돌아갈 순 없다. 밥도 안 준다는 데 잠이나 자야겠다.

"저희 비행기는 곧 마카오 국제공항에 도착합니다."

안내 방송에 잠을 깼다. 세 시간 정도의 짧은 시간이었지만 숙면을 하고 나니 온 몸이 개운하다.

활주로에 착륙한 비행기가 게이트를 향해 가는 도중에 호텔들이 보인다. 공항 바로 옆에 호텔들이 줄 지어 서있다. 저 호텔 투숙객들은 비행기 소리 때문에 잠이나 제대로 잘까. 카지노의 도시답게 호텔들이 휘황찬란하다.

현지 시간으로 새벽 2시인데도 입국 심사를 기다리는 사람들의 줄이 꽤 길다. 곳곳에서 한국말이 들려온다. 어린 애들을 데리고 온, 가족 단위 여행객도 꽤 많이 보인다. 아직 방학이 아닌데 초등학생으로 보이는 애들도 제법 된다. 카지노에 왜 애들을 데리고 오지? 교육상 좋지 않을 텐데.

입국 심사를 마치고, 입국장을 빠져나왔다. 인천 공항에 비하면 마카오 공항은 완전 시골 공항이다.

"사장님, 김 실장입니다. 필요하시면 연락주세요."

몇 걸음 떼지 않았는데 누군가 마치 기다리고 있던 것처럼 나에게 다가와 명함을 준다.

명함에는 '김 실장'이라는 이름 밑에 전화번호가 있고, 작은 글씨로 환전/송금/VIP롤링/픽업 서비스/호텔 항공권 예약이라고 적혀있다.

"제가 한국 사람으로 보여요?"

외국 공항인데도 나에게 처음부터 한국말로 말을 걸어온 게 신기했다.

"에이, 척 보면 다 알죠."

'김 실장'은 당연하다는 듯 어깨를 으쓱 했다.

"그런데 여행사 분이세요?"

"마카오 처음이시죠?"

내 질문에는 대답을 하지 않고 역질문이 들어왔다.

"아, 예. 처음입니다."

"얼마 갖고 오셨어요?"

"얼마요?"

"카지노 하러 오신 거 아니에요?"

나를 카지노 놀러온 손님으로 생각하는구나. 잘 하면 여기에서 몇 가지 건질 수 있겠는데.

"아, 당연히 카지노 하러 왔죠. 홍콩달러로 한 10만 달러 갖고 왔어요."

"예. 재미있게 놀다 가세요."

이것 봐라. 10만 홍콩달러를 우습게보네. 한화로 1,500만 원 정도면 내 딴에는 많이 부른다고 부른 건데.

"그런데 김 실장님은 무슨 서비스를 하시나요?"

"손님이 원하시는 건 다 해드립니다. 호텔 예약이나 관광 가이드는 물론이고 환전 서비스나 카지노 편의도 봐 드리죠."

"카지노 편의라는 게 뭐죠?"

"죄송합니다. 저도 영업을 계속 해야 해서요."

그럼 좀 기다리지 뭐. '김 실장'에게서 기본적인 정보를 알고 가면 훨씬 시간을 절약할 수 있을 것 같다.

의자에 앉아 기다리면서 지켜보니 '김 실장'말고도 명함을 돌리는 사람들이 여럿 있다. '장미'라는 여자도 명함을 주고 갔다.

승객들이 거의 다 공항을 빠져나갔다. '김 실장'이 발걸음을 돌리다가 나를 보고 눈이 커졌다.

"어, 사장님. 아직 안 가셨어요?"

"예, 좀 더 물어볼 게 있어서요. 김 실장님 기다렸습니다."

"재미있는 사장님이시네. 뭐가 궁금하시죠?"

"사실 제가 마카오도 처음이고, 카지노도 처음이에요. 안 그래도 누군가에게 도움을 좀 받으려고 했는데 김 실장님께 부탁드리려고요."

"아니, 카지노를 안 해보신 분이 처음부터 마카오에 오셨다고요? 정선에 가셔서 좀 하다가 오시지 그랬어요."

"하하. 그러게 말이에요."

"10만 홍딸 갖고 오셨으면 테이블에는 앉지 말고, 그냥 슬롯머신에서 놀다 가세요."

내 수중에는 10만 달러는커녕 1만 달러도 없다. 그런데 10만 달러가 있어도 슬롯머신이나 하다 가라고?

"테이블에는 앉지 마라고요?"

"당연하죠. 10만 홍딸 갖고 테이블에 앉았다가는 10분도 안 돼서 다 털릴 수 있어요."

10분 만에 1,500만 원을 털리면 볼 만 하겠다.

"그러면 테이블에 앉으려면 최소한 얼마가 있어야 하나요?"

"얼마짜리 베팅을 하느냐에 따라 다르겠지만 그래도 50만에서 100만은 있어야 비벼볼 수 있지 않겠어요? 게임은 돈 싸움이에요. 자금이 후달리면 아무 것도 못해요."

"100만이요? 그럼 우리 돈으로 1억5,000만 원인데."

"생각해보세요. 미니멈 베팅이 500·1,000·2,000이예요. 5,000도 있고요. VIP실에 가면 열 배, 스무 배로 뛰어요. 칩 하나가 그래요. 그럼 100만이라고 해봤자 뭡니까? 2,000짜리 칩 500개밖에 안돼요. 5,000짜리는 200개고요. 이해되십니까?"

칩 하나가 2,000달러라. 그럼 30만 원? 한 번에 30만 원이 최저 단위라니 참 기가 막히다. 우리는 점당 100원짜리 고스톱이 노름이냐 아니냐 따지고 있는데.

그런데 이게 타짜들의 전문 도박판이 아니잖아. 그냥 일반인들이 갈 수 있는 카지노인데 이렇게 단위가 크다는 게 믿어지지 않는다.

“사장님, 맥시멈이 얼마인지는 아세요? 200만입니다. 한 판에 200만 달러까지 걸 수 있다는 말이에요. 그러니까 1분 만에 200만 달러 날리는 거죠. 거짓말 같죠? 작년에 제가 직접 봤어요. 허름한 옷을 입은 중국인이었는데 200만 달러를 한 번에 베팅하더라고요. 저도 이 생활 한 10년 했는데 그런 경우가 흔치는 않아요. 잃으니까 그냥 손 털고 일어나서 갔어요. 이걸 쿨 하다고 해야 하는지 모르겠지만 하여튼 중국 놈들 대단해요.”

나야 카지노 하러 온 게 아니니까 상관없지만 얘기만 들어도 딴 세상이다.

“대단하네요. 그런데도 자주 오는 사람들이 많은가 봐요.”

“카지노의 매력이 그런 것 아니겠어요? 한 번 빠지면 헤어 나오지 못하죠.”

“그런데 어떻게 100만 달러를 갖고 오죠? 안내를 보니까 16만 달러 이상이면 신고하라고 돼 있던데.”

“사장님도 참. 그래서 저희가 있는 거 아니겠습니까.”

“아, 여기서 돈을 빌려주시나요? 꽁지 돈 같은 거?”

“꽁지 돈이라고 하시면 섭섭하죠. 어디까지나 환전 서비스와 송금 서비스, 고상하게 말해서 금융업이죠. 허허.”

이제야 대충 돌아가는 흐름을 알겠다. 고마운 ‘김 실장’이다.

“그러면 단골도 있겠네요.”

“당연히 있죠. 공항에서 마주 치면 눈인사하는 사이죠. 수시로 카톡이나 전화로 연락합니다.”

"한 달에 한 번 정도 오면 자주 오는 편인가요?"

"일주일이 멀다하고 오는 분도 계시죠. 하지만 한 달에 한 번 정도면 자주 온다고 봐야죠."

"사실은 제 주위에 한 달에 한 번은 마카오 간다는 사람이 있어서 도대체 마카오가 어떤 곳인지 궁금해서 온 거거든요."

"그러시구나."

"그 사람 이름이 기파랑인데 혹시 들어보셨어요?"

"하하. 여기서 본명을 얘기하는 사람은 거의 없죠. 별명으로 부르거나 김 사장님, 이 사장님 이렇게 불러요."

"그렇군요."

공항에 도착하자마자 30분 만에 많은 것을 알았다. 큰 수확이다. 이제 어디를 가지?

"사장님, 혹시 호텔은 잡으셨어요?"

"아직 예약하지 않았고요. 바로 카지노 가보려고요."

"예, 그러시면 베네시안으로 가보세요. 한국 사람들이 좋아하는 데다 규모도 큽니다. 저도 공항 아니면 베네시안 카지노에 주로 있어요. 혹시 필요하시면 연락주세요."

"알겠습니다. 감사합니다."

베네시안이라. 마카오 오기로 한 뒤 벼락치기 공부를 할 때 가장 많이 나왔던 호텔 이름이 베네시안이었다. 규모도 클 뿐 아니라 이탈리아 베네치아를 그대로 본떴다고 했다. 실내에 곤돌라 수로까지 있어서 한국 관광객의 필수코스라고 돼 있었다.

낮에는 호텔 셔틀버스를 공짜로 탈 수 있다고 했는데 새벽이라 택시를 타야 했다. 딱 5분 거리에 우리 돈으로 7,000원 정도 나왔다. 물가가 비싸네.

서울의 밤도 어디 뒤지지 않을 것 같은데 이곳은 말 그대로 불야성이다. 새벽 3시인데도 호텔들마다 번쩍번쩍 거리고, 생뚱맞게 에펠탑까지 서 있어서 정신이 없다.

베네시안 호텔은 로비부터 기를 죽인다. 호텔이 이렇게 커도 되는 거야?

카지노는 어느 호텔이든 1층 정중앙에 자리 잡고 있다. 카지노에 들어서니 내가 예상했던 규모가 아니다. 그 크기에 압도당해버렸다. 카지노 안에서 길을 잃을 수도 있겠다는 생각이 들었다.

사방에 있는 슬롯머신에서 흘러나오는 노랫소리에 귀가 멍멍해진다. 용이 불을 뿜고, 금화가 쏟아져 나오고, 정신이 하나도 없다. 내가 아는 카지노는 777이 터지고 하는 그런 모습인데 여기는 전혀 아니다. 완전 중국식이다.

테이블마다 서너 명씩 둘러앉아서 카드 게임을 하고 있다. 딜러 혼자 손님을 기다리는 빈 테이블도 있지만 구경꾼만 수십 명이 몰려있는 테이블도 있다. 중국인들 시끄러운 건 알아줘야 한다. 정말 혼을 쏙 빼놓을 정도로 시끄럽다.

'김 실장'말이 맞았다. 테이블마다 최소 베팅 금액을 붙여놓았다. 500부터 5,000까지 있다. 자기가 원하는 대로 골라서 앉으면 된다.

예로부터 중국인들 노름 좋아한다는 말은 많이 들었는데 오늘 내 눈으로 확인했다. 1,000달러짜리 지폐를 몇 묶음씩 주머니에 넣고 다닌다. 저게 다 얼마야? 얼핏 봐도 50만 달러는 돼 보인다.

'중국이 공산주의를 하는 것과 대한민국이 자본주의를 하는 것이 세계 2대 불가사의'라고 하더니 그 말이 맞는 것 같다. 저렇게 노름 좋아하고, 장사 수완이 뛰어난 중국인들이 공산주의 체제에서 살고 있다는 게 정말 불가사의다.

중국말 사이사이 한국말도 들린다. 자세히 살펴보니 한국 사람들도 제법 많다. 한 테이블은 아예 한국 사람들끼리 차지하고 앉아서 게임을 하고 있다. 카드 두 장씩 받아서 열심히 쪼는데 화투 섯다와 비슷한 것 같다.

한참을 뒤에 서서 구경을 했다. 그 중 유독 한 사람이 눈에 띄었다. 승률이 70%는 되는 것 같았다. '바카라'라고 하는 이 게임은 딜러 쪽에도 베팅을 할 수 있는 구조였다. 딜러와의 싸움이 아니라 확률 싸움에 가깝다.

뒤에서 계산해보니 어림잡아 30만 달러는 딴 것 같았다. 5,000만 원을 불과 한 시간 만에 딸 수 있다니, 역으로 생각하면 한 시간 만에 1억 원도 잃을 수 있다는 말이다. 하기야 '김 실장'은 1분 만에 200만 달러를 잃은 경우도 봤다고 했으니까. 나 같은 사람은 꿈도 못 꿀 일이다.

"딴 돈은 어떻게 갖고 가지?"

혼잣말이 들렸나 보다. 고개를 돌려 째려보는데 나도 모르게 움찔 했다. 명색이 강력계 형사가 겨우 이 정도에 쫄다니.

그 사람이 자리에서 일어났다. 딸 만큼 땄다고 생각했나 보다. 저 정도면 꾼이다. 정보를 얻을 수 있겠다. 슬슬 뒤따라가니 마침 흡연실로 들어갔다. 여기는 흡연실이 따로 있었다. 좋은 기회다.

흡연실로 따라 들어가 담배 한 대를 피워 물었다. 그동안 몇 차례 금연을 시도했었지만 이럴 때는 담배를 필 줄 안다는 게 참 유용하다. 형사를 그만 둘 때까지는 절대로 금연을 할 수 없겠다는 생각이 든다.

"아까는 죄송했습니다."

"아닙니다. 중국 애들 떠드는 거는 그러려니 하는데 한국말이 들려서 좀 민감했었나 봅니다."

의외로 젠틀한 반응이다. 얘기가 잘 될 것 같다.

"아까 뒤에서 보니까 실력이 상당하시더군요."

"오늘은 운이 좀 따라주는 것 같습니다."

"카지노에는 처음 와봤는데 대단하시네요."

"카지노에 처음 오셨다고요?"

"예."

"그럼 슬롯머신이나 하다 가세요. 이쪽은 아예 들여다볼 생각하지 마시고요."

"제가 돈이 없어 보이나요?"

"아니, 그런 얘기가 아니고요. 처음이시라니까 이쪽 세계에 발을 들여놓지 말라는 말씀입니다. 카지노도 도박이에요. 한 번 빠지면 나오기 힘들어요."

조폭이나 노름꾼들이 손을 씻은 다음에 이런 얘기 하는 것은 들어본 적 있지만 현역이 이런 말을 하다니 의외다.

"선생님은 마카오에 자주 오시나요?"

"뭐 그런 편이죠. 한 달에 두 번 정도는 오니까. 저는 정선에는 안 가요. 거기는 승률도 안 좋고, 분위기도 우중충해서. 마카오가 깔끔하죠."

"그러시구나. 그럼 주로 따는 편인가요?"

"딸 때도 있고, 잃을 때도 있죠. 다행히 여기 바카라 승률은 좀 좋은 편이에요."

"예, 그런 것 같더라고요. 아까도 많이 따셨는데 한국에 돈은 어떻게 갖고 들어가세요? 신고하시나요?"

"현금을 갖고 다니진 않죠."

"그럼 어떻게?"

"혹시 경찰이세요?"

방심하고 있다가 한 대 맞았다. 나도 모르게 경찰 냄새를 풍겼나 보다.

"제가 경찰처럼 보이나요?"

"하도 꼬치꼬치 물어보셔서."

"죄송합니다. 관심은 있는데 잘 몰라서. 고수님께 한 수 배우려고 하다 보니 귀찮게 해드렸습니다."

"자세히 말씀드릴 수는 없고, 여기에서 대행해 주는 사람들이 있습니다. 돈도 빌려주고, 송금도 해주고."

"그렇군요."

"많이 쉬었으니 이제 저는 또 나가보겠습니다."

담배 한 대는 일찌감치 다 피웠다. 그 사람은 더 이상 말을 섞고 싶지 않은 표정이었다. 더 물어볼 게 많았는데 아쉽다.

'김 실장'과 이 사람을 통해 대강 돌아가는 분위기는 파악했다. 돈이 오고 가는 구조에는 반드시 해결사가 필요하다. 마카오에서 돈을 빌렸는데 한국에 돌아가서 갚지 않는다면 누군가는 돈을 받아와야 하니까.

아! 생각났다. 얼마 전에 광수대가 조폭 수사하다가 야구선수들이 도박에 연루된 게 드러난 사건이 있었다. 우리 관할이 아니어서 그 때는 크게 관심이 없었는데 그게 이런 거였구나. 돈을 갚지 않은 채무자를 감금, 폭행한 해결사들을 수사하다가 고객 명단에 유명 야구선수들의 이름이 들어있는 바람에 이들이 유탄을 맞은 거였다.

기파랑은 어땠을까. 한 달에 한 번이면 자주 오는 편이다. 더구나 선생이 방학 때뿐 아니라 학기 중에도 뻰질나게 드나 들었으면 이유는 카지노밖에 없다. 그런데 현금은 한도가 있으니까 기파랑도 반드시 이들의 도움을 필요로 했을 것이다. 기파랑은 미니멈이 얼마인 테이블에서 게임을 했을까. 만일 거액을 잃었다면 갚아야 할 돈을 구해야 한다. 아무리 처가가 부자라 하더라도 카지노 자금까지 대주는 처가는 없을 것이다. 고객 명단을 볼 수만 있으면 좋을 텐데.

한숨이 나온다. 내가 마카오를 너무 만만하게 봤다. 24시간 풀로 돌아다니면 흔적을 찾을 수 있을 거라고 생각했는데 카지노의 규모가 내 상상을 훨씬 뛰어넘는다. 베네시안 한 곳만 해도 너무 크다. 이런 게 수십 개가 있으니.

그래도 맨땅에 헤딩은 아니니까 그것만 해도 다행이다. 단서 하나도 없이 백사장에서 바늘 찾는 식으로 돌아다닌 경우가 얼마나 많았는지 모른다.

지금이 몇 시지? 갑자기 생각이 났다. 시계를 보니 오전 7시다. 어느새 밤을 꼬박 새웠다. 카지노 안에 있으니 시간 개념이 완전히 없어진다. 온통 환하게 불을 켜놓은 데다 슬롯머신은 사방에서 번쩍번쩍하고, 음악 소리는 귀청을 때리고, 사람들은 북적북적하니 지금이 오전인지 오후인지 밤인지 새벽인지 도통 알 수가 없다. 그러고 보니 카지노 안에 시계가 없다. 고객이 시간 생각하지 않고 쇼핑에 몰두하도록 백화점에 시계가 없다는 말은 들었는데 카지노도 똑같은 이유겠지?

카지노에 세 시간 정도 있었는데도 눈이 뻑뻑하고, 입안이 깔깔하다. 눈에 불을 켜고 잠복할 때보다 더 피곤한 것 같다.

배에서 꼬르륵 소리가 난다. 뭐라도 먹어야겠다. 기대했던 기내식도 못 먹어서 더 배가 고프다.

주위를 둘러보니 식당이 많다. 배가 고프니까 비로소 식당이 보인다. 보고 싶은 것만 본다는 말이 거짓말이 아니다. 게임 하다가 배고프다고 나가지 말고, 카지노 안에서 모든 것을 해결하라는 친절한 배려겠지.

뜨끈한 국물이 먹고 싶다. 바로 앞에 보이는 식당에 들어갔다.

메뉴를 들고 온 종업원에게 "핫 수프?"하니까 눈치 빠른 놈이 "완탕미엔"한다. 그렇지, 완탕면 좋다.

"오케이."

주문을 받은 종업원이 갈 생각을 안 한다. 팁을 달라는 거야?

그게 아니다. 다른 주문을 기다린 거였다.

"온리 완탕면."

종업원이 고개를 갸웃하며 간다. 자식, 아침에 완탕면 하나 먹으면 됐지.

또 틀렸다. 음식을 기다리며 주위를 둘러보니 아침인데도 서너 가지 요리를 놓고 먹고 있다. 혼자 와서도 세 가지는 기본이다. 확실히 중국인들은 대식가인가 보다. 아침부터 저렇게 많이 먹다니.

에이, 또 틀렸다. 다 먹지 않는다. 대부분이 주문한 음식의 절반도 먹지 않고 남긴다. 이것들이 졸부 근성이 있나. 저렇게 남길 거면 시키지를 말지. 내가 완탕면만 시키니까 종업원이 고개를 갸웃거린 이유를 이제 알겠다.

완탕면은 괜찮았다. 뜨끈한 국물도 좋았고, 탱글탱글한 새우의 식감은 환상이었다. 해장용으로도 좋을 것 같다.

아침도 먹었으니 이제 뭘 하지?

이제까지는 워밍업이었고, 본격적으로 기파랑 흔적 찾기에 나서야지. 뒤지다 보면 흔적은 반드시 나올 것이다.

확실히 아침이 되니 카지노가 한산해졌다. 끈질기게 앉아서 마지막 불꽃을 태우는 사람도 꽤 있다. 아침에 새로 온 사람도 있네. 행색만 봐도 알겠다. 밤을 새운 사람들은 아무래도 꾀죄죄하고, 새로 온 사람들은 잠도 자고, 세수도 하고 온 만큼 멀끔하다.

한가하니까 사람만 만날 수 있으면 오히려 얘기하기는 좋을 것 같다. 다른 카지노도 가볼까 하다가 곧 생각을 접었다. 아무래도 한국 사람들이 제일 선호하는 곳이 베네시안인 만큼 이곳을 더 뒤지기로 했다. 여기서 더 건질 게 없으면 오후쯤에 다른 곳으로 옮기거나 '김 실장'을 다시 찾자.

다시 슬슬 카지노를 돌아본다. 밤새 시끌벅적하던 테이블이 조용하다. 딜러 대부분은 개점휴업이고, 손님이 있는 테이블도 고작 한두 명을 상대하고 있다. 흡연실을 지나다 보니 달랑 두 사람만 있다.

어? 입 모양을 보니 한국말을 하고 있다. 좋았어. 흡연실을 이렇게 따로 만들어놓으니 정보 수집하는 데 최고의 장소다.

문을 열고 들어가서 담배에 불을 붙였다. 입이 쓰다. 아차차, 양치하고 세수부터 하고 올 걸.

역시 한국 사람들이다. 50대 중반쯤? 대화를 들다 보니 밤새 제법 잃은 것 같다. 이럴 때는 동병상련으로 접근하는 게 좋다.

"말씀하시는 데 끼어들어 죄송합니다만 오늘 좀 안 되시나 봐요?"

"뭐 그럴 때도 있죠."

말이 퉁명하다. 하기야 돈 잃어서 기분도 안 좋은데 모르는 사람과 얘기하고 싶겠나.

"저도 오늘 완전히 망했습니다. 어떻게 된 게 적게 갈 때는 따고, 확실하다 싶어서 왕창 지르면 잃으니 재수 옴 붙었습니다."

"얼마나 깨졌는데요?"

역시 관심을 보인다. 자기가 불행하다고 생각하는 사람도 자기보다 더 불행한 사람을 보면 위로를 받는다고 한다.

"한 100만 깨진 것 같아요. 젠장."

"그래요? 오늘만 날인가요. 만회할 때가 있겠지."

100만 깨졌다는 말에 굳었던 얼굴들이 조금씩 펴진다.

"그런데 처음 보는 얼굴인데 제법 크게 하시네."

"예, 오늘이 마카오는 두 번째입니다. 아는 동생이 여기 물이 좋다고 해서 왔는데 저하고는 잘 안 맞는 것 같습니다. 선생님들은 자주 오십니까?"

"마카오는 바람 쐬러 한 달에 한두 번 정도?"

그 정도면 됐다. 기파랑을 알 수도 있다.

"예, 그러시군요. 제 아는 동생도 한 달에 한 번 정도 온다고 하던데요."

"그래요? 동생이 누구신가?"

"이름은 기파랑인데요. 아마 본명을 쓰진 않을 겁니다."

"그건 그렇지."

"그래도 동생 외모가 출중해서 아실 수도 있을 것 같습니다. 키는 180cm가 넘고요, 운동을 해서 체격이 탄탄합니다. 얼굴도 잘 생겼고요. 나이는 30대 초반입니다."

내 설명을 듣다가 둘이 눈을 맞춘다. 뭔가 아는 눈치다.

"김 사장, 혹시 그 젊은 배 사장 얘기하는 거 아냐?"

"나도 배 사장이라고 생각 했어."

서광이 비친다. 가슴이 뛰기 시작했다.

"여기 사진이 있습니다. 이 사람이 배 사장 맞습니까?"

핸드폰에 저장해둔 기파랑의 사진을 보여줬다.

"맞아 맞아. 배 사장이야."

찾았다. 이렇게 쉽게 풀리다니, 행운도 이런 행운이 없다. 마누라 등쌀에 담배를 끊었으면 이런 행운을 못 잡았겠지.

"아하, 배 사장 본명이 기파랑이구나. 한 번 들으면 잊어버리지 않을 이름이네."

"그렇습니다. 그런데 배 사장 승률이 어떤가요? 저한테는 엄청 많이 땄다고 자랑했거든요."

"음. 우리끼리도 그런 자세한 얘기는 안 해요. 그냥 표정 보고 알고, 소문 들어 아는 거지."

그러자 김 사장이라는 사람이 덧붙였다.

"승률은 좋았어. 내가 볼 때 배 사장이 겜블러 기질이 있어. 작년에 혜성과 같이 나타나서는 제법 재미를 본 것 같아. 플레이하는 걸 내가 두어 번 본 적이 있는데 젊은 사람이 강약을 조절하는 능력이 뛰어나더라고. 지를 땐 지르고, 뺄 땐 빼고. 안 되는 날이다 싶으면 미련 없이 깨끗이 털고 일어나. 손절을 잘 하는 사람이 겜블러거든."

"그런데 지난달인가 엄청나게 깨졌다는 소문이 있던데."

"응, 동팔이가 그러는데 육칠백 깨졌을 거라고 하더라고. 냉정한 사람이 그땐 뭐에 홀렸는지 몰라."

"그래요? 저한테는 그런 얘기 안 하던데요."

이거다. 기파랑이 돈이 필요했던 이유가. 의심은 가는데 범행 동기를 찾지 못해서 긴가 민가 했는데 이런 이유라면 설명이 된다. 600만~700만 달러를 잃었다면 분명히 여기에서 돈을 빌렸을 테고, 한국에서 갚아야 한다.

왕창 엉켜있던 실마리가 드디어 풀리는 것 같다. 역시 현장을 뒤지면 뭔가 나오기 마련이다. 잠도 확 달아나고, 피곤도 한방에 풀린다.

한시가 급하다. 목이 빠져라 기다리고 있는 계장님께 빨리 이 사실을 알려야 한다.

"계장님, 확실합니다. 기파랑이 이곳 카지노 단골이고요, 얼마 전에 10억 원 가까이 잃었다고 합니다. 범행 동기는 입증된 셈입니다."

강석규 6

용의자 기파랑

깜깜한 동굴 속을 헤매다 한줄기 빛을 발견한 느낌이었다. 전화에서 들려오는 완이의 들뜬 목소리는 더운 여름날 축 늘어진 나를 깨우는 청량음료와 같았다.

카지노에서 10억 원 정도를 잃었다. 현지에서 빌린 돈이고, 한국에서 갚아야 한다. 처가가 아무리 부자라 하더라도 기파랑이 사업을 하는 것도 아닌데 갑자기 돈이 필요하다고 해서 선뜻 내줄 만한 액수도 아니다. 그렇다면 기파랑이 어떻게 돈을 마련할 수 있을까.

아니다. 흥분하지 말자. 이제 실마리 하나 겨우 풀었다. 기파랑에게는 도저히 있을 것 같지 않던 범행 동기를 찾아낸 것뿐이다.

기파랑은 용의자가 아니었다. 다만 뭔가 석연치 않다는 촉에 의존해서 조사를 한 것이었고, 겨우 하나를 발견한 것이다.

카지노에서 잃은 돈을 갚아야 한다는 사실은 충분히 범행 동기가 된다. 그렇다고 해서 그게 제자를 유괴할 만한 충분조건은 아니다. 유괴라는 범죄가 돈이 필요하다고 해서 쉽게 실행에 옮길 만큼 간단한 게 아니다. 더구나 자기가 가르치는 제자를 유괴한다는 발상 자체가 비상식적이다.

주위 사람들이 일관되게 칭찬하는, 앞날이 보장된 교사다. 학생들에게 인기도 많고, 부자 장인을 둔 유부남이다. 10억 원이 큰돈이긴 하지만 기파랑 입장에서 전혀 구할 수 없는, 완전 불가능한 액수도 아니다. 만약 일이 잘 못 되면 직장도 잃고, 가정도 깨지고, 교도소에도 가야 하는데 그런 무모한 짓을 할 사람이 있을까?

나의 이성은 그렇게 말하고 있다. 기파랑이 바보가 아니라면 제자를 유괴하는 멍청한 짓을 할 리가 없다고.

범죄는 상식이 아니다. 상식이 통하는 사회라면 범죄가 일어나지 않아야 한다. 하지만 우리 주위에는 수많은 범죄가 일어나고 있다. 우리는 상식과 비상식과 몰상식이 뒤섞여 있는 범죄의 도시에서 살고 있다,

처음에는 기파랑에게 아무런 범행 동기가 없었다. 그게 상식이었다. 하지만 민 완이 출입국 기록에서 이상한 것을 발견했고, 마카오에 직접 가서 범행 동기를 찾아냈다.

상식이란 무엇인가. 사회의 구성원 대부분이 공통으로 생각하는 것이다. 그런데 구성원이 달라진다면? 상식도 달라질 것이다. 70세면 경로우대를 받는 게 상식이지만 경로당에 가면 온갖 심부름을 해야 할 막내다. 절대 상식은 없다.

이제 할 일은 기파랑의 알리바이를 부수는 것이다. 기파랑은 민

호가 사라진 날, 학교가 끝난 뒤 곧바로 집에 갔다고 했다. 아내가 임신 중이라 요즘에는 항상 일찍 집에 간다고 말했었지. 그 때는 기파랑이 용의자가 아니었기 때문에 확인하지 않았다. 이제는 용의자다.

"상현이. 23일에 기파랑이 언제 집에 왔는지 확인해. 아파트 관리실 CCTV 확인하면 될 거야."

"알겠습니다."

하이에나는 내가 싫어하는 동물이다. 생김새도 그렇고, 하는 짓도 그렇고, 울음소리도 싫다. 하지만 형사 생활을 하려면 하이에나가 돼야 한다. 범인을 잡기 위해서라면 썩은 고기도 먹어야 하고, 남이 먹다 버린 것도 먹어야 한다. 때로는 남의 것을 빼앗아 먹기도 해야 한다. 나쁜 것만 있는 것은 아니다. 사자도 겁내지 않는 용맹함과 뼈도 으스러뜨리는 강력한 턱은 하이에나에게서 배워야 할 덕목이다.

기파랑에게서 썩은 냄새가 난다. 어느새 하이에나의 후각도 닮아가고 있다.

기파랑 10

12회 연속 플레이어 승

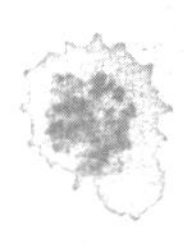

또 남학교라. 내 신세가 처량하게 됐다. 화려했던 창성중 시절을 겨우 2년 만에 마감해야 했으니 내 쓰린 속을 어떻게 달래야 할까. 다 나의 부덕함의 소치다. 애들 관리를 그렇게 허술하게 해놓고 누구를 원망할 수 있단 말인가.

다시 찬찬히 복기를 해봐도 재영이는 정말 건드리지 말았어야 했다. 혜영이는 내가 필요해서 데리고 놀았던 애니 후회는 없다. 아라와 정아, 그리고 혜영이는 지금 생각해도 환상의 조합이었다. 그놈의 가방 사건만 없었다면 지금도 촘촘하게 짜인 스케줄대로 돌아가고 있었을 텐데. 아무리 생각해도 아쉽다.

내 자리를 착각하거나 가방을 잃어버리는 돌발 상황까지 내가 어떻게 컨트롤할 수 있었을까. 그저 운이 지지리 없었다고 할 수밖에.

마일중에서 맞은 첫 학기는 무미건조했다. 남자 중학교가 다 그렇지 뭐. 미도중학에서는 진경아 선생이 있었으니까 건조하지 않았는데 여기는 그것도 없다. 나에게 추파를 던지는 여선생보다 뒤에서 수군대는 여선생들이 더 많다. 무슨 얘기 하는지는 알고도 남지.

교감도 나를 무슨 벌레 보듯이 하는데 기분 참 더럽다. 혹시나 자기 교장 승진하는 데 내가 걸림돌이 될까봐 전전긍긍하는 게 다 보인다. 교장 승진 0순위였던 손경훈 교감도 주저앉았으니 그럴 만도 하다. 하지만 손 교감은 일을 바보 같이 처리하는 바람에 자빽한 거야. 그냥 모르는 척 넘어갔으면 자기는 교장 승진하고, 나는 창성중에서 계속 화려한 나날을 보내고 있었을 텐데 말이야.

그 와중에도 아라와 정아는 꾸준하게 만났다. 지금 나에게 남아 있는 유일한 즐거움이 아라와 정아였다. 얘들은 정말 한결 같았다. 하지만 내 기분이 개떡 같아서 그랬는지는 몰라도 전에처럼 뻐근한 만족감이 없었다. 즐거움이 오래도록 지속되지 않는다.

이렇게 지낼 수는 없다. 뭔가 돌파구가 필요하다. 그래, 판을 키워보자.

작년 여름방학 때부터 마카오의 매력에 빠져있다. 마카오의 세계로 나를 인도한 것은 차동민이었다. 노는 거라면 사족을 못 쓰는 차동민은 술·여자·도박에 일가견이 있었다. 나와는 확실히 결이 달랐다. 나는 술이나 도박과는 거리가 멀었다. 둘 다 여자를 좋아하는 것은 같았지만 차원은 다르다. 차동민은 쭉쭉 빵빵 글래머 스타일의 룸살롱 아가씨를 좋아했다.

차동민의 철학은 독특했다. 돈 주고 여자를 사는 것은 바람피우는 게 아니라고 주장했다. 아내가 아닌 다른 여자를 사랑하는 것이 바람이지 돈으로 사서 육체의 쾌락만 즐기는 것은 결코 아내를 배신하는 게 아니라고 했다. 돈 주고 하는 것이 오히려 깨끗하다고 주장하기도 했다.

재영이 문제로 형 동생 사이가 된 이후로 차동민은 빽 하면 나를 불러댔다.

"파랑아, 이번 여름방학 때 나흘만 시간 내라. 나랑 마카오로 놀러가자."

"마카오요? 형님하고 둘이서요? 거기 뭐가 있다고 남자 둘이 놀러가요?"

"흐흐. 네가 몰라서 그래. 이번에는 내가 항공료하고 호텔요금하고 먹는 것까지 다 부담할 테니까 너는 몸만 와. 내가 신세계를 보여주마."

허풍이 아니었다. 마카오는 내가 처음 접하는 세계였다. 그저 도박의 도시로만 알고 있었는데 그게 전부가 아니었다. 1999년 중국에 반환됐지만 포르투갈 조차지로서의 매력이 고스란히 남아 있었다. 사진으로만 봤던 바울 성당을 비롯해서 아름다운 성당들과 파스텔 톤의 건물들이 내 눈을 사로잡았다. 수십 개의 세계문화유산들이 즐비했다. 문화와 음식 모두 유럽과 동양이 공존하는 아름다운 곳이었다.

밤에는 화려한 호텔들이 눈길을 끌었다. 무슨 호텔이 이렇게 화려할까. 호텔들의 규모가 장난이 아니었다. 차동민은 "호텔 구경만 해도 하루 일정"이라고 했는데 정말 그럴 것 같았다.

첫 날 나를 데리고 다니면서 관광을 시켜주더니 다음 날부터 마각을 드러냈다.

"어때? 마카오 매력 있지?"

"그러네요. 형님 덕분에 좋은 구경합니다."

"관광은 이걸로 끝. 설마 관광하러 너를 데리고 여기 왔겠냐? 이제부터 본격적으로 땡겨보자."

"아, 도박이요?"

"그 도박이라는 어감이 매우 거슬리네. 이건 어디까지나 게임이야."

"저는 이쪽에 관심도 없고, 해본 적도 없어요."

"그러니까 이번에 보고 배우라고. 그동안 나 혼자 다니려니까 심심했어."

차동민을 따라 카지노라는 곳을 처음 가봤다. 이게 뭐야. 깜짝 놀랐다. 영화 「오션스 일레븐」을 보면서 라스베이거스 카지노가 어마어마하다고 생각했는데 거기보다 오히려 규모가 더 큰 것 같았다.

"나는 여기서 차 사장님이라고 불러. 너는 배 사장이라고 해라. 비행기 사장은 이상하잖아. 하하하."

한국 사람들이 좋아하는 곳이 베네시안 호텔 카지노라고 했다. 차동민도 베네시안과 윈 팰리스 호텔을 주로 이용한다고 했다.

차동민은 익숙한 듯 테이블 빈자리에 앉았다. 그리고 10만 홍콩달러를 칩으로 바꿨다. 10만 달러면 얼마야? 1,500만 원? 세게 하네.

"이건 바카라 게임이야. 잘 봐. 섯다 알지? 그거랑 비슷하다고 생각하면 돼."

그러네. 카드 두 장씩 받아서 쪼는 것까지 비슷하다. 그런데 이 중국 놈들 그냥 카드를 살짝 들쳐보면 되는데 왕창 구긴 다음에 본다. 저러면 반칙 아냐? 카드에 표시해 놓는 건데. 아. 한 번 쓴 카드는 버리네. 그러면 그렇지. 일회용 카드를 쓰는구나.

차동민의 실력은 어느 정도일까. 당연히 딸 때도 있고, 잃을 때도 있는데 현금이 아니라 칩으로 베팅을 하니까 얼마를 따고, 얼마를 잃는지 도무지 알 수가 없다. 아직까지는 색깔만 보고 얼마짜리 칩인지 구별하기 힘들다.

항상 헤헤 거리고 다니는 차동민인데 얼굴에 웃음기가 사라진 걸 보니 잃고 있는 게 분명하다.

"계속 서있으니까 다리 아프지? 내가 나중에 가르쳐 줄 테니까 저기 슬롯머신 있는 데 가서 1,000달러만 넣고 놀고 있어."

내가 뒤에서 자기 잃고 있는 것을 보는 게 신경이 쓰였는지 1,000달러짜리 한 장을 주면서 슬롯머신으로 쫓아냈다.

테이블은 머리를 써야 하지만 슬롯머신이야 내가 할 수 있는 게 없다. 그냥 돈 넣고 버튼만 누르면 기계가 알아서 돌아간다.

슬롯머신도 종류가 너무 많다. 가만히 보고 있자니 그림만 다르지 어차피 원리는 똑같다.

아무 데나 빈자리에 앉아 버튼만 누르고 있는데 뭐가 자꾸 나온다. 금화가 세 개 나오더니 시끄럽다. 뭔지 몰라 가만히 있으니 옆에 사람이 버튼을 누르라고 난리다. 버튼을 누르니 기계 혼자 막 돌아간다. 금방 1,300달러가 됐다.

이거 재미있네. 영화에서 보면 타짜들이 처음에는 조금 풀어준다고 하더니 이놈의 기계도 그런 건가.

버튼만 누르니까 재미가 없다. 차동민은 좀 만회를 했나.

다시 차동민 뒤에 가서 섰다. 표정이 심각하다. 잘 안 되고 있군. 한 판이 끝나는데 채 1분이 안 걸린다. 룰이 복잡한 것 같진 않다. 가만히 지켜보고 있으니 진짜 간단한 원리다.

카드 두 장이나 세 장을 받아 끝자리가 9에 가까운 쪽이 이긴다. 그런데 바카라가 신기한 것은 딜러 쪽에도 베팅할 수 있다는 것이다. 그렇다면 이건 확률 게임이다.

원리를 알고 나니 구경하는 것도 재미있다. 가상으로 베팅을 해본다. 30분쯤 지나니까 어느 정도 패턴이 보인다. 가상 베팅의 승률을 계산해보니까 거의 60%는 맞는 것 같다. 이 정도면 나도 할 만 하다.

차동민은 확률 계산이 아니라 순전히 감으로 베팅하는 것 같다. 나하고 많이 다르다. 경험이 많다는 사람이 왜 그러지?

두 시간쯤 지났을 때 차동민이 자리에서 일어섰다. 손에는 달랑 1,000달러짜리 칩 두 개가 남아있었다.

"잘 놀았다. 오늘은 좀 안 되네. 기파랑에게 내 실력을 보여주고 싶었는데. 다음 기회에 보여줄게. 하하하."

억지로 호탕한 웃음을 짓는 차동민이 불쌍하게 보였다.

"돈 따러 카지노에 오는 놈은 도박에 중독된 놈들이야. 게임을 즐기는 사람이야말로 진정한 겜블러지."

지랄하네. 두 시간 만에 1,500만 원을 잃어놓고 즐겼다고? 네가 아무리 돈이 많아도 그건 아니지. 이왕 시작했으면 무조건 이겨야지, '졌잘싸'는 진 놈들이 자기 위안 삼아 하는 말이야.

"자, 남은 걸로 맛있는 거나 먹으러 가자. 여기 딤섬 잘 하는 집이 있어."

첫 번째 마카오 원정은 이렇게 끝났다. 수확이 있다면 최소한 나는 차동민보다 잘 할 수 있다는 자신감을 얻은 것이었다.

두 번째 원정은 주말을 이용해서 갔다. 금요일 밤에 출발, 월요일 새벽에 도착해서 바로 출근했다.

이번에는 나도 실탄을 준비했다. 시뮬레이션과 실전이 얼마나 다른지 체험을 해봐야지. 마카오에 다녀온 이후 바카라에 대해 공부를 좀 했다. 이것도 일종의 전투인데 준비 없이 임할 수는 없다.

척 봐도 확률 게임이었는데 공부를 하다 보니 역시 그게 맞았다. 누군가 통계를 내봤더니 뱅커가 이길 확률이 45.9%, 플레이어가 이길 확률이 44.6%, 비길 확률이 9.5%라고 했다. 이 기초 자료를 바탕으로 그 날의 변수를 따져봐야 한다. 차동민은 감으로 베팅을 하지만 나는 그럴 수 없다. 수첩에다 매 게임 결과를 적어나갔다. 차동민은 창피하다며 말렸지만 계속 추이를 적어가다 보면 그 날의 패턴이 읽히기 마련이다.

내 예상이 적중했다. 최소 단위로 베팅을 했는데도 2만 달러 가까이 땄다. 300만 원 플러스면 첫 출격치고 괜찮은 성적이다.

차동민은 또 잃었다. "3만 달러로 이틀 동안 재미있게 놀았으니까 대성공"이라고 좋아하는데 바보 같아 보였다.

"형님, 이번에는 제가 밥 사겠습니다."

"오, 기파랑. 내가 보니 제법 겜블러 기질이 있는데. 내가 여기 잘 데리고 온 거 같아."

"형님하고 다니면 운이 따라오는 것 같습니다."

일단 거래를 텄으니 이제부터는 굳이 차동민과 같이 다닐 이유가 없다. 오히려 방해만 될 뿐이다. 혼자 다니니 세상 편했다.

나는 겜블러인가. 혼자 자문했다. 그렇지 않다. 내가 여기에 올인할 수 있는 입장은 아니다. 판돈을 키우면 훨씬 많이 딸 수 있을 것 같지만 욕심을 부리지 말자. 욕심 부리지 않고 결혼 생활도 잘 해오고 있잖아.

원칙을 세웠다.

한 번에 10만 달러 이상은 갖고 가지 말 것.

베팅은 항상 최소 단위로 할 것.

목표는 항공요금과 호텔요금, 식사비 정도 따는 것.

이것만 지키면 아무 문제 될 것 없었다.

작년 말까지도 이 원칙은 잘 지켜졌다. 그 놈의 전보가 화근이었다.

마일중학에서의 생활은 말 그대로 무미건조했다. 재미도 없고, 자극도 없고, 변화도 없고. 그냥 매일이 개미 쳇바퀴 도는 일상이었다. 보통의 교사들은 이런 재미없는 생활을 하는구나 생각했다.

세상을 바꿀 수 없다면 나를 바꾸면 된다. 그게 마카오의 판을 키우는 것이었다. 너무 오랫동안 자극이 없다보니 큰 자극을 맛보고 싶어졌다.

5배에서 10배까지 판을 키워봤다. 베팅하는 원칙을 바꾸진 않았으니 승률은 꾸준히 유지했다. 한 번에 20만 달러를 잃기도 하고, 50만 달러를 따기도 했다.

판을 키우면서 또 하나의 원칙을 추가했다.

확신이 없으면 베팅을 쉬어라.

테이블에 오래 앉아 있다 보면 습관적으로 매 게임 베팅을 하게 된다. 그러다가 잘 안 풀리면 조급해지고, 바로 만회하겠다는 생각에 다시 베팅 금액을 키우고. 그게 패망의 지름길이다.

마카오는 따분한 마일중 생활을 지탱해준 오아시스였다. 그 치욕의 날이 오기 전까지는.

5월 30일. 날짜도 잊어버릴 수가 없다.

맡겨놓았던 100만 달러를 찾아 호기롭게 시작한 것까지는 좋았다. 30분이 지나기까지는 모든 것이 이전과 똑같았다.

아니었다. 그 날은 결코 똑같지 않았다. 귀신에 홀리지 않았다면 그렇게 할 수 없었다. 나의 성향이라면 분명 한 시간 안에 자리에서 일어났어야 했다.

확률 게임인 바카라에서 연속 12회 플레이어 승리가 나오는 게 어떻게 가능하단 말인가. 조작이 아닌 다음에는 그럴 수 없었다. 실제로 조작을 의심했다. 말로만 듣던 타짜에게 사기를 당한 거라고 생각하기도 했다.

처음 세 번은 연속해서 플레이어에 베팅해서 먹었다. 기분이 좋았다. 이번에는 뱅커다. 확신을 갖고 베팅했는데 또 플레이어 승. 이번에야말로 뱅커 승이겠지. 베팅을 두 배로 올리고, 네 배로 올리고, 열 배로 올렸다. 그 때 한 템포 쉬었어야 했다. 이미 나는 이성을 잃고 있었다. 내가 세웠던 모든 원칙이 깨졌다. 처음으로 돈을 빌렸다. 열두 번째, 맥시멈인 200만 달러를 한 번에 쏟아 부었다.

이렇게 카지노 폐인이 생겨나는구나. 반쯤 정신이 나간 상태인데도 폐인이 된 내 모습이 생생하게 그려졌다. 불과 한 시간 만에 잃은 돈이 630만 달러였다. 10억 원. 내가 평생 만져보지 못한 돈이다. 아니지, 처음에 100만 달러로 시작했으니 이번에만 730만 달러를 잃었다. 그동안 푼돈 먹고 좋아라 신나게 쓰고 다니던 모습이 겹쳐지면서 한없이 몸이 오그라들었다.

"배 사장님, 결제는 어떻게 하시겠습니까? 귀국하자마자 보내주셔야 합니다. 이자가 하루에 1%인 건 아시죠?"

어디선가 잭팟이 터지는 소리가 들렸다.

우선경 1

최고의 결혼

부모님은 내가 일찍 결혼하기를 원했다. 참 이상하다. 자식이라곤 딸 하나밖에 없는데 왜 그렇게 일찍 내보내려고 했을까. 다른 아빠들은 오랫동안 딸과 함께 살고 싶다고 한다던데.

이해되는 부분이 있기는 하다. 엄마는 서른다섯 살이 넘어서 나를 낳았다. 다섯 살 차이였던 아빠는 마흔 살에 딸을 얻었다. 습관성 유산이라고 했다. 임신도 쉽지 않았는데 무려 네 차례나 유산을 했단다. 나를 임신했을 때는 아빠가 엄마를 아예 출산할 때까지 병원에 입원시켰다고 했다.

나는 그렇게 귀하게 태어났다. 당연히 엄마 아빠는 물론 할아버지·할머니, 그리고 외할아버지·외할머니의 귀여움을 독차지하고 자랐다. 엄마는 너무 어렵게 나를 낳았기 때문에 내 동생을 가질 생각은 아예 하지 않았다. 아빠는 당시에도 음식점을 운영하고 있었기에 경제적으로도 어렵지 않았다.

나는 내가 세상에서 최고인줄 알았다. 어렸을 때부터 내가 갖고 싶은 것은 모두 가졌다. 텔레비전에서 예쁜 인형을 보면 저거 사달라고 졸랐다. 그게 미국 드라마인 줄 내가 어떻게 알았을까. 아빠는 미국에 사는 사촌 누나를 통해 구해줬다. 그 때는 인터넷을 통한 직구 같은 시스템이 없을 때였다. 미국에서 산 인형을 비행기로 보내도 이삼 일은 걸리게 마련이다. 엄마아빠에게 그 시간은 지옥이었을 것이다. 하루 종일 울고, 물건 집어던지고, 난리가 아니었단다.

내가 최고였는데, 내가 원하면 뭐든지 이뤄졌는데, 초등학교 입학하면서부터 뭔가 이상했다. 학교에서는 내가 최고가 아니었다. 나보다 훨씬 부잣집 애들이 있었다. 엄마들 치맛바람이 장난이 아니었다. 우리 엄마는 명함을 내밀지도 못했다. 누구 엄마는 학교 교실 전체에 커튼을 달아줬다고 했다. 결국 반장 한 번 해보지 못하고 초등학교를 졸업했다.

중학교 들어갈 때쯤에는 아빠 사업이 제법 커져있었다. 엄마의 씀씀이도 커졌다. 무슨 약을 썼는지 모르지만 나는 난생 처음 반장이 됐고, 엄마는 학교운영위원회의 학부모 대표가 됐다.

엄마의 교육열은 누구에게도 뒤지지 않았다. 엄마는 고졸이라고 말하고 다녔지만 엄마 친구들의 말을 들어보면 졸업은 하지 못한 게 분명하다.

엄마는 학력 콤플렉스가 있었다. 주위에 대학 나온 사람들을 보면 괜히 "그 여자는 교양이 없어"라며 깎아내리기 바빴다. 그 한을 나를 통해 풀고 싶었나 보다.

엄마는 어디에서 소문을 들었는지 실력 있다는 과외 선생들을 섭외하기 시작했다. 당연히 고액 과외였다. 처음에는 순전히 나를 위한 과외였는데 엄마들 사이에서 소문이 퍼져 자기 아들·딸도 넣어달라는 청탁이 들어오곤 했다. 엄마의 입김도 세졌다. 엄마의 호불호에 따라 과외 반이 편성됐다.

중2때 마음에 드는 남학생이 있었다. 우리 과외 반에 뒤늦게 들어온 애였는데 그 애만 보면 가슴이 쿵쾅거렸다. 말이 별로 없는 차분한 애였다. 쌍꺼풀 없는 눈이 매력적이었다. 과외 시간이 기다려지기는 그때가 처음이었다. 그 애의 얼굴을 훔쳐보느라 공부가 될 리 없었다. 과외 선생님이 뭐라고 하는지 하나도 귀에 들어오지 않았다. 내가 자기를 훔쳐보는 걸 알았을 텐데 그 애는 전혀 반응을 보이지 않았다.

혼자 속앓이를 하다가 결심을 했다. 내가 꿇릴 게 뭐가 있나. 걔도 우리 엄마가 봐줘서 과외 들어온 건데.

"너 맘에 들어. 우리 사귀자."

큰 맘 먹고, 내가 먼저 사귀자는 말을 꺼냈는데 그 애는 딱 한 마디만 하고 갔다.

"관심 없어."

그때만큼 많이 울어본 기억이 없다. 방문 걸어 잠그고 침대에서 나오지 않았다. 꼬박 하루를 울었다. 학교에도 안 갔다.

남자들은 나를 좋아하지 않았다. 딱히 싫어하는 것 같진 않은데 정작 대시하는 남자는 없었다. 미팅이나 소개팅마다 나갔지만 세 번까지 만난 게 가장 오래 만난 거였다.

대학 2학년 때 내가 너무 낙심하고 있으니까 친구 혜선이가 자기 남자친구에게 물어봤단다.

"선경이 괜찮지 않아? 남자들이 왜 선경이한테 관심이 없을까?"

그 대답이 이거였다.

"매력이 없잖아."

나는 내가 못생겼다고 생각해 본 적이 없다. 그런데 매력이 없다니. 남자들이 말하는 매력이 뭔지 도무지 알 수 없다.

혜선이 남자친구가 그렇게 말했다는 게 더 화가 났다. 안 그래도 1년 정도 휴학하고 어학연수나 다녀올까 생각하고 있었다. 울고 싶은데 뺨 때려준 격이었다.

그 길로 휴학계를 냈다. 어학연수를 어디로 가지?

어차피 공부하려는 마음은 전혀 없었다. 남들이 어학연수로 많이 가는 대학을 알아봤는데 아무리 대충 한다고 해도 기본 프로그램은 이수해야 했다. 그러기도 싫었다.

그러던 중 희소식을 들었다. LA 코리안 타운에 있는 영어 학원에서 학생비자 발급을 해준다는 것이다. 학원이 F1 비자를 발급할 수 있다고? 한국 사람들 정말 대단하다. 얼마나 엄청난 백과 뇌물을 동원했기에 학교도 아닌 학원에서 비자를 발급해줄 수 있을까. 뭐가 어떻게 됐든 나 같이 제사보다 젯밥에 더 관심 있는 애들에게는 금상첨화였다.

LA에서 살던 1년 동안에 정말 원 없이 놀아봤다. 지금도 그때 헤집고 다녔던 LA 구석구석이 생생하게 기억난다. 물 좋다는 클럽은 모두 순회했다. 새벽까지 춤추다가 아침 늦게 일어나서 라구나 비치에서 먹는 브런치는 얼마나 맛있었는지.

LA가 지겨워지자 노는 친구들 몇이 모여 미니 밴을 몰고, 샌디에이고·티후아나·샌프란시스코·라스베이거스 등을 돌아다니면서 놀았다.

멤버는 피터·마이클·제이콥·새라·엘리사, 그리고 나였다. 내 영어이름은 레이첼이다. 여기서는 단기 연수 온 애들도 모두 영어 이름을 지어서 불렀다.

샌프란시스코에서 아름다운 롬바르디 꽃길을 배경으로 사진을 찍을 때 갑자기 새라가 "제이콥하고 레이첼이 키스하는 사진 찍어줄게"했다. 뭔 소린가 했더니 성경에 나오는 야곱이 제이콥이고, 라헬이 레이첼이니까 제이콥과 레이첼이 부부라는 거다. "그럼 너는 에이브러햄을 데리고 오지 그랬냐"하고 쏘아붙였지만 기분이 나쁘지는 않았다. 제이콥은 잘 생겼다.

그때부터 애들이 자꾸 분위기를 잡았다. 아예 가상 부부로 살면 어떠냐고 충동질을 했다. 제이콥 눈치를 보니 싫지 않은 표정이었다. 나야 땡큐지. 등 떠밀리는 척 하면서 동거를 시작했다.

남자 경험도 처음이고, 동거도 처음이었지만 좋았다. 나를 좋아하는 남자가 생겼다는 게 기분 좋았고, 다른 사람 눈치 볼 필요 없이 섹스를 즐길 수 있어서 더 좋았다. 제이콥은 잘 생긴데다 매너도 좋았고, 밤에도 나를 만족시켜줬다. 역시 미국에서 나의 진가가 발휘되는구나 싶었다.

그런데 제이콥 이 새끼, 바람둥이였다. 새라와 엘리사하고도 자주 어울려서 그런가보다 했는데 미국 여자애들하고도 뻔질나게 만났다. 기분은 나빴지만 우리가 정식 부부도 아닌데 딴 여자 만

나는 것 갖고 싸울 수도 없었다.

하루는 이 자식이 뻔뻔하게도 우리 방에서 미국 애와 그 짓을 하고 있다가 나에게 걸렸다.

"당장 짐 싸가지고 나가!"

그렇게 한 달여의 동거생활은 끝이 났고, 두 달 후 한국으로 돌아와야 했다.

제이콥. 지금은 어디서 뭐하고 있을까.

대학을 졸업하고는 그냥 집에 있었다. 취업을 하고 싶었으나 여대 문과 졸업생이 취업할 수 있는 곳은 바늘구멍이었다. 아빠가 알음알음 부탁해서 취직이란 걸 한 적은 있다. 하지만 월급은 200만 원도 안 되고, 하는 일도 단순 업무였다. 매일 출퇴근하는 게 너무 힘들었다. 차라리 아빠 음식점에서 서빙을 하는 게 더 나을 듯 했다. 딱 한 달 월급 받고 그만 뒀다. 그 이후로 남의 밑에서 월급쟁이 한다는 생각은 머릿속에서 싹 지워버렸다.

할 게 너무 많았다. 학교 다닐 때보다 오히려 집에 있는 시간이 적었다. 내가 원래 영화광이었나 싶을 정도로 영화란 영화는 거의 섭렵했다. 역시 영화는 큰 스크린으로 봐야 제격이다.

미식가라고 자부할 정도까지는 아니어도 음식 맛을 평가하는 데는 일가견이 있다고 생각한다. 블로그나 유튜브에서 맛 집이라고 소개한 곳은 반드시 직접 찾아가 확인한다. '맛 집 탐방'이라고 쓰고, '여행'이라 읽는다.

전국을 다니다가 인생 맛 집이라고 할 만한 곳도 제법 발견했다. 자신의 음식에 자부심을 갖고 정성을 다하는 셰프들을 보면 정말 존경하고 싶다.

물론 실망한 경우도 많다. 맛 집이라고 소개된 곳의 절반 이상은 돈 받고 써준 것 같다.

해외여행이야말로 백수생활의 백미다. 대학 재학 중에도 방학 때마다 일 년에 두 번씩은 바다 건너 다녀왔지만 졸업을 하고 나니까 천국이다. 내가 가고 싶을 때 언제나 갈 수 있으니 그게 바로 천국이다.

'열심히 일 한 당신, 떠나라'고 하지만 열심히 노는 사람도 얼마든지 떠날 수 있다. 어느 날 갑자기, 불현 듯, 뜬금없이, 느닷없이 떠나고 싶은 충동이 일 때 곧바로 캐리어 하나 끌고 인천공항으로 가고 있는 나의 모습이 얼마나 멋진지 모른다.

'시간이 많으면 돈이 없고, 돈이 많으면 시간이 없다'는데 나는 시간도 많고, 돈도 많으니 부모님께 무한한 감사를 드린다.

"여자 혼자 다니는 해외여행이 위험하지 않냐"고 물어보는 사람이 많다. 내가 미쳤냐. 위험한 곳으로 가게. 인도 같은 곳은 절대 가지 않는다. 안전한 관광지도 많은데 굳이 위험한 곳을 찾아갈 이유가 없다.

안전하고 유명한 관광지 위주로 다니다 보면 안 좋은 일도 있다. 웬 커플들이 그렇게 많은지 몰라. 꽁냥꽁냥 하는 커플 꼴 보기 싫어서 눈을 돌리면 여기도 껴안고 뽀뽀하고 난리들이다. 그것들만 안 보이면 참 좋을 텐데.

한 3년 신나게 놀았다. 어느 날 엄마가 "이제 그만 놀고 시집이

나 가라"며 엄마 친구 아들을 소개시켜 줬다. 말 그대로 '엄친아'였다. 엄마 친구는 나를 매우 좋아했다. 그런데 정작 이 남자는 나를 만나서 핸드폰만 만지작거리다 갔다. 자존심이 상한 정도가 아니라 모욕감을 느꼈다. 엄마에게 "다시는 남자 소개 같은 것 하지 말라"며 소리소리 질렀다. 남자에 대해 환멸을 느꼈다. 당연히 결혼 생각도 없었다.

그런데 몸이 그렇지 않았다. 가끔 꿈을 꿨다. 미국이었다. 제이콥이 나를 보고 웃고 있었다. 어느새 알몸이 된 우리는 뒤엉켜 침대에서 뒹굴었다. 꿈이었는데도 그 황홀한 느낌은 고스란히 느낄 수 있다. 잠에서 깨면 내 몸은 흥건하게 젖어있었다.

차라리 꿈에서 깨지 말지. 아쉬움이 진하게 남는다. 내 몸은 여전히 흥분에서 깨어나지 못하고 있다. 그럴 때면 나도 모르게 침대 옆 협탁 서랍에 손을 뻗는다. 서랍에는 미국에서 돌아올 때 어덜트 숍에서 사가지고 온 기구가 있다. 일반적인 성기 모양도 있지만 터번을 쓴 인도사람이 피리를 불고 코브라가 춤을 추는 형태의 바이브레이터도 있다. 미국 애들이 한국에 가면 꼭 필요할 거라면서 추천해서 샀는데 정말 요긴하게 쓰고 있다.

이것만 있으면 굳이 신경 쓰면서까지 남자를 만나지 않아도 된다. 나 좋다고 따라다니는 남자가 있으면 몰라도 내가 남자를 따라다니고 싶지는 않다.

서른 살이 되던 해, 혜선이가 결혼을 했다. 물론 대학 때 사귀던 남자는 아니었다. 결혼식 전에 '처녀 파티'명목으로 친구 네 명이서 클럽을 갔다. 룸을 빌려서 혜선이가 좋아하는 돔페리뇽 샴페인과 내가 좋아하는 헤네시 XO 꼬냑을 무제한으로 먹는 조건이었다. 물주는 당연히 나였다.

문이 열렸다. 남자 네 명이 들어오는데 제법 귀티가 났다. 부킹하는 웨이터의 센스를 칭찬하고 싶을 정도였다. 그날 밤 우리는 모두 취할 때까지 마시고, 흔들었다. 그야말로 광란의 밤이었다. 다들 얘기는 하지 않았지만 원나잇 스탠드로 이어졌을 것이다. 나 역시 그랬으니까.

나보다 두 살 어렸다. 대뜸 나보고 "누나"라고 부르는데 귀여웠다. 오랜만에 맡는 남자 내음이 좋았다. 마스터베이션만 하다가 진짜 남자의 살을 맞대니 내가 살아있음을 느꼈다.

다음날 연락이 왔다. 내가 핸드폰 번호를 줬었나?

종식이는 내가 좋다고 했다. 행복해서 살이 떨렸다. 30년 동안 살아오면서 남자로부터 좋아한다는 말을 들은 것은 처음이었다.

얘랑 결혼할까? 결혼을 심각하게 생각한 것도 처음이었다. 우리는 본격적으로 연애를 시작했다. 종식이는 한양대 대학원생이라고 했다. 기계공학 박사 과정이라고 했다. 전공에 대해 뭐라 뭐라 했는데 내가 기계에 대해 아는 게 있어야 맞장구라도 치지.

종식이는 나를 여왕 받들 듯이 했다. 스스로 하인을 자처했다. 귀엽고, 싹싹했다. 내 말에 토를 다는 경우가 없었고, 무조건 따랐다. 잠자리에서는 나를 "마님"이라고 부르더니 자기는 '돌쇠'라고 했다. 내가 만족할 때까지 봉사하겠다고 했다. 웃겼다. 재미있었다.

그렇게 해피엔딩으로 끝났으면 얼마나 좋았을까. 클럽에서 내가 물주라는 걸 알았던 종식이 놈이 내 뒷조사를 했던 것 같다. 의도적으로 접근한 것이다.

처음에는 박사 논문 통과를 위해 지도교수 접대를 해야 한다고 했다. 그런 게 있나 보다 했다. 200만 원 정도 든다고 해서 줬다. 순진하게 믿은 내가 미친년이지.

그러더니 이번에는 교수님들 모시고 밴쿠버에서 열리는 학회를 가야 한다고 했다. 거기서 박사 논문을 발표한다고 했다. 교수님들 경비까지 박사 과정 학생들이 모두 부담해야 한다고 했다. 1인당 1,000만 원이란다. 박사 하려면 돈도 많이 드는구나. 그럼 가난한 학생들은 어떻게 하지? 그때 알아차렸어야 했다. 뭔가 이상하다는 느낌이 들었지만 결혼까지 생각한 사람이 박사학위를 따기 위해서라는데 아까울 게 없다고 생각했다.

그런데 밴쿠버에 있어야 할 종식이가 강남 클럽에 있단다. 혜선이 처녀 파티 멤버였던 예지가 사진을 찍어서 보내줬다. 종식이가 확실하다. 이 자식이. 넌 최소한 사망이다.

알아보니 한양대 박사 과정은 개뿔, 완전 백수였다. 처음부터 끝까지 100% 거짓말이었다. 철저하게 나를 벗겨먹었다. 그것도 모르고 결혼까지 생각했던 내가 한심하다 못해 죽고 싶었다.

옛날 같으면 '혼인빙자 간음'으로 확 걸면 되는데 이젠 그러지도 못하고. 이걸 어떻게 죽이지? 아, 귀찮다. 그냥 똥 밟았다 생각하기로 했다.

다시는 내 사전에 남자란 없다. 나에게 남자란 바람둥이 아니면 진드기일 뿐이다. 결혼? 개나 줘버려.

결혼하지 않고 혼자 살겠다는 폭탄선언에 엄마 아빠는 안달을

냈다. 아빠는 "내가 이제 나이 일흔인데 아직 손주는커녕 사위도 못 보다니"하며 한숨을 내쉬었다. 핸드폰 프로필사진에 손주 사진을 떡하니 넣어놓고 자랑하는 친구들 꼴 보기 싫어 친구들 모임에도 나가지 않는 아빠였다.

아빠가 안돼 보이긴 했지만 더 이상 남자들에게 이용당하고 싶지 않았다. 아빠 엄마는 줄기차게 이 남자, 저 남자를 보라고 강요했지만 꿈쩍도 하지 않았다.

시간은 빠르게 지나갔다. 어른들이 나이를 먹을수록 시간이 빨리 간다더니 내가 꼭 그랬다. 서른이 넘으면서 일 년이 정말 후딱 지나갔다. 그렇게 4년이 흘렀다. 지칠 만도 했는데 나를 결혼시키겠다는 엄마 아빠의 의지는 강력했다. 도무지 지칠 줄 몰랐다.

어느 날, 손경훈 선생님이 우리 집에 왔다. 중2 때 담임선생님이었는데 따져 보니 아빠의 고등학교 후배였다. 물론 10년도 넘는 한참 후배였지만 아빠는 반색을 했다. 아빠는 후배라면서 손 선생님을 끔찍이 챙겼고, 그 덕분에 나는 처음으로 반장이 될 수 있었다. 내가 중학교를 졸업한 이후에도 가끔씩 만났다.

손 선생님이 우리 집에 온 것은 처음이었다. 반가우면서도 의아했는데 아빠가 내 신랑감을 소개해 달라고 부탁했다는 것이다. 또 쓸데없는 일을 하셨네.

손 선생님은 내 등을 두드리더니 "내가 100점짜리 신랑감을 소개해주러 왔다"고 하셨다. 사진을 한 장 내미는데 어머나! 깜짝 놀랐다. 내가 밤마다 마스터베이션을 하며 상상으로 그리던 그런 남자가 나를 쳐다보고 있었다. 사진으로 보는데도 심장이 요동을 쳤다. 이런 경우는 처음이었다.

다시는 남자를 쳐다보지도 않을 거라는 내 결심이 한순간에 녹아 내렸다. 이 사람이라면 꼭 만나야겠다는 생각이 들었다.

선생님 학교의 체육선생이라고 했다. 손 선생님은 "내가 완전히 보장한다"며 "내가 지금까지 만났던 선생 중 최고"라고 목소리를 높였다. 평소 차분하던 분이 이렇게 흥분하는 모습을 보니 무척 낯설었다.

그 남자를 만난 순간, 운명이라고 생각했다. 제발 나를 거절하지 말아달라고 속으로 빌고 또 빌었다. 정말 다행이도 나를 거부하지 않았다. 진심으로 하나님께 감사하는 기도를 올렸다.

엄마 아빠의 기쁨이야 말할 필요도 없었다. 결혼은 일사천리로 진행됐다. 시아버지와 시어머니도 대만족이었다. 우리의 결혼은 모두의 축복 속에 이뤄졌다.

나에게 이런 행운이 찾아 왔다는 사실이 믿기지 않았다. 기파랑이 사람은 완벽했다. 잘 생기고, 체격 좋은 것은 기본이었다. 점잖고, 공손하고, 듬직하고, 예절바르고, 일 잘하고, 책임감 있고. 일일이 나열하는 것 자체가 의미 없는 일이다. 나이는 나보다 세 살이나 적었지만 쉽게 대할 수 없는 무언가가 있었다. 두 살 어렸던 종식이는 귀여워서 막 대했는데 이 사람은 결코 막 대할 수가 없다. 범접할 수 없는 아우라가 느껴졌다. 손 선생님이 왜 그렇게 침을 튀겨가며 극찬을 했는지 이해가 됐다.

겉모습에 속았던 경험 때문에 불안했던 것은 사실이다. 혹시나 또 속는 것은 아닐까. 기우였다. 이 사람은 진국이었다.

아빠가 독일차를 사준다고 했을 때 교사가 그러면 안 된다며 국산차를 고집했다. 강남가든 2호점을 차려 줄 테니까 선생 그만 두라고 했을 때도 교사가 자기 천직이라고 말한 사람이다. 한도가 없는 신용카드를 줬는데도 절대 허투루 쓰지 않았다.

낮에는 성실한 가장이었지만 밤에는 야수로 돌변했다. 나는 밤마다 죽었다. 부드러움과 강함이 환상적인 조화를 이뤘다. 이런 사람이 내 남편이라니.

매일 매일이 천국이었다. 제이콥과 종식이는 쨉도 안 됐다. 남편과 비교하면 걔들은 완전 애기였다. 내가 그 애들한테 매달렸다가 상처받았다는 사실이 억울할 정도였다.

모든 친구들이 나를 부러워했다. 특히 혜선이는 질투를 숨기지 않았다.

"솔직히 너 결혼 못할 줄 알았어. 남자들한테 인기도 없던 년이 이 나이에 어떻게 저런 완벽한 남자와 결혼할 수가 있는 거야. 그것도 연하와. 세상 너무 불공평하지 않아?"

나쁜 년. 축하는 못해줄망정 저주를 해?

하하. 니들이 아무리 저주를 해봐라. 내가 까딱이나 하나. 세상에 나만큼 행복한 여자가 어디 있을까.

남편은 손 선생님을 극진히 대접했고, 손 선생님은 우리 부부를 아들딸처럼 아껴줬다. 남편은 결혼 이후에 학교에서 더욱 인정받았고, 더욱 성실하게 일했다. 너무 열심히 일해서 가끔 주말을 반납하는 경우까지 있었지만 다 용납했다. 자기는 가정과 일을 모두 포기할 수 없다고 했다. 가정에서도 100점짜리 가장이 되고 싶고,

직장에서도 100점짜리 교사가 되고 싶다고 했다. 자신은 그렇게 되기 위해 최선을 다하고 있노라고 했다. 내 남편은 충분히 그럴 수 있을 것 같았다. 너무나도 자랑스러웠다.

어느 날 밤, 퇴근해서 돌아온 남편이 갑자기 나에게 무릎을 꿇었다. 깜짝 놀랐다.

"여보, 왜 그래. 무슨 일 있어?"

"당신에게 고백할 게 있어요."

가슴이 덜컥 내려앉았다. 무슨 일이지? 혹시 바람을 피웠나? 사고를 쳤나?

"사실은 그동안 여학생들에게 시달려왔어요. 당신이 걱정할까 봐 얘기하지 않았는데 나 좋아한다고 고백하는 편지를 아마 수백 통은 받았을 거예요."

"깜짝이야. 난 또 무슨 얘긴가 했네. 그거야 당연하지. 나라도 자기 같은 총각 선생님이 있으면 그랬을 텐데."

"아니, 그 정도가 아니에요. 나는 모든 학생들에게 친절하게 해줬는데 내가 자기를 좋아한다고 오해하는 애들이 많았어요. 내가 자기랑 잤다는 둥 편지도 쓰고, 일기도 쓰고. 그래서 학교에서 문제가 된 적도 있었어요."

"그 정도였어요? 그건 몰랐네."

"결혼하면 좀 나아질까 했는데 그것도 아니었어요. 육탄공세를 하는 애들도 있고, 나와 잤다고 쓴 일기장이 외부로 알려져서 항의가 들어오기도 했어요. 내가 아무리 조심하고, 거리를 두려고 해도 계속 문제가 터지니까 고민 끝에 오늘 손 선생님께 남학교로 보내 달라고 했어요. 남학교로 가면 이런 문제가 생기지 않을 테니까. 학교에도 미안하고, 당신에게도 미안해서."

"자기가 그렇게까지 고민하고 있는 줄 몰랐네. 잘 했어요. 남학교면 어떻고, 공학이면 어때. 자기가 맘 편하게 일할 수 있는 곳이면 좋지 뭐."

"학교 옮기는 문제, 당신하고 먼저 상의하고 결정했어야 하는데 내가 그냥 결정해서 미안해요."

"나한테 미안할 게 뭐 있어. 괜찮아요. 나는 자기를 믿어."

사실 남편이 여자들에게 인기가 많은 걸 좋아할 아내가 어디 있겠나. 솔직히 너무 잘난 남편 때문에 걱정하긴 했다. 그런데 남편이 이렇게 알아서 스스로 해결책을 마련하니 그동안의 걱정이 한순간에 날아갔다.

그 후 얼마 되지 않아 경사가 생겼다. 몸이 괜히 노곤해지고, 입맛도 없었다. 된장찌개 냄새에 구역질을 하는 순간 혹시?

병원을 찾았다. 임신이었다. 엄마보다 아빠가 더 좋아했다.

"이놈들아, 나도 이제 손주가 생겼다."

소리를 고래고래 질러댔다. 저렇게 좋을까.

그날 저녁 남편이 장미꽃 100송이를 주면서 나를 꼭 안아줬다. 따뜻했다.

나도 엄마가 되다니. 아기는 얼마나 예쁠까.

행복이 끝도 없이 이어졌다. 꿈을 꾸는 것 같았다.

민 완 3

닭 쫓던 개

마카오에서 돌아오는 발걸음이 가벼웠다. 호기롭게 무박 3일 마카오 출장을 자원했지만 사실 빈손으로 돌아올 가능성이 더 컸다. 내가 아는 사실은 '기파랑이 한 달에 한 번 꼴로 마카오에 갔다'는 것밖에 없었다. 맨땅에 헤딩하기, 백사장에서 바늘 찾기나 다름없었다. 그 악조건 속에서 범행동기를 찾아냈다는 것은 내가 봐도 대단한 성과였다. 핸드폰을 통해 들려온 계장님의 목소리도 흥분에 차있었다.

새벽에 인천공항에 도착하자마자 마포서로 달려갔다. 갈 때와 마찬가지로 돌아오는 비행기에서 세 시간여 눈 붙인 게 전부였지만 전혀 피곤하지 않았다. 숙면만 할 수 있다면 절대 시간은 중요하지 않다. 돌아가신 대우 김우중 회장이 쪽잠의 대가로 알려져 있다. 눈만 감으면 몇 초 안에 숙면을 취하기 때문에 이동하는 차 안에서 5분만 자도 충분했다는 기사를 읽은 기억이 있다. 엄청나게 부러운 능력이다. 나도 그럴 수 있다면 얼마나 좋을까.

꿈 깨라. 눈만 감으면 숙면에 돌입하는 사람은 절대로 강력계 형사가 될 수 없다. 강력계 형사는 잠을 잘 때도 한 쪽 귀는 열어놓고 자야 한다. 부스럭 소리에도 벌떡 일어나야 하니까. 겉보기와 달리 우리는 육식 동물보다는 초식 동물에 가깝다.

유일하게 양쪽 귀를 모두 닫고 잘 때가 바로 범인을 잡고 난 직후다. 그때야말로 숙면, 단잠, 꿀잠을 즐길 때다. 이번이 그 때와 비슷했다. 비록 범인을 잡은 것은 아니지만 한 건을 해냈다는 뿌듯함이 나를 숙면으로 인도했다.

서에 도착하니 또 다른 희소식이 기다리고 있었다. 기파랑의 알리바이가 깨진 것이다. 최상현이 아파트 관리실에서 CCTV를 뒤졌더니 민호 유괴 당일인 23일에 기파랑이 집에 도착한 시간이 밤 11시33분이었단다. 분명히 기파랑은 아내가 임신 중이어서 퇴근하자마자 집으로 갔다고 했다.

알리바이가 깨졌다. 범행동기도 찾았다. 이제 기파랑의 목을 죄일 때가 왔다.

기파랑은 무심한 표정으로 나타났다. 곧 다가올 자신의 운명을 전혀 눈치 채지 못한 것 같았다. 여전히 중저음의 굵직한 목소리로 아주 정중하게 인사했다.

"형사님들, 연일 수고가 많으십니다. 좀 진전된 사실이 나왔습니까?"

"예, 나왔습니다. 그래서 기 선생님께 확인을 좀 해야 할 게 있어서 오시라고 했습니다."

"잘 됐네요. 무엇을 도와드려야 하나요?"

뻔뻔한 놈 같으니라고. 어떻게 얼굴색 하나 변하지 않고 이렇듯 침착할 수 있을까.

"기 선생님, 민호가 유괴된 날, 그러니까 23일에 퇴근 후 집에 바로 가셨다고 했죠?"

"예, 그렇습니다. 아내가 임신 중이라 바로 퇴근하는 편입니다."

"그런데 저희가 댁 아파트 CCTV를 조사해보니까 선생님은 그날 밤 11시33분에 들어오셨더군요."

"예? 저희 아파트 CCTV를 보셨다고요?"

순간 기파랑의 눈이 커졌다. 아파트 CCTV까지 조사하리라고 예상하지 못한 반응이었다. 그랬겠지. 어디까지나 자기는 참고인이고, 수사를 도와주는 조력자라고 생각했겠지.

"아닙니다. 뭔가 착오가 있는 것 같습니다. 분명 그날 바로 퇴근했습니다. 11시33분이라고요? 아, 생각났습니다. 입덧이 심한 아내가 한밤중에 갑자기 딸기가 먹고 싶다고 해서 딸기를 사러 나갔다가 들어온 적이 있습니다. 아마 그거 일겁니다."

기파랑의 말이 빨라졌다. 머리가 좋은 놈이군. 그 짧은 시간에 둘러댈 말을 생각해 내다니.

"기파랑 씨, 거짓말하지 마세요. 저희가 오후 5시 상황부터 빠뜨리지 않고 봤습니다. 기파랑 씨는 11시33분 이전에는 들어온 적이 없습니다."

기파랑의 귀가 빨개졌다. 초점을 잃은 눈동자가 이리저리 굴러다녔다.

"기파랑 씨, 왜 거짓말을 했습니까. 그날 퇴근 후에 어디를 갔습니까?"

잡았다, 이 놈. 범행동기까지 파악하고 있으니까 너는 이제 도망갈 데가 없어. 이럴 때는 생각할 시간을 주지 말아야 한다.

"민호 어디 있어, 이 새끼야."

기파랑이 갑자기 무릎을 꿇었다.

"모릅니다. 저는 모릅니다. 정말입니다."

"그럼 그 날 퇴근 후에 어디를 갔냐니까?"

어흐흐흑.

기파랑이 울기 시작했다. 드디어 자백의 순간이 왔다. 의외였다. 멘탈이 꽤 강한 놈인 줄 알았는데 겨우 이 정도에 무너질 줄은 몰랐다.

"죄송합니다. 정말 죄송합니다."

"그래서 지금 민호는 어디 있어?"

"아닙니다. 아닙니다. 저는 민호를 유괴하지 않았습니다."

이게 도대체 무슨 상황이지. 울면서 죄송하다고 하더니 민호를 유괴하지는 않았다고?

"너무 창피하고, 무섭고, 두려워서 그랬습니다. 사실은 그 날 여자를 만났습니다."

"여자를 만나다니. 무슨 여자를 만나?"

"창성중 제자입니다. 졸업한 이후에도 가끔씩 따로 만났습니다. 결혼한 유부남이 미성년자 제자와 만나는 게 얼마나 큰 잘못인지 알면서도 차마 끊지 못했습니다. 하필이면 그 날 민호가 유괴되는 바람에 들통날까봐 얼마나 마음 졸였는지 모릅니다. 숨기고 싶었는데 이렇게 드러나 버렸네요. 죄송합니다. 흐흑."

전혀 엉뚱한 상황이 펼쳐졌다. 허탈하다.

이게 뭐야. 진짜야, 거짓말이야. 이게 사실이라면 지금까지의 노력이 모두 수포로 돌아간다. 그럴 수는 없다.

"이 새끼, 이게 어디서 헛소리하고 있어."

"아닙니다. 정말입니다. 저도 이 상황만은 피하고 싶었는데."

혼란스럽다. 어떻게 하지? 계장님께 뭐라고 보고해야 하나.

이름이 조아라 라고 했다. 영화고등학교 2학년.

기파랑이 지금 거짓말을 하고 있다고 믿고 싶다. 저 아래 배꼽에서부터 분노가 끓어오른다.

머리가 어지럽다. 잠시 비틀거렸나 보다. 상현이가 급하게 나를 붙잡았다.

강석규 7

내가 졌다

조용하다.

누구도 먼저 입을 열지 않았다.

계장이라는 놈이 이럴 때 척척 지시하고, 솔루션을 제시해야 하는 거 아냐?

그래야지. 당연히 그래야지. 당연히 그렇게 했어야지.

무력감.

사방이 벽으로 둘러싸인 독방에 갇힌 것 같은 느낌이다. 할 수 있는 게 아무 것도 없다. 도망갈 수만 있다면 도망가고 싶다. 서장과 약속한 시간도 이제 다 지나갔다. 어쩔 수 없이 공개수사를 해야 하나?

"그래서 그 여학생도 실토했다고?"

침묵을 깨는 말로 이보다 더 어색한 말이 있을까.

"예."

예? 그게 다야?

완이 이 자식도 더 할 말이 없으니까 그랬겠지만 괜히 화가 나려고 한다.

"그럼 그냥 인정하는 거야? 두 사람 진술 사이에 허점은 전혀 없어?"

"저도 혹시 날짜를 헷갈릴 수도 있다고 생각해서 집요하게 파고들었죠. 그런데 아예 매주 화요일을 만나는 날로 정해놓고 만났다는 데 두 손 들었습니다. 둘을 따로 떼어놓고 진술을 받았는데 그 부분도 일치했습니다. 그 여고생이 아주 맹랑하더군요. 기파랑은 오히려 바들바들 떠는 데 얘는 눈 똑바로 뜨고 '저 선생님 사랑해요. 후회하지 않아요'라고 하는데 기가 막히더라고요."

한숨이 나왔다. 기파랑이 그동안 수상한 행적을 보인 게 이것 때문이었다고? 나의 촉이 그래서 망가졌다고 생각하니 화가 나서 견딜 수가 없다. 일 분 일 초가 아까운 상황에서 엉뚱한 곳만 긁고 있었으니 멍청한 놈이라고 욕해도 할 말이 없다.

"계장님, 어떻게 할까요? 형사계로 넘길까요?"

"야, 최상현. 우리가 지금 미성년자 간음 잡으려고 한 거야?"

상현이 자식, 분위기 파악 좀 해라. 지금 상황에 그 걱정하게 생겼나.

"형사계로 넘기든지 말든지. 그래봐야 별 거 아닐 거야. 걔 열세 살 넘었잖아. 13세 미만이라야 미성년자 의제강간죄가 성립되는데 그건 아니고, 기껏해야 위계에 의한 미성년자 간음죄인데 이 경우는 그것도 해당 안 될 거야."

"왜요?"

"위계에 의한 간음이라면 선생님이라는 지위를 이용해서 압력을 행사했다든가 피해자가 선생님이 무서워서 거절을 못했다든가 하는 게 있어야 하는데 걔는 자발적이라며? 미성년자라 하더라도 둘이 사랑해서 합의 하에 관계했다면 무죄라는 판결도 있어. 하여튼 판사 새끼들 때문에 열 받는 게 하나둘이 아냐."

분위기가 싸해졌다. 또다시 긴 침묵의 시간이 이어졌다.

아차차.

갑자기 손바닥으로 허벅지를 때리는 소리에 모두 눈을 동그랗게 뜨고 나를 쳐다봤다.

공범. 그렇지 공범. 전화. 내가 왜 그 생각을 못했지?

"야, 그 뭐야. 전화. 협박 전화. 목소리가 10대 후반에서 20대 초반 여자 목소리라고 했지? 그러면 지금 걔하고 비슷한 거 아냐? 만일 걔, 이름 뭐냐. 걔가 공범이라면 얼마든지 입을 맞출 수 있는 거잖아."

"맞습니다. 계장님. 그러네요. 그럴 수 있겠네요."

완이도 흥분했다.

"지금 빨리 국과수에 걔 목소리, 아, 이름 뭐야?"

"조아라입니다."

"그래, 조아라 목소리 보내서 협박 전화 목소리하고 대조하라고 해. 이건 목소리만 대조하는 거니까 결과 금방 나올 거야."

"예, 총알같이 보내겠습니다."

다시 한 줄기 빛이 보이기 시작했다. 꺼져가던 불씨가 다시 살아났다. 제발 목소리만 같아라. 그러면 이건 확실한 증거다. 하나님 제발.

시간은 천천히 흐르고 있다. 벽시계의 초침이 마치 슬로우 모션처럼 움직인다. 째~깍, 째~깍.

신기하다. 내 눈이 이상한 건가, 시계가 이상한 건가.

기다림은 지루하다. 애인을 기다리는 거라면 지루하지 않겠지. 언제 오는 지 정확하게 알기만 해도 덜 지루하다. 하지만 언제 올지도 모르고, 누가 올 지도 모른다면 지루하다 못해 초조하고 불안하다. 지금 내가 딱 이짝이다.

책상에 앉아 컴퓨터를 켜놓고 있는데 글자가 흐릿하게 보인다. 이놈의 노안. 돋보기안경이 어디 있지? 이상하다. 항상 책상에 벗어놓았는데.

헛웃음이 나온다. 내가 쓰고 있잖아. 그런데 왜 글자가 흐릿하게 보인거야.

노안에 건망증에. 아니, 치매인가. 이제 이 짓도 그만 하라는 계시인 것 같다.

전화벨이 울렸다. 완이다.

"어떻게 됐어?"

대답이 없다.

젠장. 젠장. 젠장.

"아니랍니다."

완이도 완전히 풀이 죽어있었다.

"전혀 다른 목소리랍니다. 죄송합니다."

"네가 죄송할 게 뭐가 있냐. 알았다."

다 잡았다고 생각했는데.

졌다. 나의 패배를 인정할 수밖에 없다.

민호야, 미안하다. 너를 지키지 못하겠구나.

기파랑 11

작은 것을 주고, 큰 것을 얻다

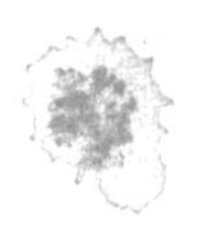

경찰이 나를 의심할 만한 근거는 없다. 민호가 사라지기 전, 마지막 만난 사람이 나라는 정도? 그것도 그렇다. 민호를 만나 잠깐 얘기하는 걸 누가 봤을까. 낮말은 새가 듣고, 밤말은 쥐가 듣는다는 속담이 딱 맞다.

민호를 만나 무슨 말을 했냐고 형사가 물었을 때 깜짝 놀랐다. 순간 당황했지만 대답은 잘 했다. 실제로 민호와 다음 학기는 어떻게 할지 얘기한 적도 있으니까. 요즘 아내가 임신 중이어서 바로 퇴근했다는 대답도 나름 괜찮았다. 실제로 임신했으니까.

기껏해야 나는 참고인 수준이다. 겁먹을 필요는 없다. 민호를 마지막 만난 사람이 나라는 걸 경찰이 알고 있는 게 조금 찜찜하긴 하다. 그것만 아니면 나를 의심할 만한 것은 전혀 없었을 텐데.

경찰서에서 높은 사람이 나를 보자고 했다고 했을 때 기분이 좋지 않았다. 왜 자꾸 나를 부를까. 다시 확인하는 정도겠지.

계장이라는 사람은 확실히 조금 달랐다. 무게감이 있다고나 할까. 한 마디 한 마디가 예사롭지 않았다. 정신을 바짝 차린다고 했는데 아무래도 실수한 것 같다. 민호가 무슨 불안한 행동을 하지 않았냐고 물었을 때 그냥 아무 것도 없었다고 해야 했다. 순간적으로 나에게 유리할 것 같아서 주먹을 쥐었다 폈다 했다고 했는데 어느 쪽 손이었냐고 물었을 때 당황했다. 그게 유도 심문이었다는 것을 바로 알아차렸어야 했는데. 바보 같이 당했다.

계장이 "이제 가셔도 좋습니다"고 말하는 순간 나를 보는 눈빛이 매우 기분 나빴다. 뭔가 눈치 챘나.

경찰서를 나오는 데 속이 울렁거렸다. 마치 체한 것처럼. 경찰의 손이 나를 조여오고 있음을 느꼈다. 손 놓고 있다가는 언제 당할지 모른다. 대책을 세워야 한다.

제일 중요한 것은 알리바이를 확보하는 것이다. 그 날 바로 퇴근했다는 거짓말은 경찰이 확인만 하면 바로 드러날 것이다. 아내와 입을 맞추는 게 제일 간단하지만 역으로 제일 어려운 일이기도 하다. 아내는 그런 거짓말을 하는 재주가 없다. 형사가 물어봤을 때 당황하거나 어버버 한다면 오히려 최악의 상황이 된다. 더구나 아내와 입을 맞추려면 그간에 있었던 일들을 대강은 설명해야 하는데 그건 불가능하다. 아내는 끝까지 몰라야 한다. 그게 낫다.

처음부터 알리바이를 염두에 뒀어야 했는데 미처 그까지 생각 못한 것은 내 불찰이다. 하지만 나를 용의자로 보리라고는 생각하지 못했다. 어떻게 선생이 제자를 유괴한다는 상상을 할 수 있단 말인가.

늦었지만 지금이라도 알리바이를 만들자. 뭐가 있을까.

객관적으로 그 시간에 내가 다른 곳에 있었다는 것을 증명할 수 있는 자료는 없다. 그렇다면 최선의 방법은 증인을 만드는 것이다. 그 시간에 나를 만났음을 증언해 줄 수 있는 증인? 다시 말해 나를 위해 적극적으로 거짓 증언을 하는 증인을 구해야 한다. 누가 그런 위험을 감수하면서까지 나를 위해 증언할 수 있을까?

제일 먼저 떠오른 사람은 손경훈 교감이었다. 손 교감이라면 나를 적극적으로 옹호해주고 감싸줄 수 있다. 아니, 있었다.

전보 건으로 인해 틀어질 대로 틀어져서 몇 달간 연락도 끊었는데 느닷없이 연락해서 나를 위해 거짓증언을 해달라고 부탁하기 힘들다. 손 교감이 지금도 나를 끔찍이 사랑하는 지 확신도 없다. 계속 좋은 관계를 유지했어야 했는데. 더구나 나는 이미 바로 퇴근했다는 거짓말을 했다. 그러면 거짓말을 할 정도로 숨기고 싶은 상황이나 사람이어야 한다. 그래야 설득력이 있다. 손 교감 정도로는 안 된다.

아무리 생각해도 아라와 정아 밖에 없다. 어차피 얘들은 나와 공동운명체다. 정확하게 입을 맞추고, 혹시 경찰이 협박한다 해도 흔들림이 없어야 한다.

최선이 안 된다면 차선을 택한다. 그마저 없다면 최악만은 피해야 한다. 차악의 방법은 작은 것을 주고, 큰 것을 얻는 전략이다. 적을 만났을 때 내장을 다 빼주고 그 사이에 목숨을 건지는 해삼이 나에게 큰 가르침을 준다.

내가 거짓말을 할 수밖에 없었던 이유, 숨기고 싶었던 이유를 경찰도 수긍할 정도가 돼야 한다. 웬만큼 작은 미끼는 경찰이 물지 않을 것이다.

아쉽지만 아라와 결별할 때가 온 것 같다. 정아는 이미 내 대신 협박 전화를 했기 때문에 위험하다.

"아라야, 잘 들어. 경찰이 낌새를 챈 거 같아. 아직 확실한 거는 아냐. 멍청한 놈이라면 그냥 넘어갈 거고, 집요한 놈이라면 계속 추궁하겠지. 우리는 만약의 사태를 대비해야 해. 선생님이 지금 알리바이를 만드는 중이야. 이렇게 하자. 당일 저녁에 우리가 만나서 잔 걸로 하자."

"우리가 만나는 걸 자백하자고요?"

"미안하다. 선생님이 너를 끝까지 지켜줘야 하는데 지금 상황이 그럴 수가 없구나. 작은 것을 희생하는 수밖에."

"이게 밝혀지면 저는 학교에서 퇴학당하고, 선생님도 못 만나는 거 아니에요?"

"그럴 수도 있겠지. 아닐 수도 있고. 아라야. 어쨌든 최악의 상황은 피해야 하지 않겠니? 그런 상황이 오지 않기를 바라지만 만일 경찰이 계속 추궁한다면 그렇게 해서라도 빠져나가자는 거지."

"알았어요, 선생님. 그렇게 할게요. 그런데 그 날이 며칠이죠?"

"23일이야, 화요일. 날짜나 요일 헷갈리면 안 돼. 가만 있자. 이렇게 하자. 원래 너하고 목요일마다 만났잖아. 그러니까 아예 우리가 매주 화요일에 만난다고 하는 거야. 그러면 헷갈릴 일도 없고, 확실하게 얘기할 수 있잖아."

"예. 그러면 되겠네요. 그런데 선생님, 저 무서워요."

아라를 꼭 안아줬다. 어깨가 들썩였다.

"울지 마, 아라야. 선생님이 미안하다. 경찰에 불려가지 않기를 바라야지."

강석규 8

공개수사

만사가 귀찮다. 자리에서 일어설 힘도 없다. 사흘 밤을 거의 새우다시피 했는데 건진 게 아무 것도 없다. 생각 같아서는 그냥 사우나에 가서 푹 쉬고 싶다.

민호 유괴범이라고 확신했던 기파랑이 겨우 제자랑 그렇고 그런 잡범이었다니. 나도 이제 썩은 고목나무 신세구나.

서장이 부르기 전에 먼저 신고하자. 그게 맘이 편하겠다.

수사과장과 함께 서장실 문을 두드렸다. 사극 드라마에서 보는 대역 죄인이 이런 심정이 아닐까.

"아주 제 발로 걸어 들어오는구나. 그래 범인은 잡으셨어요? 사흘만 말미를 주면 반드시 범인을 잡겠다고 큰 소리 뻥뻥 치더니 사흘 동안 뭐하셨나?"

차라리 욕을 하고 말지. 저렇게 베베 꼬는 게 너무 싫다.

"면목이 없습니다. 죄송합니다. 범행 동기도 찾고, 알리바이도 깼는데 결국 아니었습니다. 입이 열 개라도 할 말이 없습니다."

"휴~ 오히려 우리 성과를 올릴 수 있는 좋은 기회라고 생각했는데. 강 계장을 비롯해서 우리 강력계야 자타가 공인하는 실력자들이잖아. 역시 처음 기회를 놓친 게 결정적이야. 두 번의 기회는 잘 오지 않지."

서장도 기운이 없었다. 길길이 뛸 줄 알았는데 의외였다.

"할 수 없지. 이제 공개수사로 전환해야지. 민호 부모님은 강 계장이 잘 설득하고."

"알겠습니다."

"공개수사하면 경찰청 광수대로 지휘권이 넘어갈 거야. 그렇더라도 끝까지 포기하지 말고 우리 강력계가 범인을 잡을 수 있도록 최선을 다해 줘."

"예. 알겠습니다."

"기자들한테 연락하고, 과장이 브리핑 자료 준비해요. 조심할 것은 우리가 범인을 놓쳤다는 거는 철저히 숨겨야 해. 협박 전화를 받고, 한 번에 10억 원을 준 걸로. 이거 알려지면 우리 모두 모가지야."

"잘 알았습니다."

"아, 강 계장은 미리 민호 부모님께 협조 구해 놔. 범인을 안심시키기 위한 조치로 그렇게 발표하겠다고."

기자들이 몰려왔다. 방송사 중계차들까지 왔다. 이게 생중계까지 할 만큼 큰 사건이었나.

"어이, 최 기자. 왜들 이렇게 몰려왔어. 이게 중계차까지 올 정도로 큰 건이야?"

평소 우리 서에 뻔질나게 드나들던 「정론뉴스」 최지민 기자가 보였다.

"요즘 큰 사건이 없었잖아요. 매일 정치뉴스 뿐이니 독자들도 지겨워하는데 모처럼 사회부에서 사건다운 사건이 터진 거죠. 더구나 유괴 사건은 정말 오랜 만이거든요. 거기에다 피해자가 남자 중학생이죠, 장애인이라는 것까지 겹쳐서 관심을 끌 만한 요소는 다 있잖아요."

그런가. 확실히 경찰과 기자의 시각이 다르구나. 이제 민호 사건은 온 국민의 관심사가 될 것이고, 내 어깨는 더더욱 무거워지게 생겼다.

"방송사들도 그래요. 어차피 낮 시간대 시청률은 낮을 수밖에 없는데, 어지간한 것 재방송 하는 것보다는 생중계하는 게 시청률이 훨씬 잘 나온대요. 그러니까 다들 몰려 온 거죠."

그 얘기를 들으니 오금이 저려온다. 바보 같은 새끼. 그 때 잡았어야 했는데. 그랬으면 지금 이렇게 가슴 조릴 이유가 없는데.

정복 차림의 과장이 나타났다.

파바바바박.

카메라 플래시가 일제히 터졌다.

지금이 범인체포 발표하는 자리였으면 얼마나 좋을까.

굳은 표정의 과장이 정중히 인사를 했다.

"국민 여러분, 이 자리를 빌려 먼저 죄송한 말씀을 올립니다.

6월23일 오후, 마일중학교 1학년 13세, 조민호 군이 유괴를 당했습니다. 유괴범은 다음 날인 24일 현금 10억 원을 요구했고, 민호 군의 생명을 걱정한 부모님이 현금을 전달했음에도 범인은 민호 군을 돌려주지 않았습니다.

저희 경찰은 25일 신고를 받고, 비공개 수사로 주변 인물에 대한 수사를 계속해 왔습니다. 하지만 오늘까지 범인 검거에 실패했습니다. 국민 여러분께 거듭 죄송하다는 말씀을 올립니다.

따라서 오늘 자로 공개수사로 전환합니다. 국민 여러분의 협조를 간절히 부탁드립니다. 조민호 군은 키 148cm,몸무게 42kg의 다소 왜소한 체격이며 오른쪽 다리를 저는 장애우입니다. 여기 조민호 군의 사진이 있습니다.

범인은 2인조 이상으로 추정합니다. 협박 전화 목소리를 분석한 결과 10대 후반에서 20대 초반의 여성이라는 것이 밝혀졌습니다. 혹시 주변에서 조민호 군을 보셨거나 범인으로 의심되는 사람이 있으면 반드시 경찰에 신고해 주시기를 부탁드립니다.

범인에게 간곡히 부탁합니다. 민호 군의 생명은 절대 해치지 마십시오. 그리고 자수하십시오. 한때 잘못된 생각을 가졌더라도 지금이라도 뉘우치고 자수한다면 최대한 선처를 할 것입니다.

다시 한 번 국민 여러분께 심려를 끼쳐드려서 죄송하다는 말씀을 드리면서 범인 검거를 위한 많은 협조를 부탁드립니다.

감사합니다."

또 한 번 플래시 세례를 받으면서 과장이 서둘러 나갔다.

"질문 있습니다", "여기요"하면서 기자들이 여기저기 손을 들었지만 과장은 들은 척도 하지 않았다. 괜히 난처한 상황이 될 수도 있으니 질문을 받지 말라는 경찰청장의 지시가 있었다.

언론의 위력은 과연 셌다. 대부분 신문의 1면을 장식했고, 방송에서도 톱 뉴스였다. 인터넷에서도 난리였고, 방송사 토론 프로그램에서도 일제히 이 문제를 다뤘다. 자칭 전문가라는 사람들이 나와 나름대로 범인을 추측하고 있었다. 실제로 수사에 도움 되는 내용은 없었다. 그냥 생각나는 대로 떠든다는 느낌이었다.

수사본부와 경찰청으로 신고 전화가 쏟아져 들어왔다. 대부분이 민호 비슷한 애를 봤다는 것과 주변에 젊은 여자와 같이 사는 남자가 있는데 수상하다는 내용이었다. 신고를 받는 즉시 관할 경찰서와 지구대에서 확인을 했지만 모두 헛수고였다.

그러던 중 상당히 신뢰할 만한 제보가 들어왔다.

옆집에 20대 초반 젊은 여자와 사는 남자가 있는데 24일 경 다리를 저는 남학생과 함께 집에 들어왔다는 것이다. 그런데 다음 날부터 세 명이 모두 어디론가 사라져 지금까지 돌아오지 않았다는 내용이다. 이게 사실이라면 거의 확실한 제보다.

이름은 홍덕용. 45세. 사진도 확보했다.

전국에 수배령을 내렸다. 검문소 검색도 강화했다.

오후 6시경, 경기도 일산 탄현역 부근에서 검거했다는 보고가 올라왔다. 빨리 수사본부로 압송해.

"민호 어디 있어?"

"지금 무슨 소리를 하는 겁니까? 아무 죄 없는 시민을 경찰이 이렇게 막 잡아와도 되는 겁니까? 이러니까 경찰이 욕을 먹지. 당장 풀어주지 않으면 당신들 다 고소할 겁니다."

"24일에 민호 데리고 사라졌다며? 민호 어디 있냐니까."

"아니, 누구한테 무슨 말을 들은 겁니까? 내가 유괴범이라고?

미치겠네."

홍덕용은 방방 떴다. 체포된 범인들 대부분이 처음에는 자기가 범인이 아니라며 발뺌하긴 한다. 그런데 홍덕용은 정도가 좀 심했다. 발뺌하거나 변명하는 정도가 아니라 진짜로 화를 내는 것 같았다. 뭔가 이상하다.

"제보자를 불러와. 대질을 시켜야겠어."

제보자가 들어왔다. 그는 홍덕용을 보자마자 득달같이 달려들어 멱살을 잡았다.

"홍덕용 이 새끼. 내 돈 내놔."

이건 뭐지? 혼란스럽다. 사태 파악이 되지 않는다.

"내가 너 찾으려고 전국을 돌아다녔어. 이 새끼, 너 이제 나한테 죽었어."

"지금 이게 뭐하는 겁니까?"

정신을 차린 완이가 소리를 버럭 질렀다.

"이 새끼가 내 돈 2억 원 떼먹고 도망갔어요. 사기꾼이에요. 나쁜 놈이에요. 내가 이 새끼 잡으려고 일 년 동안 고생했어요."

"그럼 돈 떼먹은 놈 잡으려고 거짓 제보를 했단 말입니까?"

"아 예. 감사합니다. 사례는 충분히 하겠습니다."

"야 이 개새끼야."

말릴 사이도 없이 완이의 발이 올라갔고, 가슴팍을 정통으로 맞은 제보자가 뒤로 나가 떨어졌다.

"안 돼. 완아. 참아. 이러면 안 돼."

"이걸 어떻게 참습니까? 저 새끼 때문에 전국의 경찰병력이 동원돼서 생고생을 했는데 참으라고요?"

"아무리 화가 나도 때리면 안 돼. 잘 알면서 왜 그래?"

가슴을 부여잡고 한동안 숨도 못 쉬고 켁켁 거리던 제보자가 겨우 숨을 몰아쉬었다.

"너희 경찰새끼들. 이제 다 죽었어. 경찰이 시민을 폭행해? 내가 가만히 있을 줄 알아? SNS에 다 올릴 거야."

"올려라 올려. 사기꾼 잡으려고 민호 유괴범 거짓 제보했다가 경찰에 맞았다고 올려라 제발. 씨발 놈아. 와아아아악!"

분을 참지 못한 완이가 목이 터질 듯이 소리를 질렀다.

그래, 소리라도 질러야지. 나도 그러고 싶다. 안 그러면 미칠 것 같아.

정말 개좆같은 세상이다.

최지민

특종의 맛

냄새가 난다. 범죄의 냄새와 썩은 냄새가 섞여있다.

사건기자 5년 차. 적다면 적고, 많다면 많은 경력이다. 그동안 연쇄 살인 사건, 유람선 침몰 사건, 대형 화재 사건, 인질극 등 다양한 사건들을 다뤘지만 유괴 사건은 처음이다. 그래서 더 흥미롭다. 사람의 생명이 달려있는 사건인데 흥미라는 표현을 쓰는 게 좀 걸리긴 하다. 기자 초년병 때는 이런 일로 고민했지만 지금은 그렇지 않다. 사건 자체에 흥미가 있다는 게 아니라 이걸 어떻게 밝혀내고, 보도할 것인가에 대한 흥미이기 때문이다. 더 솔직하게 말하면 특종에 대한 욕심이다. 이런 사건일수록 특종을 할 수 있는 기회가 많기 때문이다.

이번 사건을 접하자마자 혜윤이 유괴 살인사건을 취재했던 선배들을 찾아가서 당시 얘기를 자세하게 들었다. 기사 검색도 다 끝냈다.

내 마음 속으로 정리한 것은 이렇다. 민호가 유괴된 지 벌써 열흘이 지났다. 그렇다면 민호는 이미 죽었을 가능성이 크다. 혜윤이는 다섯 살짜리였는데도 범인이 자기 얼굴을 알아볼 까봐 죽였다. 그런데 중학생이다. 지금까지 살아있을 가능성은 거의 없다고 봐야 한다. 경찰도 그렇게 판단했으니까 공개수사로 전환했겠지.

그런데 의문점이 있다. 우선 범인이, 아니 범인들이라고 해야 하나. 왜 남자 중학생을 유괴했을까. 통상 유괴 사건은 유아나 유치원생을 대상으로 한다. 그런데 위험 부담이 훨씬 큰 중학생을 유괴하다니. 경찰도 그게 이상하다고 했다. 그렇다면 당연히 면식범의 소행인데. 경찰이 주변에 의심할 만한 사람은 모두 조사했는데 혐의점이 드러난 사람이 없었다고 했다.

두 번째는 공범의 존재다. 경찰은 협박 전화 목소리의 주인공이 10대 후반에서 20대 초반 여자라고 했다. 그러면서 이 여자는 공범일 거라고 추정했다. 그 근거는 젊은 여자가 유괴범일리 없다는 가정에서 나온다. 왜 아닐 거라고 생각하지? 과거 사례를 보면 젊은 여자가 유괴범인 경우도 있다. 물론, 그 경우는 신생아나 네 살 이하의 어린애였다. 그래서 젊은 여자가 남자 중학생을 유괴할 수 없다는 생각이지만 그건 전형적인 스테레오타입이다. 건장한 여자도 얼마나 많은데. 민호가 중학생이라고는 하지만 왜소한 체격에 다리를 저는 장애인인 점을 고려하면 건장한 젊은 여자가 얼마든지 제압할 수 있다. 협박 전화를 한, 젊은 여자의 단독 범행도 배제해선 안 된다.

만일 정말 공범이라면 왜 굳이 여자를 시켜 협박 전화를 하게 했을까. 그건 자기 목소리가 알려지면 안 되는 이유가 있었을 것이다. 그렇다면 역시 100% 민호 부모님이 아는 면식범이다.

자, 이제부터는 현장을 뒤지자. 해답은 항상 현장에 있다. 사건기자는 발이 튼튼해야 한다. 신발이 반짝반짝한 기자는 사건기자로서 자격이 없다.

범인이 돈을 가져갔다는 현장을 찾았다. 골목에 있는 빌라 신축 공사장. 가림막도 쳐져있고, 사람들 왕래도 뜸한 지역이다. 새벽 1시면 더더욱 사람이 없겠지. 가로등도 멀찍이 있어 장소는 잘 골랐네. 이곳 지리를 잘 아는 자의 소행.

CCTV는? 50m 정도 떨어진 곳에 있는데 저 정도면 범인의 윤곽은 잡힐 것 같다. 경찰은 범인이 CCTV에도 잡히지 않아서 아마 공사장 뒤편의 좁은 길로 다닌 것 같다고 했다.

공사장 뒤로 가봤다. 뒷집 담장 사이에 아주 좁은 틈이 있다. 이걸 길이라고 하면 안 되지. 사람 하나가 겨우 옆으로 지나갈 수 있는 틈이다. 그런데 여기를 5억 원씩 들어있는 가방 두 개를 들고 지나갔다고? 힘들 것 같은데. 아무래도 그건 이상하다. 확인할 필요가 있다.

민호가 사라졌다는 골목을 가봤다. 돈을 가져간 공사장과 500m도 떨어져 있지 않다. 범인은 분명히 이 지역을 근거지로 하고 있거나 최소한 이곳을 잘 아는 놈이다. 서울 시내 한복판에 아직도 이런 곳이 있나 싶을 정도로 단독 주택들이 다닥다닥 붙어있다. 무슨 무슨 빌라라고 이름 붙여진 다세대 주택들도 엄청 많다. 거의 미로처럼 골목들이 이어져 있다. 여기 주민 아니면 길 찾기도 쉽지 않겠는 걸.

민호는 학교를 마친 뒤 왜 이 골목에 왔을까. 들어오는 화면은 있는데 나가는 화면은 없다고 했다. 민호가 다른 골목으로 나가지 않았다면 이 동네 어느 집이 범행 장소라는 말이다. 처음에는 CCTV로 민호가 나오는 장면을 찾지 못했다는 경찰의 말을 믿지 않았다. 우리나라 CCTV가 얼마나 촘촘하게 잘 돼있는데 뭔가 숨기는 게 있다고 생각했다. 그런데 직접 와서 확인하니 그럴 만하겠다는 생각이 든다.

민호가 아직도 여기 어딘가에 있을까. 아니지. 이미 죽였다면 벌써 저수지나 강에 버렸거나 땅에 묻었겠지.

이제 민호네 집으로 발걸음을 옮긴다. 민호네 집도 그리 멀지 않아서 모두 걸어 다닐 수 있어서 좋다. 그러고 보니 모든 일들이 반경 500m 안에서 벌어졌다. 학교·집·사라진 골목·돈을 전달한 공사장 등. 범인이 아무리 이곳을 잘 아는 자라 하더라도 이건 위험한 짓인데. 멍청하거나 대담하거나 둘 중에 하나다.

민호네 집 역시 단독주택이다. 인터폰을 누르니 한참 있다가 "누구세요"한다.

"민호 어머니세요? 저는 정론뉴스의 최지민 기자입니다. 잠깐 여쭤…"

"이젠 기자 안 만나요."

말하는 도중에 딱 끊어버린다. 예상했던 대로다. 지금 이런 상황에 기자를 만나고 싶은 사람이 얼마나 있을까. 사건기자를 하다 보면 늘 부딪치는 상황이다. 좋은 일로 사건기자를 만나는 사람은 거의 없다. 우리가 만나는 사람들은 대부분 숨기고 싶고, 피하고 싶고, 말하기 싫은 사람들이다. 문전박대 당하기 일쑤고, 허탕 치는 게 일상이다. 그럼에도 그 싫다는 사람들 만나서 사실과 진실을 캐내는 게 사건기자의 숙명이다.

가끔은 경제부나 문화부 기자들이 부러운 생각이 들 때가 있다. 그들 주변에는 언제나 기사 한 번 내달라고 부탁하는 사람들이 있다. 같은 신문사인데 근무 여건이 이렇게 다르다니 너무 불공평한 것 아닌가?

그러다가 곧 생각을 고쳐먹는다. 시궁창을 뒤지다가 금덩어리를 발견하는 기쁨을 니들이 아냐? 어느 부서에서도 특종은 나오지만 사회부 특종이야말로 짜릿함의 극치다. 나는 감히 새 생명을 낳는 산모의 진통과 비교하고 싶다.

계속 인터폰을 누른다. 비탄에 빠져있는 가족들을 괴롭히는 짓이라고 욕을 해도 할 수 없다. 기레기라고 비난해도 좋다. 해야 하는 일을 하는 것뿐이다.

"제발 저희 괴롭히지 말고 가세요. 기자들은 만나지 않습니다."

이번엔 아버지가 받았다.

"아버님, 잠깐만이요. 민호 유괴범 잡아야죠. 경찰들만 믿고 기다리시겠습니까. 열흘 동안 경찰이 못 잡아서 공개 수사한 것 아닙니까. 언론이 계속 떠들어야 경찰도 정신을 차리고, 국민들 제보도 기대할 수 있죠. 저를 도와주셔야 합니다."

한참동안 말이 없었다. 끊은 것 같지는 않다.

"아버님. 저도 민호 유괴범, 이 개새끼 꼭 잡고 싶습니다. 하루라도 빨리 범인을 잡아야 민호가 살아있을 가능성이 커지죠. 좀 도와주세요."

'민호가 살아있을 가능성'을 말할 때 인터폰을 통해 가쁜 숨소리가 느껴졌다. 대문이 열렸다.

마당을 질러가는데 중년 남성이 현관을 열고 나온다. 민호 아버지다.

“감사합니다. 최지민입니다.”

“조상우라고 합니다. 이리 오시죠.”

민호 아버지는 나를 정원 벤치로 안내했다.

“민호 엄마가 지금 극도로 신경이 예민해 있어서 이리로 모셨습니다.”

“예. 잘 하셨습니다.”

민호 아버지의 몰골은 말이 아니었다. 눈은 퀭하고, 다크 서클은 짖게 내려앉았다. 볼은 쏙 들어갔고, 며칠 동안 면도를 하지 않았는지 수염이 덥수룩하게 자라있었다. 그동안의 마음고생이 그대로 드러났다.

“이미 경찰에 다 말씀하셨겠지만 궁금한 것 몇 가지만 여쭤보겠습니다.”

“예, 그러시죠.”

“상황을 모두 종합해보면 범인은 분명 부모님이나 민호를 잘 아는 놈입니다. 정말 의심 가는 사람이 없으십니까.”

“몇 몇이 있긴 있죠. 하지만 이미 경찰이 조사했는데 모두 알리바이가 증명됐답니다. 저도 답답합니다.”

민호 아버지는 주머니에서 담배를 꺼내 물었다.

“민호가 유괴된 이후에 직접 민호 목소리를 들은 적은 없으신가요?”

“예, 그렇습니다. 제가 계속 민호 목소리라도 들려달라고 해도 들려주지 않았습니다. 처음에는 돈을 줘야 목소리를 들려주겠다고 하더니 두 번째도 끝내 민호 목소리를 들려주지 않았어요."

"범인이 전화를 두 번 했다고요?"

"엇, 그, 그렇습니다."

순간 민호 아버지의 얼굴에서 당혹한 빛이 비쳤다.

"첫 번째 전화했을 때 돈을 주지 않으셨나요?"

"아뇨. 줬죠, 줬어요."

"그럼 두 번째 전화는 왜 한 거죠?"

"그건 제가 민호 목소리 들려달라고 했으니까요."

"예, 그런데도 민호 목소리를 들려주지 않았군요."

"맞습니다. 나쁜 놈."

뭔가 석연치 않다. 민호 목소리를 들려주지도 않을 거면서 전화를 했다?

"그럼 경찰에는 언제 신고를 하신 건가요?"

"돈을 줬는데도 민호를 돌려주지 않아서 신고를 했죠."

"그럼 두 번째 통화 때는 경찰도 알고 있었네요."

"그렇죠. 처음에는 제가 녹음을 하지 않아서 다음에 또 전화가 오면 녹음을 하라고 해서 그때는 녹음을 했습니다."

"예. 그러셨군요."

경찰이 성문 분석을 한 게 두 번째 통화였구나. 그런데 경찰은 신고한 이후에 범인이 또 전화했었다는 얘기는 하지 않았다.

"민호가 사라졌다는 골목이요. 민호가 왜 거기를 갔을까요."

"그건 저희도 정말 모릅니다. 모르는 곳이에요. 민호는 친구도 없어서 친구 집에 간 것도 아닐 겁니다."

"범인이 몸값으로 10억 원을 요구했다면서요? 5만 원짜리로 가방 두 개면 하나에 5억 원씩인데 무겁지 않으셨나요?"

"어, 그렇죠. 무겁죠."

"그걸 혼자 들고 가셨나요?"

"예, 혼자 들고 갔습니다."

"차로 운반하지 않고, 들고 가셨다고요?"

"아, 아니. 차로 갔습니다. 차를 세워놓고 들고 갔다고요."

이게 당황할 일이 아닐 텐데. 민호 아버지는 왜 이렇게 당황할까.

"죄송합니다. 저도 좀 피곤해서. 오늘은 이만 하시죠."

"예, 도와주셔서 정말 감사합니다. 꼭 범인을 잡을 수 있도록 저도 최선을 다해 돕겠습니다."

범인의 단서를 잡기 위해 민호 집을 찾은 거였다. 그런데 의외의 소득이 있었다. 경찰은 왜 범인이 두 차례 전화를 걸었다는 사실을 숨겼을까. 민호 아버지는 왜 그렇게 당황했을까.

기자의 촉이 발동하기 시작했다. 뭔가 숨기는 게 있다.

두 차례의 협박 전화. 그리고 아까 현장을 봤을 때 그 좁은 틈으로 5억 원씩 들어있는 가방 두 개를 갖고 지나가기는 불가능하다.

'머리가 나쁘면 손발이 바쁘다'고 하지만 이럴 때는 무식한 게 최고다. 신문사로 돌아와서 신문지를 잘라서 돈뭉치를 만들었다. 5만 원짜리로 100장이면 500만 원이다. 5억 원이면 100장짜리 100뭉치다. 007가방에는 다 들어가지 않는다. 큰 가방이라야 가능하다. 가방 두 개를 만들어 현장을 다시 찾았다. 양 손에 들기도 힘들다.

역시 예상했던 대로다. 불룩한 가방을 양 손에 들고 이 좁은 틈을 나가는 것은 어림도 없다.

거짓말은 또 다른 문제다. 범인을 잡는 것과 별개로 경찰이 거짓말을 하는 것은 국민을 속이는 일이다. 그냥 넘어갈 수 없다.

기사를 쓰기 전에 확인하는 일이 남았다. 경찰이 수긍할 수밖에 없는 확실한 증거를 확보하고 기사를 써야지, 의혹만 갖고 기사를 쓰면 상대에게 도망갈 구멍을 마련해 주는 셈이다.

단도직입으로 경찰에게 확인하는 방법도 있지만 부인하면 그만이다. '심증은 있으나 물증이 없다'면 하나마나다. 이럴 때 제일 좋은 방법은 검찰을 이용하는 것이다. 경찰을 조지는 일인데 검찰이 확인을 안 해줄 리가 없다.

검찰 출입 선배에게 SOS를 쳤다.

빙고! 확인하는 데 불과 한 시간도 걸리지 않았다.

"아니, 협박 전화도 두 차례 했고, 돈도 두 번이나 줬다면서요? 경찰은 왜 그런 걸 숨기는지 모르겠어요"하고 슬쩍 던지니까 "경찰들 하는 일이 그렇지 뭐"라는 대답이 나오더란다.

"두 번째 5억 줄 때 잡았어야 했는데 바보 같이 그걸 놓쳤다고 하더라고."

퍼펙트. 완벽한 특종의 요건이 갖춰졌다.

다음날 '경찰이 범인 놓쳤다'는 특종 기사가 1면 톱을 장식하고, 하루 종일 인터넷을 뒤집어 놓았다. 다른 언론들이 일제히 '정론뉴스 보도에 따르면'이라는 크레딧을 달고 기사를 생산했다. 범인도 놓친 데다 거짓말까지 한 경찰을 성토하는 댓글이 기사마다 수

천 개씩 달렸다.

맛있다. 이런 게 특종의 참 맛이다.

강석규 9

기적이 일어나기 2초 전

하루 종일 벌집 쑤셔놓은 것 같았다.

낙종한 거 만회하겠다는 기자들이 몰려와서 들쑤시지, 어떻게 기사가 나갔냐고 경찰청에서 전화 오지, 시민들 항의 전화도 빗발치지, 나중에는 청와대에서까지 연락이 왔다.

그렇지 않아도 범인이 오리무중이라 코가 석 자나 빠져있는데 이런 일까지 터지니 정말 죽고 싶다. 이 참담한 심정을 누가 짐작이나 할 수 있을까.

서장이 불렀다. 차마 얼굴을 들고 서장실에 들어갈 엄두가 나지 않는다.

"죄송합니다. 정말 죄송합니다. 제가 옷을 벗겠습니다."

"내가 강 계장 부른 건 그런 얘기 들으려고 한 게 아냐."

윗선에 하루 종일 시달렸던 서장은 오히려 무념무상, 모든 것을 내려놓은 듯했다.

"강 계장, 잘 들어. 범인을 놓친 거는 형사들이지만 거짓말을 지시한 건 나야. 일을 하다 보면 잘 할 때도 있고, 실수할 때도 있어. 범인 놓친 게 잘한 거는 아니지만 어디까지나 실수야. 내가 다 책임지겠다고 했어. 여론이 워낙 안 좋으니까 위에서는 실무자들까지 징계하겠다고 했는데 내가 현장 담당자들은 봐 달라고 사정했어."

"서장님. 그럴 수 없습니다."

"그냥 내 말 들어. 누군가는 책임을 져야하지만 형사들은 아니다. 실수할 때마다 징계를 하면 범인은 누가 잡겠는가. 내가 책임질 테니 형사들은 범인을 잡도록 해 달라. 범인에 가장 가까이 있는 사람이 이들이다. 이들에게 명예회복을 할 기회를 달라. 그랬어. 아마 그렇게 될 거야."

"서장님, 죄송합니다."

"강 계장, 부탁할 게. 경찰의 명예를 걸고, 마포서 강력계의 명예를 걸고 꼭 범인을 잡아줘. 강 계장, 믿어도 되지?"

"서장님. 면목이 없습니다. 범인 꼭 잡겠습니다. 약속합니다. 그래서 서장님 명예까지 반드시 회복시켜 드리겠습니다."

"고맙네. 꼭 그렇게 해 줘."

오후 3시쯤, 서장과 수사과장이 중징계인 직위해제 처분을 받았다는 소식이 들려왔다. 직위해제라. 경찰 목숨이 파리 목숨이라는 생각이 들었다.

어차피 나도 무사하리라고 생각하진 않았다. 나는 3개월 감봉, 강력계 형사들은 모두 견책이라는 징계를 받았다. 그만 해도 다행이다.

강력계 형사들을 모두 소집했다.

"소식들 다 들었겠지. 서장님과 과장님이 직위해제 당했다. 따지고 보면 이 모든 게 다 우리 때문이다. 우리가 그 날 범인을 잡았다면 오히려 포상이나 승급이 가능했겠지. 서장님과 과장님의 명예 회복을 위해서, 아니 그보다도 우리의 자존심을 위해서라도 반드시 범인을 잡자. 이렇게 풀이 죽어 있으면 어떻게 범인을 잡겠나. 모두들 다시 파이팅하자."

이렇게 얘기하는 데도 모두 고개를 푹 숙이고 있다. 이 자식들이 정말.

"계장님, 솔직히 지쳤습니다. 이 상태에서 무슨 힘이 나겠습니까. 징계를 받았다고 이러는 게 아닙니다. 뭐가 남았나요. 아무 것도 없잖아요. 처음부터 다시 맨 땅에 헤딩 아닙니까. 지금은 진짜 그냥 쉬고 싶을 뿐입니다."

에너지가 넘치던 완이의 모습이 전혀 아니다. 반쯤 넋이 나간 듯 중얼중얼 거렸다.

"무슨 생각을 하는 지 다 안다. 나라고 포기하고 싶지 않겠냐. 하지만 강력계 형사는 그러면 안 돼. 아무나 강력계 형사가 될 수 있는 게 아니라고, 우린 그런 자부심을 갖고 살아 왔잖아."

미동도 없다. 숨소리도 들리지 않는다. 허공에 대고 외치는 것 같다.

"내가 형사 초년병 때 선배에게 들은 이야기가 있다. 기적이 일어나기 2초 전에 포기하지 마라. 도저히 더 이상 견딜 수 없어서 포기했는데 2초 후에 기적이 일어난다면 얼마나 억울하겠나. 2초만 더 참으면 되는데. 지금까지 형사 생활하면서 이 말을 나의 좌

우명으로 삼고 살아왔다. 지금도 그렇다. 더 이상 희망이 보이지 않는다고 생각할 때, 이제는 끝이라고 포기하고 싶을 때, 2초 후에 기적이 일어난다고 생각해봐라. 없던 힘도 생길 것이다. 나는 그렇게 살아왔고, 너희도 그렇게 살기를 원한다."

하나 둘씩 고개를 들었다. 갑자기 흐느낌 소리가 들렸다. 구석에서 최상현이 울고 있었다.

"야, 최상현이. 강력계 형사가 울어? 너 이렇게 약한 놈이었어?"

그게 아니었다. 마치 쓰나미가 몰아치듯 덩치는 조선 땅만 한 놈들의 어깨가 차례로 들썩였다.

완이란 놈은 "끄어어억"소리를 내더니 대성통곡을 시작했다.

나 이런. 이런 걸 원한 게 아니었는데.

완이의 통곡은 거의 1분이나 이어졌다.

"계장님, 죄송합니다. 제가 나약했습니다. 예, 포기할 순 없죠. 범인 잡아야죠. 이 새끼 반드시 제 손으로 잡겠습니다."

술을 먹을 기분은 아니었다. 하지만 반전의 계기를 만들고, 심기일전하는 도구로는 안성맞춤이다. 정신력이 중요하긴 하나 배고픈 상태에서의 정신력은 믿을 수 없다. 배를 든든하게 채워야 제대로 된 판단을 기대할 수 있다.

일단 먹자. 먹고 나서 다시 처음부터 시작하자.

허겁지겁 김치찌개를 퍼먹던 이도성이 불쑥 한 마디를 꺼냈다.

"그런데 완이 형님, 궁금한 게 있는데요. 기파랑이 그 여자애하고 어디서 그 짓을 했대요? 매주 만났다면 호텔이나 모텔에 가기 쉽지 않았을 텐데."

"그 새끼 아주 희한한 놈이야. 아예 신당동에 오피스텔을 얻어 놨더라고. 그런 새끼가 선생이라고."

"그래요? 요즘 오피스텔 월세도 만만치 않던데, 일주일에 한 번만 쓰면 아깝지 않나?"

"다른 날도 썼겠지."

"그럼 그 새끼, 다른 여자도 있는 거 아냐?"

너도 나도 대화에 끼어들기 시작했다.

"그러네. 멀끔하게 생겨서 여학생들한테 인기 꽤나 있겠던데요?"

"여학생들 연애편지 때문에 하도 말썽이 생겨서 2년 만에 남학교로 옮겼다니 말 다했지 뭐."

"잠깐."

대화를 끊었다. 느낌이 더럽다. 또 벌레 한 마리가 등에서 기어다닌다.

뭔가를 놓치고 있다. 그게 뭐지?

"기파랑이 그 여자애랑 매주 화요일 만난다고 했지?"

"예, 그렇습니다."

"우리가 너무 확신을 갖고 있다가 전혀 예상하지 못했던 카운터 펀치를 맞고 정신을 잃었던 것 같아. 분리 신문을 했는데도 진술이 일치하니까 그냥 손을 놓아버렸는데 그 알리바이도 검증을 했어야 해. 그러면 마카오에서 돈 잃은 거는 어떻게 된 거야. 이것과는 전혀 상관이 없잖아."

다시 복기를 해보니 우리가 너무 서둘렀다. 시간에 쫓기다 보니 단서 하나가 깨졌다고 모조리 무너져 버린 셈이었다.

"알았습니다. 지금 당장 오피스텔로 가서 알리바이를 확인하겠습니다."

완이가 숟가락을 내던지듯이 내려놓고 일어섰다.

"상현이 하고 둘이 가서 샅샅이 뒤져 봐. 뭔가 찜찜한 게 있어."

아직 끝나지 않았다. 내 마음 속에 용의자는 여전히 기파랑이다.

민 완 4

두 명?

신당동 오피스텔로 가는 내내 속이 울렁거렸다. 내가 운전을 하면 사고가 날 것 같았다. 상현이에게 운전하라고 하고, 조수석에 앉았다. 진정이 되지 않았다.

너는 뭐하는 새끼냐. 강력계 형사 생활이 몇 년째냐. 신입도 아닌 놈이 벌써 몇 번째 실수를 한 거냐. 범인도 놓치더니 이제는 아예 기본도 안 지키는 거냐. 어째서 알리바이 확인할 생각을 하지 않았던 거냐. 이 병신 같은 놈아.

오피스텔까지 가는 30여분 동안 끊임없이 자책을 했다. 머리를 쥐어박고, 머리카락을 움켜쥐고. 쌩 쇼를 하고 있으니 상현이가 힐끔힐끔 쳐다본다.

관리실을 찾아 CCTV를 확인했다. 그래도 여기는 다행히 용량이 커서 한 달 치를 보관하고 있었다.

"뭐라고요? 23일 녹화가 안 됐다고요?"

"이상하네요. 23일 녹화분이 없어요."

"녹화가 안 된 겁니까, 지워진 겁니까?"

"잠깐만 기다려주세요. 확인 좀 해보겠습니다."

23일 녹화분이 없다. 녹화가 안 됐든, 지워졌든 수상하다. 이거 봐라, 그 때 바로 확인만 했어도 되는데. 이 바보야, 나가 죽어라.

"지워진 거네요."

"CCTV 관리는 누가 하십니까?"

"저하고 김 주임하고 둘이 합니다. 김 주임은 오늘 비번이고요."

"최상현, 지금 김 주임에게 연락해서 어떻게 된 건지 알아봐."

"알았습니다."

23일을 왜 지웠을까.

"김 주임이 실토했습니다. 기파랑이 마누라에게 불륜을 들키면 안 된다고 사정을 해서 지워줬답니다. 50만 원 받았답니다. 혹시 또 모르니까 포렌식해서 지워진 거 복구해 볼까요? 시간은 좀 걸리지만."

김 주임 말대로라면 이건 오히려 기파랑의 진술을 뒷받침하는 내용이다.

가만. 기파랑은 매주 화요일 조아라를 이곳에서 만났다고 했다. 그럼 23일 만의 문제가 아니다. 불륜을 들키지 않으려고 했다면 매주 화요일 치를 지워야 한다. 그 전 주 화요일은? 16일이다.

16일 자는 지워지지 않고 있었다. 그렇다면 아니다. 심장이 뛰기 시작했다. 마카오에서 기파랑이 수억 원을 잃었다는 진술을 들었을 때와 비슷하다.

오후 5시부터 뒤지면 되겠지. 혹시나 해서 두 차례나 돌려봤다. 없다. 기파랑과 조아라는 그 날 오지 않았다. 그러면 그렇지. 이럴 줄 알았다.

아니다. 이건 증거가 될 수 없다. 그 날 사정이 있어서 안 왔었다면 그만이다. 9일도 뒤졌다. 역시 없다. 일단 매주 화요일 만난다는 것은 거짓말이다. 기파랑과 조아라의 진술이 거짓이며 둘이 입을 맞췄다는 사실은 확인했다.

"됐습니다. 계장님께 보고하고, 이제 기파랑을 잡으러 가시죠."

"잠깐만. 서두르지 마라. 지난번에도 서두르다가 일을 망쳤잖아. 이건 알리바이를 깬 것뿐이야. 여기서 더 확인할 게 없을까."

"그럼 CCTV를 더 뒤져볼 까요?"

차분히 정리를 해보자. 기파랑이 여기 오피스텔을 빌린 것은 맞다. 매주 화요일 온다고 했는데 오지 않았다. 그럼 여기는 언제 오는 거지?

기파랑은 조아라와 매주 화요일 만나는 불륜 관계라고 거짓말을 했다. 조아라 역시 똑같은 거짓말을 했다. 선생과 제자의 불륜은 작은 일이 아니다. 없는 사실을 꾸며서 말할 가능성은 없다. 불륜은 맞는 것 같다. 다만 요일이 다를 것이다. 23일의 알리바이를 만들기 위해 불륜 관계인 조아라와 입을 맞췄을 것이다. 그리고 아까 식당에서 누군가 얘기했지만 과연 조아라 한 명만 만날까.

뒤지자. 이제부터는 인내와 시간과의 싸움이다.

22일부터 역순으로 뒤지기 시작했다. 주말이 문제였다. 평일은 퇴근 후에만 보면 되는데 일요일과 토요일은 아침부터 봐야 한다.

20일 토요일 오전 8시 5분. 등산복 차림의 기파랑이 드디어 화면에 모습을 드러냈다. 흠, 화요일이 아니라 토요일이었구나.

그런데, 조아라가 안 보인다. 기파랑은 오전 11시55분 쯤 오피스텔을 나왔다. 뭐지? 조아라를 만나지 않고, 주말 오전에 혼자 오피스텔에 있다가 나왔다?

그럴 리 없다. 그렇다면 다른 여자다.

"기파랑이 나오는 전후로 나온 여자를 찾아봐."

있다. 기파랑이 나오고 불과 3분 후에 한 젊은 여자가 나왔다. 이 여자가 언제 들어갔는지 찾아보면 둘이 아는 사이인지 알 수 있겠지.

오전 7시58분. 확실하다. 둘은 8시에 만나는 사이다.

추론이 하나씩 맞아 들어가니 흥분지수가 높아지고 있다. 범인 검거에 한 발짝씩 다가가는 느낌이다.

조아라와 만나는 날은 화요일이 아니라 목요일이었다. 둘은 매주 목요일 정기적으로 만났다. 새로 등장한 여자와는 토요일마다 만나는 것을 확인했다.

"이 여자도 조아라하고 나이가 비슷한 것 같지?"

"예, 그렇게 보이네요."

"개새끼, 제자 두 명이랑 정기적으로 만난다 이거지?"

순간, 최상현과 눈이 마주 쳤다.

"두 명?"

둘이 동시에 외쳤다.

"상현아, 내 생각이 맞지?"

"예, 맞는 것 같습니다."

"내가 무슨 생각을 하는데?"

"척 하면 척이죠."

공범이 두 명이라면 모든 퍼즐이 맞춰진다. 조아라의 목소리와 협박 전화의 목소리가 다르다는 말을 들었을 때 얼마나 실망했던가. 유리 심장이 깨지는 소리를 들었던 것 같다.

이제 또 다른 10대 후반에서 20대 초반의 여자가 나타났다. 이 뉴 페이스가 협박 전화 목소리의 주인공이라면 모든 의문이 한꺼번에 풀린다.

기파랑, 한 번은 빠져나갔지만 두 번은 안 될 거다.

열 시간 이상 CCTV만 지켜봤더니 목도 뻐근하고 눈알은 빠지는 것 같다. 그래도 몸은 날아갈 듯 가볍다.

"계장님, 거의 다 온 것 같습니다. 기파랑 소환하시죠."

강석규 10

범인 기파랑

오랜 시간 뛰어왔다. 이제 겨우 결승점이 보이는 것 같다. 중간에 넘어지기도 하고, 길을 잘 못 들어 엉뚱한 코스를 뛰기도 했지만 우여곡절 끝에 골인 지점에 다다랐다. 마지막 결전을 앞둔 격투기 선수처럼 약간의 긴장감이 온 몸을 휩싸고 있다.

기파랑. 쥐새끼 같은 놈. 그동안 우리를 잘도 가지고 놀았다. 하지만 더 이상 네가 도망갈 곳은 없다.

기파랑이 들어왔다. 조아라와의 관계를 자백하면서 질질 짜던 찌질이가 아니었다. 우리가 형사계에 넘기지도 않았고, 학교에도 알리지 않은 덕에 기파랑은 여전히 학교를 다니고 있었다. 아마 그런 것에 자신감을 회복한 것 같았다.

"안녕하셨습니까. 수고가 많으십니다. 제가 뭘 도와드릴까요."

제법 목소리 톤도 가라앉아 있고, 표정에도 여유가 비쳤다.

"예, 기 선생님 도움이 많이 필요합니다. 앉으시지요."

"민호 유괴범을 잡는 일인데 제가 최대한 협조해 드려야죠."

최대한 협조? 흥, 능구렁이 같은 놈.

"기 선생님, 혹시 이 여자가 누군지 아십니까?"

CCTV에 찍힌 두 번째 여자의 사진을 보여줬다.

"이 여자가 누굽니까. 저는 처음 보는 사람인데요."

찰나의 순간, 흠칫 놀라는 모습을 놓쳤을 리 없지.

"토요일마다 오피스텔에 왔던 여자인데 모른다고요?"

"그 오피스텔에 방이 100개가 넘습니다. 거기 오는 여자들을 제가 어떻게 다 알겠습니까."

"우리 시간 낭비하지 맙시다. 이제 다 털어놓으시죠."

"뭘 다 털어놓으라는 겁니까. 제가 아라와의 관계까지 다 털어놓지 않았습니까."

끝까지 오리발이다?

"그럼 어쩔 수 없네요. 하나씩 뒤져봅시다. 23일 오피스텔 CCTV가 지워졌더군요. 기 선생님이 돈을 주면서 지워달라고 했다면서요?"

"아, 그거야 아내가 아라와의 관계를 알게 되면 안 되니까 그렇게 한 거죠."

"조아라와 매주 화요일 만났다고 했죠?"

"예, 그렇습니다."

"그럼 그 전 주에도 화요일에 만났나요?"

"그렇습니다."

"그래요? 이상하네요. 16일 화요일에는 기 선생님도 오지 않았고, 조아라 양도 오지 않았던데요? 9일도요."

기파랑의 안색이 변했다. 당황하는 모습이 확연하게 드러났다.

"저희가 무식하게 다 뒤져봤거든요. 선생님과 조아라 양은 화요일이 아니라 매주 목요일에 만났더군요. 아까 그 아가씨와는 매주 토요일 만났고요."

기파랑의 눈동자가 심하게 흔들렸다. 이 때다. 목을 조를 시간이다.

"이 새끼가 어디서 개수작이야. 23일 어디 갔었어? 민호 지금 어디 있어?"

"묵비권을 행사하겠습니다."

"뭐, 묵비권? 어디서 본 거는 있어 가지고. 아주 생 지랄을 하는구나."

어차피 쉽게 끝나지는 않을 거라고 예상은 했다. 그래, 이렇게 쉽게 무너지는 놈이었으면 그동안 우리가 너한테 당한 게 너무 억울할 뻔 했다.

"계장님, 제가 자백 받아내겠습니다."

완이가 부들부들 떨었다.

"적당히 해라. 절대로 때리지는 말고. 다 된 밥에 코 빠뜨리는 짓은 하지 마. 자백 안 해도 알아낼 방법은 많으니까."

"알았습니다."

"최상현, 조아라 데려와. 토요일 여자도 공범일 가능성이 커. 그러면 조아라가 알 테니까 적당히 어르고 겁주면서 밝혀내."

"알았습니다."

기파랑은 이제 독 안에 든 쥐다. 도망갈 구멍은 없다. 확실한 증거 확보만 남아 있는 상태다. 기파랑이 범인이고, 조아라가 공범임은 밝혀졌다. 이제 협박 전화의 목소리만 확인하면 끝이다. 목소리의 주인공은 토요일 여자가 거의 확실하다.

"조아라가 실토했습니다. 박정아. 역시 같은 창성중 출신이고요, 지금 계림여고 2학년입니다."

최상현이 의기양양하게 뛰어 들어오며 소리쳤다.

"박정아 불러오고, 목소리 따다가 협박 전화 확인해."

"옛썰!"

이제 또 기다리는 시간만 남았다. 기다리는 시간은 언제나 초조하다. 하지만 지금은 경우가 다르다. 처음 조아라의 목소리를 대조하러 갔을 때는 초조했는데 지금은 여유가 있다. 이건 거의 100%다. 만일 이것마저 아니라면 나는 과감히 옷을 벗겠다. 그렇게 감이 떨어졌다면 당연히 형사를 그만 둬야지.

기다리는 사람이 영어로 웨이터던가. 상현이 자식, 괜히 영어 쓰는 바람에.

핸드폰이 울렸다.

최상현.

무슨 말을 할 거라고 뻔히 알고 있으면서도 손이 떨렸다.

"계장님, 맞습니다. 일치율 99.9%랍니다. 드디어 잡았습니다."

상현이는 거의 울고 있었다.

온 몸에서 힘이 쭉 빠졌다. 좋아서 길길이 뛰어야 하는데 몸이 따라주지 않는다. 물 먹은 솜처럼 천근만근 무겁다. 갑자기 눈꺼풀이 내려온다. 졸리다.

공범이 두 명이었다. 왜 공범이 한 명이라고 생각했을까. 엄청난 편견이다. 말로는 모든 가능성을 다 놓고 수사하라고 해놓고는 정작 내가 스스로 함정에 빠지고 말았다. 공범이 두 명 이상일 수 있다는 가정만 했어도 시행착오를 줄일 수 있었는데. 뒤늦게 이렇게 또 하나를 배운다. 그런데 수업료가 너무 비쌌다. 입안에서 모래가 씹히는 것 같다.

"이 자식 대단한 놈이에요. 끝내 입을 열지 않네요."

완이가 씩씩 대고 있었다.

"됐어. 끝났어."

끝났다는 내 말에 기파랑이 고개를 들어 나를 쳐다봤다.

"기파랑, 민호는 아직 살아있냐? 벌써 죽였냐?"

기파랑은 나를 외면했다.

"박정아."

깜짝 놀란 기파랑이 눈을 크게 뜨고 다시 나를 바라봤다.

"목소리 분석 끝났다. 박정아가 협박 전화를 했더군. 박정아도 자백했고, 조아라도 실토했어. 지금 옆방에 다 와있다. 만나게 해줄까?"

기파랑이 크게 한 숨을 쉬더니 고개를 떨궜다.

"다시 한 번 묻겠다. 민호는 죽었나, 살아있나."

한참 고개를 숙이고 있던 기파랑이 드디어 체념한 듯 천천히 입을 열었다.

"죽었습니다."

"이 개새끼야. 네가 사람이냐 짐승이냐. 어떻게 제자를 유괴해서 살해할 수가 있어?"

완이가 외치는 소리가 저 멀리 산 속에서 들리는 소리 같다. 귀가 멍멍하다.

"기파랑. 당신을 조민호 유괴 살해범으로 체포한다."

강석규 11

사건의 전모

'현직 체육교사가 민호 유괴 살해.'

'불륜 관계인 여고생 2명이 공범.'

온 나라가 들썩였다. 선생이 자기 제자를 유괴해서 살해했다는 천인공노할 만행에 모두가 경악했다. 누군가 '6.25때 난리는 난리도 아니다'고 했다더니 딱 지금이 그 꼴이었다. 선생이 제자를 유괴한다는 발상 자체가 정상인은 도저히 생각할 수 없는 일이다. 더구나 죽이기까지?

강력계 형사 20년 경력의 나도 처음 겪는 일인데 일반인들은 오죽 하랴.

기파랑의 진술을 듣는 내내 내 귀를 의심했다. 기파랑은 완전 포기를 했는지 미주알고주알 모든 것을 다 털어놓았다.

역시 범행 동기는 돈이었다. 마카오에서 잃은 돈을 갚아야 하는데 아무리 처가가 부자라도 그렇게 큰돈을 달라고 할 수는 없었다. 장인이나 아내에게 얘기할 수도 없었다. 이자는 눈덩이처럼 불어나고, 협박이 들어오기 시작했다.

얼핏 생명의 위협을 느꼈다. 체육 수업 상담을 하다 민호네 집이 알부자라는 사실을 알고, 민호를 유괴하기로 작정했다.

역시 기파랑은 우리의 상식을 뛰어 넘는 대담한 놈이었다. 우리가 몇 차례 뒤졌던 그 골목 빌라가 범행 장소였다. 의심은 했지만 설마 학교 근처에 민호를 감금했으리라고는 믿지 않았다. 기파랑은 오피스텔 말고 이 빌라도 월세로 빌렸다고 했다. 이건 무슨 용도야? 워낙 학교 일을 많이 해서 너무 늦게 끝나는 날은 여기서 자고 바로 출근했다고 했다. 그게 말이 되나?

기파랑은 "이제 더 숨길 것도 없다"고 하더니 "그런 날은 아라나 정아를 이곳으로 불렀다"고 털어놓았다. 정말 별 미치광이 같은 놈을 다 보겠네.

조아라와 박정아는 2년 전인 창성중 3학년 때 처음 만나 그때부터 관계를 맺어왔다고 했다. 중3짜리와? 그게 가능한 거야? 그럼 헛소문이 아니었던 거네.

범행 당일에 민호에게 빌라 주소를 주고 찾아오라고 했다. 빌라 주변에 CCTV가 없는 것을 확인하고, 범행 장소로 잡았다고 했다. 조아라와 함께 민호의 입을 막고, 손발을 묶은 다음 목졸라 죽이고 이불로 뒤집어씌웠다.

민호의 핸드폰을 빼앗아 박정아에게 주고, 지하철 5호선을 타고 김포공항까지 가서 근처에 버리도록 했다. 그리고 미리 준비한 대포폰으로 협박 전화를 하도록 시켰다. 음성변조 앱을 이용해 말하는 연습까지 시킬 정도로 철저하게 준비했다. 두 명의 공범은 아예 처음부터 끝까지 함께 범행을 저질렀다.

왜 처음에는 5억 원만 요구했다가 나중에 다시 5억 원을 요구했는지 궁금했다. 기파랑은 처음부터 공사장 뒤편의 좁은 틈으로 드나들 계획이었다. 그런데 실제로 돈 가방을 들고 나가는 예행연습까지는 못했다고 했다. 그래서 일단 5억 원을 요구했고, 007가방 두 개가 가능하다는 것을 확인하고, 다시 5억 원을 요구했다는 것이다.

"두 번째 5억 원을 찾으러 왔을 때 현장에 경찰이 잠복하고 있다는 사실을 알았나?"

"몰랐습니다. 하지만 경찰이 있을 지도 모른다는 생각은 했죠. 처음에는 민호 부모님이 경찰에 신고하지 않을 거라는 확신이 있었지만 두 번째는 신고했을 수도 있다고 생각했습니다."

그럼 경찰이 지키고 있는 사실을 짐작하면서도 대담하게 돈 가방을 갖고 나갔다는 얘기다. 보통은 그런 의심이 드는 경우 돈을 포기하고 만다. 확실히 대담한 놈이다. 인정한다.

족적을 지운 것은? 족적이 증거가 된다는 사실도 미리 알았다고 했다. 그래서 일부러 큰 신발을 사서 그것을 신고 갔다고 했다. 원래 신발 사이즈는 270mm인데 290mm를 신었다. 치밀한 놈. 족적을 찾았다면 오히려 더 헷갈릴 뻔 했다. 두 번째 돈을 찾으러 간 날. 비가 왔다. 그랬지. 신발에 진흙이 묻었다. 큰 신발을 신긴 했지만 족적을 너무 선명하게 남기는 건 싫었다고 했다. 그래서 일부러 신발을 끌면서 다녔다.

"민호는 왜 죽였어?"

"죽이고 싶지 않았죠. 그래도 제자인데."

"제자? 고양이, 쥐 생각하네."

"처음에는 아라하고 정아에게 다 시키려고 했습니다. 민호가 내 얼굴을 보면 안 되니까요. 그런데 얘들이 자기네끼리는 도저히 못 하겠다고 하더라고요. 할 수 없이 내가 복면을 한 채 민호의 입을 막고, 손발을 묶는데 민호가 나를 알아봤습니다. 어쩔 수 없어서 목을 졸라 죽이고 이불로 덮었습니다."

"그리고, 다음날 출근을 했다고?"

"학교에 안 가면 의심받을 테니까요."

"잠깐, 그러면 이미 민호가 죽은 상태에서 첫 번째 돈을 갖고 갔고, 두 번째 협박전화를 했던 거네?"

"그렇습니다. 민호가 죽은 건 죽은 거고, 저는 돈이 필요했던 거니까요."

너무나 담담하게 얘기를 하는 바람에 나까지 차분해져 버렸다. 이놈은 소시오패스다. 민호를 죽인 다음에도 아무 일 없다는 듯이 정상적으로 수업을 계속했다는 게 믿기지 않았다.

기파랑은 죽은 민호를 하루 동안 그대로 빌라에 방치했다. 그리고 다음 날 미니밴을 빌려서 공범 두 명과 함께 가평에 있는 호명산으로 가서 민호를 매장했다.

민호의 시신을 찾아야 했다. 민호 아버지가 현장에 같이 가겠다고 했다. 시신이라도 확인해야겠다고 했다. 우리는 말렸지만 끝내 고집을 꺾지 못했다.

현장까지 가는 내내 기파랑은 눈을 감고 말을 하지 않았다. 나도 말하고 싶지 않다. 이미 죽음을 확인하고, 시신을 찾으러 가는 길이다. 형사 생활하면서 가장 하기 싫은 일 중 하나다.

또 그놈의 벌레가 등을 스멀스멀 기어 다니고 있다.

기파랑은 매장 장소를 정확히 기억했다. 호젓한 산길에서 살짝 벗어난 언덕이었다. 조금도 헤매지 않고 단 한 번에 찾았다. 비상한 기억력이다.

기파랑이 가리킨 곳을 파기 시작했다. 얼마 지나지 않아 범행에 사용했던 목장갑이 나오고, 삽도 나왔다. 그리고 드디어 민호의 시신을 담은, 검은 색 이민 가방이 모습을 드러냈다.

가방을 여는 순간 "민호야"하는 외마디 고함소리에 산 전체가 울렸다. 민호 아버지는 잔뜩 웅크린 채 이미 싸늘하게 굳어버린 민호를 부둥켜안고 통곡하기 시작했다. 더워진 날씨 때문에 구더기가 생겨 기어 다니고 있었지만 아랑곳하지 않았다. 이전까지의 침착했던 모습은 어디에도 없고, 그저 아들을 잃은 가여운 아버지만이 울부짖고 있었다.

기파랑을 쳐다봤다. 무표정한 얼굴. 초점 없는 동공. 아무 생각 없다는 듯이 물끄러미 민호 아버지를 바라보고 있다.

저 놈은 지금 무슨 생각을 하고 있을까. 정말 아무 생각이 없는 걸까. 저 놈도 곧 아버지가 된다는데 아들이 태어나면 감정이라는 게 생기긴 할까.

기파랑 12

노트르담

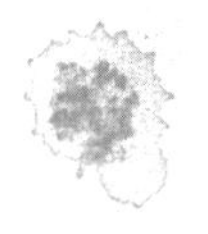

다 끝났다. 허무하다.

꽃길만 걸을 것 같았는데 어떻게 하다가 내 인생이 이렇게 꼬여 버렸을까.

과거에 찬란했던 장면들이 주마등처럼 스쳐 간다. 참 좋았는데. 입가에 미소가 절로 지어진다.

민식이 누나 민지.

나에게 여자의 쾌락을 가르쳐 준 사람. 지금도 그 샤우팅 소리가 귀에 쟁쟁하다.

진경아 선생.

지금까지 만났던 수많은 여자 중에 진정 최고였다. 숨 막힐 듯이 조여오던 그 느낌은 이전에도 이후에도 느껴본 적이 없다. 가끔은 그립다. 그 순간을 생각하기만 해도 몸이 떨리고, 찌릿찌릿 감전된 것 같다. 남편과는 아직도 살고 있을까. 이혼은 안 했나? 그 엄청난 욕구를 만족시켜주는 다른 남자는 만났을까.

아, 나의 보물섬이었던 창성중. 그 화려했던 2년. 죽어도 그 시절을 잊지 못할 것이다. 나의 사랑을 갈구하던 그 눈빛들. 하나하나 다 생각난다.

아라·정아·혜영이.

틴에이저 섹스의 세계로 나를 인도해준 고마운 애들. 솜털처럼 부드러운 감촉, 야들야들한 피부, 젖 냄새가 나던 입술, 내 품에 안겨서 바들바들 떨던 그 느낌. 이 애들 덕분에 매일 매일이 천국이었지.

재영이?

생각하기도 싫다. 그래. 재영이 때문에 꼬이기 시작했어. 괜히 건드려 가지고. 그 때 조심했어야 했어.

손경훈 교감.

애증이 교차한다. 손 교감 덕분에 장래가 촉망되는 최고의 교사라는 소리까지 들었지. 부잣집 사위도 됐고. 그런데 밀어주려면 끝까지 밀어줬어야지, 이게 뭐야. 억지로 나를 남학교로 보내니 이런 일이 일어났잖아. 그냥 창성중에 있었으면 당신이나 나나 다 좋았을 텐데.

우선경.

아무 생각 없이 나를 좋아했던 사람. 미안하다. 단 한 번도 당신을 사랑한 적 없다. 그저 당신의, 아니, 장인의 재산이 탐났을 뿐. 아파트나 카드 말고 현금이나 팍팍 줬으면 내가 이러지 않았을 텐데. 지금 생각하면 후회 된다. 그냥 현금 좀 달라고 할 걸. 강남가든 2호점 내준다고 했을 때 그냥 오케이 할 걸. 믿음을 사기 위해 짐짓 젠틀하게 보이려고 노력했던 걸 정말 후회한다. 내 꾀에 내가 빠진 꼴이다.

차동민.

이놈이 원흉이다. 능력은 없으면서 노는 것만 좋아했던 놈. 차동민이 나를 마카오에 데려가지만 않았어도 괜찮았다. 후회막급이다. 그때 따라가지 않았어야 했는데. 재영이 때문에 코가 꿰인 상태에서 어떻게 거절할 수가 있었겠어. 그러고 보니 이것도 결국 재영이 때문이네.

그냥 슬롯머신만 하고 끝까지 바카라에 발을 담그지 않았다면, 만일 처음에 돈을 따지 않았다면 이렇게 되진 않았을 거다. 처음에 돈을 잃었으면 어떻게 됐을까. 다시는 마카오에 가지 않았을까? 그건 모르겠다. 잃은 돈 만회하겠다고 다시 갔을지.

지금 생각해도 믿을 수 없는 연속 12회 플레이어 승. 벼락을 두 번 맞을 확률보다 가능성이 없다. 하필 나에게 이런 일이 닥치다니. 이건 하늘이 나를 버린 거다. 그렇게 믿고 싶다. 결국 이게 내 목숨을 가져간 거다.

아라와 정아. 끝까지 나와 운명을 같이 해준, 고마운 애들이다.

사실 고민을 많이 했었다. 처음에는 혼자 할 생각이었다. 그런데 아무리 생각해도 혼자서는 도저히 할 수가 없었다. 도움이 필요했다. 얘들한테 유괴 계획을 얘기하면 반응이 어떨까. 도망갈까, 무서워할까, 말릴까, 신고하겠다고 협박할까.

아니었다. 둘 다 조금의 망설임 없이 "선생님을 돕는 일이라면 뭐든 하겠다"고 했다. 고마워서 눈물이 날 뻔 했다.

정아는 영리하게 일을 처리했다. 민호 핸드폰을 갖고 김포공항까지 가서 전원을 끄고, 개울물에 버렸다고 했다. 두 차례의 협박 전화 역시 완벽하게 해냈다.

아라는 처음부터 끝까지 나와 함께 했다.

죽은 민호를 어떻게 처리할지 고민했다. 일단 출근했다. 의심받으면 안 되니까. 아무래도 차에 싣고 가서 외딴 산속에 묻는 게 제일 안전할 것 같았다. 렌터카 회사에 연락해서 미니밴을 빌렸다. 내 차는 혹시라도 CCTV에 찍힐 수 있다. 그리고 승용차는 트렁크가 작아.

퇴근하면서 이민 가방을 하나 샀다. 민호는 벌써 경직이 시작되고 있었다. 억지로 가방에 쑤셔 넣었다. 그런데 너무 무겁다. 민호 몸무게가 40kg 정도 밖에 안 될 텐데 이렇게 무거울 줄은 몰랐다. 예전에는 토막 살인범들을 이해하지 못했다. 단지 잔인하다고만 생각했었는데 이래서 토막을 하는 구나 이해가 됐다. 그래도 토막은 아니다. 피를 보기는 싫다.

가방을 끌고 내려와 겨우 실었다. 장소는 역시 호명산이 제격이다. 서울에서 적당히 떨어져 있고, 사람들 왕래가 많지 않은 곳이다. 그리고 내가 지리를 잘 알고 있다.

날은 어두워지고 있었다. 딱 좋다. 중턱쯤 가서 샛길에 차를 세웠다. 만사 불여튼튼이라고 했다. 혹시 모르니까 차를 돌려서 뒤꽁무니를 언덕 쪽으로 댔다.

언덕은 길을 등지고 있어서 길에서 보면 전혀 보이지 않는다. 땅을 파기 시작했다. 겨울이 아니길 천만다행이다. 갑자기 군대 시절 혹한기 훈련이 생각났다. 아무리 곡괭이를 휘둘러도 꽁꽁 언

땅을 파기 쉽지 않다. 영하 20도에 땀을 뻘뻘 흘리며 세 시간 동안 땅을 판 뒤 텐트를 쳤던 기억이 새롭다.

삽으로만 해도 쉽게 땅이 파졌다. 30분도 지나지 않아 큰 웅덩이가 만들어졌다. 셋이 힘을 합쳐 차에서 가방을 내린 뒤 웅덩이에 묻었다. 삽이랑 목장갑도 같이 묻었다. 증거는 다 묻어야 돼.

아무리 밤이라도 더운 날 삽질을 하고, 흙을 덮고 다지느라 제법 땀이 많이 났다. 산길을 내려가는데 노트르담이 보였다.

"우리 저기서 씻고 가자."

주위를 살피느라 긴장을 한데다 흙먼지까지 뒤집어 쓴 아라와 정아도 고개를 끄덕였다.

내가 먼저 씻고 나오니 아라와 정아가 함께 씻으러 들어갔다. 같이 씻는다고?

갑자기 아랫도리가 빼근해졌다. 너무 경직이 돼서 통증이 올 정도다. 이토록 격렬한 흥분은 처음이다. 정신이 몽롱해진다. 도저히 참을 수 없다.

욕실 문을 벌컥 열고 들어갔다. 샤워 중이던 애들이 깜짝 놀랐다. 다짜고짜 아라를 붙들고 마구 비벼대기 시작했다. 옆에서 정아가 눈을 동그랗게 뜨고 쳐다봤다. 이번에는 정아를 잡고 엉덩이에 대고 비볐다. 나의 돌발적인 행동에 당황하던 애들도 정신을 차리더니 나의 몸을 애무했다.

쓰리썸은 처음이었다. 2년 넘게 관계를 지속하는 동안 셋이 함께 섹스를 한 적은 없었다. 서로의 프라이버시는 지켜주고 싶었다.

오늘은 아니다. 그런 걸 생각할 여유도 없다. 너무나 강렬한 충동이 나의 이성을 마비시켰다. 그냥 아무 여자라도 닥치는 대로 상대하고 싶다.

아라와 정아도 2년 전의 풋내기가 아니었다. 어느새 성숙한 여인의 향기를 풍기고 있다. 얼굴을 붉히고 부끄러워하던 시절은 지났다.

어느새 셋이 하나로 엉켜 침대에서 뒹굴고 있었다. 나는 마치 발정 난 수캐처럼 아라와 정아를 번갈아 탐닉했고, 아라와 정아도 점점 대담한 포즈를 취했다.

한 번 무너진 둑은 걷잡을 수 없었다. 방 안은 신음 소리와 괴성으로 가득 찼다. 이미 모든 경계가 사라졌다. 쾌락만 남았다.

갑자기 조용해졌다. 분명 아라와 정아는 소리를 지르고 있는 것 같은데 아무 소리가 안 들린다. 꿈틀거리는 여자의 몸만 눈앞에서 어른거릴 뿐이다. 끈끈한 액체가 온몸을 휘감고 있는 느낌이다. 이 순간만큼은 인간의 육체라기보다는 그저 한 움큼의 욕망덩어리였다. 한바탕 질펀한 육체의 향연이 계속 됐다.

꿈을 꾼 것 같았다. 왜 그리 광분했을까.

사람을 죽였다. 그것도 제자를. 그 죽은 제자를 땅에 묻었다. 아무렇지도 않았다면 거짓말이다. 저 마음 깊숙한 곳에서부터 불안이라는 놈이 올라오고 있었겠지. 초조함도 따라 왔겠지. 그 알 수 없는 불안함이 뜬금없이 강력한 성욕으로 나타난 게 아닐까.

아라와 정아도 마찬가지다. 이제 겨우 열일곱 여고생이다. 아무리 내가 시키는 대로 따랐다고는 하지만 그 불안과 초조는 어쩌면 나보다 더 심했을 지도 모른다.

다시 돌이켜 생각하니 아라와 정아는 정말 불쌍한 애들이다. 그들을 범죄의 한가운데로 끌어들인 내가 나쁜 놈이다. 나를 진정으로 따랐던 애들인데.

미안하다. 저 세상에 가더라도 너희들의 사랑과 희생은 내가 잊지 않으마.

조아라

사랑해요 선생님

지금 당장 죽는다 해도 후회는 없다. 사랑하는 선생님과 함께 있다는 사실만으로도 충분하다. 선생님을 위해서라면 내 목숨도 아깝지 않다.

만일 내가 모르는 사이에 선생님 혼자 범죄를 저지르고, 차디찬 유치장에 갇혀 있다면 그 슬픔은 도저히 참을 수 없었을 것이다. 선생님과 같이 있다면 유치장이라 하더라도 화려한 궁전이 부럽지 않다. 지금이 그렇다.

기파랑 선생님을 만난 것은 내 일생에 커다란 축복이었다.

2017년 3월11일. 날짜도 정확히 기억한다. 첫 수업에서 선생님을 뵌 날이다.

물론 그 전에도 먼발치에서 본 적은 있다. 영화배우처럼 핸섬하고, 식스팩 복근을 가진 총각 선생님이 우리 학교로 온다는 정보는 개학하자마자 이미 학생들 사이에 퍼져 있었다.

사람들은 여학생들이 총각 선생님이라면 무조건 오줌을 질질

지리는 줄 알고 있다. 어림도 없는 얘기다. 요즘 애들을 어떻게 보고. 기대가 크면 실망도 크다는 것을 우리가 모를 줄 아나. 총각도 총각 나름이다. 어지간해선 눈길도 안 준다.

그동안 총각 선생님에 대한 뻥을 하도 많이 들었기 때문에 이번에도 뻥이 아니기를 간절히 기도했다. 개학식 날, 새로 온 선생님 소개를 하는데 어머나, 뻥이 아니었다. 멋진 남자였다. 내가 꿈에 그리던 이상형에 거의 완벽하게 일치했다. 중학교에서의 마지막 일 년이 이렇게 화려하게 열렸다.

기파랑 선생님의 첫 수업 시간. "내 이름은 기파랑이다. 신라 화랑 알지?"하면서 자기소개를 하던 선생님과 눈길이 마주 쳤다. 심장이 쿵 하고 요동을 쳤다. 그때 나는 분명히 봤다. 미세하게 흔들리던 선생님의 눈동자를. 나를 흘끔흘끔 쳐다보는 선생님의 귀가 점점 빨갛게 달아올랐다. 앞자리에 앉은 애가 "선생님 귀가 빨개졌어요"하면서 깔깔 댔다. 바보.

선생님도 나를 좋아하는 것 같다는 생각에 하늘을 나는 기분이었다.

선생님이 곧 나를 부를 줄 알았는데 이틀이 지나도 소식이 없었다. 이상하다. 내가 오해를 했나.

초조해하던 순간, 선생님이 나를 불렀다.

학교 밖에서 따로 만나자는 게 무얼 의미하는지 나는 다 알고 있다. 더 확인할 필요도 없었다.

"선생님, 저하고 자고 싶죠?"

이 한 마디에 기파랑 선생님은 그대로 무너졌다. 또 귀가 빨개

지네. 당황하지 않으셔도 돼요. 저 남자 경험 많아요. 부담 갖지 마세요. 저도 선생님과 자고 싶으니까요.

첫 경험은 중1 때였다. 두 살 많은 동네 오빠가 나를 꼬셨다. 겁이 나긴 했는데 나도 호기심이 많을 때였다. 정말 영화에서처럼 황홀한 건가. 얼마나 좋으면 저런 소리를 내지?

속았다. 좋기는 뭐가 좋아. 아프기만 했다. 오빠는 자기가 흥분해서 제대로 하지도 못했다. 1분이나 걸렸을까. 혼자 막 신음소리를 내더니 그냥 싸버렸다.

내가 좋다면서 따라오는 애들이 수두룩했다. 내가 봐도 내가 좀 예쁜 것 같기는 하다. 졸졸 따라 다니면서 "한 번만 달라"고 조르는 애들도 있었다. 주긴 뭘 줘. 미친놈들.

중2 때 내가 좋아하던 애가 있었다. 잘 생겼고, 듬직했다. 공부도 잘 했다. 걔도 나를 마음에 들어 하는 눈치던데 용기가 없는지 나에게 접근하지 않았다. 이럴 때는 이상하게 용감해진다.

"야, 오늘 우리 엄마 늦게 온대. 나 혼자 저녁 먹어야 하는데 우리 집에 놀러 갈래?"

걔는 쭈뼛쭈뼛하면서도 따라 왔다.

"너 여기 만지고 싶지 않아?"

슬쩍 가슴을 등에 대고 문질렀더니 얼굴이 홍당무가 됐다. 순진한 놈 같으니.

"너하고 하고 싶어. 엄마 오기 전에 빨리 하자."

"진짜?"

얼굴이 환해진 녀석이 급하게 옷을 벗기 시작했다. 나도 옷을 벗고 기다리는데 갑자기 울상이 돼서 서있었다.

"나 쌌어."

줘도 못 먹네. 병신.

또래들은 어린애였다. 유치하고, 재미가 없었다. 주위에 좀 노는 언니들이 술집에 가자고 했다. 공짜로 술도 먹고, 가끔 용돈도 벌 수 있다고 했다. 가발 쓰는 법이나 화장하는 법도 가르쳐주고, 굽 있는 구두 신고 걷는 훈련도 시켜줬다.

혹시 주민등록증 보자고 하면 어쩌나 걱정했는데 완전 프리패스였다. 우리끼리 술을 먹고 있는데 남자들이 다가왔다.

"아가씨들끼리 술 먹으면 맛이 있나? 우리랑 합석합시다."

이래서 공짜로 술을 먹는다고 했구나.

친구들과 노는 것보다 훨씬 재미있었다. 술집 순례가 취미 생활이 됐다.

언니들이 말했다.

"가끔 모텔 가자는 남자들이 있어. 절대로 아무나 오케이하면 안 돼. 나쁜 놈들도 많아. 제대로 된 직장을 다니는 남자들은 그나마 안심할 수 있지. 너는 예쁘니까 접근하는 남자들이 많을 거야. 이런 애들 만나면 용돈벌이도 쏠쏠해."

정말 그랬다. 맘에 드는 남자만 골라서 갔다. 거들먹거리는 남자도 있지만 제법 예의를 차리는 남자도 있었다. 확실히 어린애들이랑은 달랐다. 섹스의 맛을 조금은 알 것 같았다. 사람에 따라서 10만 원도 주고, 20만 원을 주는 사람도 있었다. 화대? 아니다. 내가 몸 파는 여자도 아닌데 어디까지나 용돈이다. 술도 공짜로 먹고, 용돈도 벌고. 그야말로 꿩 먹고 알 먹고였다.

기파랑 선생님을 만나고부터 이 모든 것이 달라졌다. 다시는 술집을 가지 않았다. 언니들이 불러도 가지 않았다. 기파랑 선생님이 다였다. 선생님을 실망시켜드리고 싶지 않았다.

선생님을 만나면 황홀했다. 선생님의 손길은 부드럽고, 입술은 달았다. 나의 몸 구석구석을 쓰다듬을 때마다 짜릿짜릿했다. 선생님은 나를 매일 천국으로 인도했다. 선생님을 만나면서 섹스의 참맛이 이런 거구나 알게 됐다.

중학교를 졸업하고, 고등학교에 진학해서도 선생님과의 만남은 계속 됐다. 진심으로 선생님을 사랑했고, 선생님도 나를 사랑했다.

초등학교 4학년 때 엄마가 아빠와 이혼한 뒤에 나를 사랑해준 남자는 기파랑 선생님이 처음이자 마지막이었다. 내가 진정 사랑한 남자도 기 선생님이 유일했다.

17년. 결코 길지 않은 인생이지만 나의 삶은 기파랑 선생님을 만나기 전과 만난 이후로 나뉜다. 하지만 기 선생님과 함께 한 2년 반의 세월이 그 이전 15년에 비해 훨씬 좋았고, 행복했다. 기 선생님은 내 인생의 전부였다. 지금도 전부다.

선생님이 제자를 유괴하겠다고 했을 때 조금 놀라긴 했다. 모든 조건을 다 갖춘 선생님, 부러울 게 없을 것 같았던 선생님이 왜 그런 결심을 했을까.

하지만 선생님께 물어보지 않았다. 물어볼 필요도 없었다. 선생님이 그렇게 결심했으면 그게 옳은 것이다. 민호를 유괴하고, 돈을 찾아오고, 민호의 시체를 묻을 때 단 한 번도 무섭다고 생각하지 않았다. 후회하지도 않았다. 선생님과 함께라면 그 무엇도 할 수 있었다. 오히려 선생님과 마지막까지 할 수 있다는 생각에 행복했다.

노트르담에 들러서 선생님과 나눴던 격렬한 섹스는 최고의 순간이었다. 지금도 숨이 가쁘고 몸이 떨린다. 정아와 함께 해서 더 좋았다. 단짝인 정아도 선생님을 사랑했지만 우리는 서로 간섭하지 않았다. 선생님을 독차지하기 위해 싸운 적도 없다. 선생님은 우리 모두에게 충분한 사랑을 주셨기 때문에 싸울 일이 없었다. 그런데 정아와 함께 동시에 선생님을 사랑하는 시간을 가졌다는 게 참 좋았다.

그게 선생님과의 마지막 섹스였다면 엄청난 축복이다. 죽을 때까지 기억할 만한 황홀한 섹스였으니까.

지금이라도 기 선생님을 위해 죽으라면 죽을 수도 있다. 만일 내가 죽어서 기 선생님이 살 수만 있다면 당연히 내 목숨을 바치겠다. 세상이 나에게 어떤 욕을 하든지 기파랑 선생님은 나의 전부다. 제발 나에게 그런 기회가 오기를 바란다.

우선경 2

악마의 얼굴

병원에 갔다. 아이를 지워달라고 했다. 의사 선생님은 펄쩍 뛰었다.

"낙태는 불법입니다. 그리고 지금 6개월이 지났는데 무슨 낙태를 한다고 그래요? 정신 차리세요."

울었다. 그냥 눈물이 하염없이 흘러내렸다.

"그럼 저는 어떻게 해요? 이 아이는 어떻게 살아요?"

악을 썼다. 발버둥을 쳤다. 그래도 소용없었다.

불쌍한 내 아기. 엄마가 미안하다.

엄마가 모자라서, 엄마가 생각이 짧아서 그런 살인마하고 결혼을 했다. 너를 갖지만 않았다면 이렇게 원통하지는 않을 텐데.

임신이라는 소식을 들었을 때 엄마가 얼마나 기뻤는지 모르지? 정말 하늘을 다 가진 느낌이었어. 나도 이제 엄마가 된다는 게 이렇게 좋은 건지 몰랐어.

외할아버지·할머니는 어쩌면 엄마보다 더 기뻐하셨는지 몰라.

무남독녀 외동딸이 뒤늦게 결혼하고, 아이까지 생겼으니. 손자 자랑하는 친구들 보기 싫어 모임에도 안 나가던 할아버지는 너의 초음파 사진을 핸드폰에 저장하고 다니면서 자랑했단다.

"이게 내 손자여."

너의 태명을 '유신이'로 짓고, 날마다 배를 쓰다듬으며 "유신아, 엄마가 음악 들려줄게"하면서 평소 듣지도 않던 클래식 음악을 틀어놓을 때 행복이 이런 거구나 생각했다.

엄마가 너무 너무 사랑해서 한시도 떨어지고 싶지 않았던 아빠, 우욱. 아빠라는 말이 이렇게 더럽고, 추악하다니. 속이 메스껍다.

그 사람이 일이 많다고 집에 오지 않아도 괜찮았어. 너하고 함께 있는 시간이 더 많아지니까.

그런데, 그런데 이렇게 배신을 때리다니. 엄마하고 우리 유신이하고 어떻게 살라고. 아니, 엄마는 괜찮지만 너는 어찌 하라고.

제자를 유괴 살해한, 희대의 살인마의 아들로 살아야 하는 걸 뻔히 알면서도 너를 꼭 낳아야 할까. 기가 막혀서 이젠 눈물도 말랐다. 요즘엔 그냥 멍하니 천장만 보고 있다. 밥 먹기도 싫고, 살기도 싫다.

유신아, 정말 미안하다.

기파랑.

전생에 나랑 무슨 원수가 졌다고 나에게 이런 짓을 한 거냐.

내가 뭐에 홀려서 이런 사람을 죽자고 좋아했을까. 아냐. 내 잘못이 아냐. 누구라도 속을 수밖에 없었을 거야. 천사의 얼굴을 한 사탄이었으니까.

선하고 잘 생긴 얼굴, 모델이면서 보디빌더 같은 몸매, 신뢰를 더하는 중저음의 목소리, 유능함과 성실함을 겸비한 최고의 교사, 누구에게나 친절하고 어른을 공경하는 예절 바른 젊은이, 장인의 재산을 탐내지 않는 겸손한 사위.

이런 사람을 누가 사랑하지 않을 수 있으며, 어느 누가 그 속에 감춰진 살인마의 얼굴을 발견할 수 있었을까.

이제 와서 뒤돌아보니까 수상한 점이 있긴 있었다. 일찍 퇴근하고 집에서 저녁을 먹은 적이 거의 없었다. 순진하게도 "학교 일이 많아서 그렇다"는 말을 그대로 믿었다.

"내가 너무 열심히 일을 하니까 복잡한 일이나 어려운 일만 있으면 나만 시켜. 이젠 좀 게을러져야 할까 봐."

그런 불평을 할 때마다 오히려 "당신이 일을 잘하니까 그렇지" 하면서 위로했다. 멍청한 년.

토요일마다 눈이 오나 비가 오나 하루도 빼먹지 않고 산에 가는 모습을 보며 "역시 저렇게 열심히 운동을 하니까 저 몸매와 체력을 유지하는 구나"하면서 자랑스러워했다.

그런데, 그게 모두 어린애들하고 그 짓거리하느라 그런 거였다고? 하늘이 무너지고 땅이 꺼진다는 게 바로 이런 느낌이다. 경찰이 처음 그 사실을 알려줬을 때도 나는 믿지 않았다. 믿을 수 없었다. 그 사람이 절대 그럴 리가 없다.

재미있는 먹잇감을 발견한 인터넷에서 미주알고주알 그 연놈들의 섹스 행태를 파헤쳤을 때 정말 피가 거꾸로 솟구치는 줄 알았다.

나는 진실로 그 사람이 외도를 하고 있다는 생각은 조금도 하지 않았다. 오히려 여자들에게 너무 인기가 많아서 고생한다고 생각했다.

그 사람과의 결혼 생활은 완벽했다. 낮에는 성실한 교사이자 남편이었고, 밤에는 야수였다. 그는 엄청난 정력에 뛰어난 테크닉까지 겸비했다. 나는 밤마다 죽었다. 반년이 지나도록 우리의 허니문은 계속 됐다. 그런데 어떻게 그 사이사이에 어린애들과 그 짓을 했다는 건지 도저히 내 머리로는 이해할 수 없다.

외도? 불륜? 그것은 부부 관계가 나빠야 하는 것 아냐? 성격 차이든 뭐든 부부 싸움이나 하고, 섹스에 불만이 있어야 하는 것 아니냐고.

우리는 부부 싸움을 단 한 차례도 한 적이 없다. 진짜다. 우리 부부야말로 잉꼬 부부 중에서도 최고봉이라고 자랑했고, 친구들도 우리를 엄청 부러워했다.

마카오도 그렇다. 지난해 여름방학 때 차동민 선생과 함께 마카오에 놀러가겠다고 했을 때 흔쾌히 허락했다. 재미있게 놀고 오라고 용돈까지 두둑하게 넣어줬다. 그게 다였다. 그 후에도 계속 한 달에 한 번꼴로 마카오에 갔다는 사실은 까맣게 몰랐다. 교원 연수라든지, 학생회 수련회라든지, 일본 자매학교 방문이라는 이유를 댔다. 그런 게 있는 줄도 모르고, 확인할 생각도 하지 않았다. 그를 철석 같이 믿고 있었으니까.

그가 노름을 좋아하는지 몰랐고, 그렇게 많은 돈을 잃었다는 사실도 몰랐다. 알았으면 내가 나서서 어떻게든 해결했을 텐데.

처음부터 끝까지 거짓말이었다. 그가 정말 나를 사랑해서 결혼한 건지도 의심이 든다. 나와 결혼하기 전부터 그 애들과 놀고 있었으면서 어떻게 결혼할 생각을 했는지, 그리고 결혼한 후에도 어떻게 계속 만남을 이어갈 생각을 했는지 도저히 이해할 수 없다.

우리의 결혼 생활은 철저한 사기극이었다. 문득 영화 「트루먼쇼」가 생각났다. 모든 사람들이 인터넷이나 TV로 나를 지켜보고 있는 것은 아닐까. 내 주위 사람들은 완벽하게 짜인 각본대로 움직이고 있고, 나만 모르고 있는 것은 아닐까.

돌아버린다는 게 이런 것 같다. 내 증상을 보면 미치기 직전이다. 이렇게 미쳐가나 보다.

심장이 약했던 엄마는 너무나 큰 충격에 쓰러져서 병원에 입원했다. 아버지의 배신감은 나보다 더하면 더했지 덜한 것 같지 않다. 비록 쓰러지진 않았지만 눈에 핏발이 서고, 온갖 욕을 퍼부어댔다. 사위를 향한 배신감, 딸을 불쌍히 여기는 마음, 태어날 손자에 대한 걱정, 이 모든 것이 아버지의 이성을 잃게 했다. 매일 술이다. 맨 정신으로는 단 1분도 견딜 수가 없다고 했다.

행복했던 우리 집이 왜 이렇게 망가졌을까.

정말 분하다.

손경훈 7

마지막

"기파랑 선생이 민호 유괴 살해범이래요."

차동민 선생이 교무실이 떠나갈 듯 큰소리로 외쳤다.

아이고, 저 촐랑이. 또 촐랑대네. 저런 사람이 선생을 하고 있으니 애들이 뭘 배우겠나. 쯧쯧.

"헛소리 하지 말고, 수업 준비나 하세요."

"진짜예요. 지금 인터넷에 속보로 떴어요. 경찰이 발표하고 있답니다. 텔레비전 켜보세요."

진짜라고? 차 선생의 목소리가 떨리고 있었다.

얼른 텔레비전을 켰다.

화면에는 경찰이 무언가를 읽고 있고, 자막으로 '체육 교사가 민호 유괴 살해범'이라고 큼지막하게 박혀 있었다.

기파랑 선생이 범인이라고? 어떻게 이런 일이. 기 선생이 왜?

정신을 차릴 수가 없었다. 뭐가 어떻게 돌아가는 건지 .

"아악."

김창옥 선생이 손으로 입을 가리면서 비명을 질렀다.

왜, 왜, 또 무슨 일이야.

'불륜 관계인 창성중 제자들이 공범'

숨이 턱 막혔다. 이건 또 뭐야. 머리가 띵하다. 어지럽다.

창성중 제자가 공범이라고? 불륜이라고?

그럼 그 때 그 편지들이 사실이었다는 얘기야?

조아라·박정아는 누구야? 처음 듣는 이름인 것 같은데.

"그때 편지 썼던 애들이에요?"

"아닙니다. 그때 애들은 이재영하고 황혜영입니다."

"그럼 얘들은 또 뭐야?"

창성중 3학년이던 재작년부터 지금까지 불륜관계를 계속해 왔다고 했다.

경찰이 발표문을 읽었지만 말소리는 하나도 들리지 않았다.

'마카오 노름 빚 갚기 위해 범행'

그러자 차 선생이 "헉"하며 놀랐다. 저 놈은 또 왜 저래.

그런데 기파랑이 마카오에 가서 노름을 했어?

'살해 뒤 경기도 가평군 호명산에 매장'

발표문 하나하나가 다 기가 막힌 내용이었다. 경찰이 얘기하는 기파랑은 내가 알고 있는 기파랑과 전혀 다른 사람이었다. 뭐가 진실일까. 완전 패닉 상태다.

교무실은 난장판이었다. 삼삼오오 모여 각자 떠들기 바빴다.

텔레비전을 끄고서도 한참을 멍하니 앉아있었다. 놀란 가슴이 진정이 되지 않는다. 냉수 한 잔 먹고, 숨을 크게 내쉬고 나니 조금 나아진 것 같다.

아무리 생각해도 이해할 수가 없다. 기 선생이 왜 그런 짓을 했을까. 내가 아는 한 그럴 이유가 전혀 없다.

마카오에서 노름을 했다는 것도 믿을 수 없다. 노름을 할 사람이 아닌데. 노름빚을 졌다고 해도 그것 때문에 제자를 유괴하고 살해했다는 게 더 믿기 힘들다. 처가가 그렇게 부자인데? 그리고 왜 제자들까지 범행에 끌어들였을까.

믿을 수 없는 게 한두 가지가 아니다. 아니, 발표 전체를 다 믿을 수 없다.

충격에서 아직 벗어나지 못하고 있는데 교장이 불렀다. 아차, 경황이 없어서 교장 선생님께 보고를 드리지 않았구나. 혹시 모르고 계시면 큰일이네.

"교장 선생님, 죄송합니다. 제가 정신이 없어서 그만."

"아닙니다. 앉으세요."

교장도 충격이 큰 것 같았다. 힘이 하나도 없었다.

"교육청에서 지금 연락이 왔습니다. 마일중 교장·교감하고, 창성중 교장·교감을 모두 직위해제한다고요."

마른하늘에 날벼락 같은 얘기였다. 직위해제라고? 내가? 왜?

"아니, 교장 선생님. 우리가 왜요? 마일중 교장·교감이야 관리 책임을 져야 하지만 우리까지 왜 직위해제입니까?"

"공범들이 창성중 출신이라고 하지 않습니까?"

"공범이 우리 학교 출신이라고 해서 왜 우리가 책임을 집니까? 둘 다 작년에 졸업한 애들인데요. 걔네들이 2년 후에 범죄를 저지를지 우리가 어떻게 알고 관리를 한답니까."

"우리 학교 다닐 때부터 불륜이었다는 걸 문제 삼더군요."

"그때 편지사건은 다른 애들이었어요. 공범이라는 애들은 저도 오늘 처음 듣는 이름이었습니다."

"교감 선생님, 워낙 이 사건이 메가톤급이라서 교육청 차원에서도 발 빠르게 조치를 한 것 같습니다. 교감 선생님 말대로 우리야 직접적인 관련은 없죠. 충격이 좀 잠잠해지면 복귀가 가능할겁니다. 괴롭더라도 그냥 집에 가서 좀 쉬시죠. 저도 들어가서 쉬어야겠습니다."

집으로 오는 내내 화가 나서 견딜 수가 없었다. 직위해제라니.

기파랑이 범인이라는 말을 들었을 때 엄청난 배신감에 떨었다. 내가 그렇게 아끼던 기 선생이 흉악한 살인마였다니 믿을 수가 없었다. 한편으로는 내가 괜히 남학교로 보내는 바람에 이런 일이 일어났다는 생각에 기 선생에게 미안한 마음도 있었다. 공범이 우리 학교 출신이라는 말에 충격은 받았지만 그것은 내 영역 밖이라고 생각했다. 민호 유괴 살해 사건과 내가 연관돼 있지는 않으니까. 나의 불찰이라면 2년 전에 선생과 제자의 불륜을 적발하지 못했다는 건데 그게 직위해제라는 중징계 감은 아니다.

집에 들어오니 아내와 아들들이 모두 내 눈치를 살폈다. 다들 뉴스를 보고 알고 있었다.

"저녁 식사는…"

"생각 없어요."

이불을 뒤집어쓰고 누웠다. 아무 것도 하기 싫고, 아무 생각도 하기 싫다.

아내가 텔레비전을 켰다. 온통 그 얘기밖에 없다. 지금 그 사건 말고 다른 것에 관심이나 있을까. 듣고 싶지 않은데 귀는 쫑긋 열린다. 새로운 내용이 뭐가 더 나올까. 더 충격적인 내용이 있을까.

"제가 분명히 교감한테 기파랑 자르라고 했어요. 그때 내 말대로 잘랐으면 이런 일은 일어나지 않았을 겁니다."

뭐지? 교감이 왜 나와?

이불을 박차고 벌떡 일어나 앉았다.

텔레비전에는 눈에 익은 사람이 목소리를 높이고 있었다.

맞다. 그 분식집 사장. 저 사람이 왜 텔레비전에서 떠들지?

"작년에 창성중 학생 하나가 우리 가게에 가방을 놓고 갔어요. 주인을 찾아주려고 보니까 기파랑하고 불륜 관계를 노트에 써놨더라고요. 아마 그 공범일 거예요. 그래서 제가 학교에 가서 교감을 직접 만나 이런 선생을 그냥 놔두면 안 된다고 했습니다. 잘라야 한다고요. 나한테는 알았다고 하더니 글쎄 다른 학교로 슬쩍 보냈더라고요. 거기서 기파랑이 제자를 유괴 살해한 거 아닙니까. 그 교감이 나쁜 놈이에요."

속에서 불덩이 하나가 목구멍까지 올라온다. 도저히 참을 수가 없다.

"야, 이 새끼야. 네가 뭘 안다고 지랄이야. 걔는 황혜영이야. 공범이 아니라고. 그리고 확실한 증거가 없는데 어떻게 자르냐. 너 같으면 그럴 수 있겠냐. 그래도 내가 교육청에 찾아가서 남학교로 보내달라고 사정사정해서 보낸 건데. 나로서는 최선을 다한 거야. 지금도 그 조치는 잘했다고 생각해. 기파랑이 마일중에서 제자를 유괴 살해할 거라고 어떻게 예상했겠냐. 입에서 나오는 말이라고 함부로 씨부리지 마."

텔레비전에 대고 삿대질을 하면서 한바탕 퍼붓고 나니 그나마 속이 좀 편안해지는 것 같다.

아내가 깜짝 놀랐다, 30년 넘게 부부로 살아오면서 내가 이렇게 욕하는 모습은 처음 봤을 거다. 내가 소리를 지르니까 아들도 뛰어와서는 물끄러미 나를 쳐다보고 있었다.

미안하다. 하지만 오늘은 나를 좀 이해해 주라.

방학도 아닌데 하루 종일 집에 있으려니 좀이 쑤신다. 그래도 어디 나가기는 싫다. 내 평생에 중징계를 당한 건 처음이다. 뭘 해도 불편하다.

음악이라도 들으면 마음이라도 편할 줄 알았는데 집중이 되지 않는다.

"뭐 새로운 내용 없어요?"

계속 텔레비전만 보고 있던 아내에게 물었다.

"오늘 현장 검증 했어요. 기파랑하고 여고생 공범들이 범행 재연하는데 너무 태연해서 좀 놀랐어요. 주민들이 욕하고 난리 났어요. 민호 엄마는 취재진 앞에서 또 혼절했대요. 에휴, 불쌍하기도 하지."

항상 기파랑 선생, 기 선생님하고 부르던 아내가 오늘은 그냥 기파랑이라고 했다. 그래, 선생도 아니고 님도 아니지.

이틀 뒤, 교육청으로 오라는 연락을 받았다. 예상보다 빠르다. 하긴 우리는 중징계 대상이 아니야. 여론 때문에 쇼를 한 건데 빨리 복귀시킬수록 좋겠지.

가벼운 마음으로 서울교육청으로 가서 교육감을 만났다.

"손경훈 선생님."

"예."

"아무래도 사표를 쓰셔야 하겠습니다."

내 예상이 또 틀렸다. 하도 연달아 터지니까 사고 회로가 완전히 망가진 것 같다.

"사표라니요. 그게 무슨 말씀이십니까. 저는 학교로 복귀하라고 말씀하실 줄 알았는데."

교육감은 아무 말 없이 서류봉투 하나를 내밀었다.

"경찰로부터 받은 기파랑 선생 진술서입니다. 읽어보시죠."

진술서를 보는 내내 눈을 의심했다. 거기에는 공범인 조아라와 박정아하고 언제부터 어디서 어떻게 관계를 맺었는지 상세하게 나와 있었다.

그리고, 이재영하고 황혜영도 사실이었다. 수학여행 숙소에서의 벽치기까지도 정확하게 일치했다.

기파랑 이 자식, 나에게는 그렇게 아니라고 방방 뜨더니 이게 다 사실이라고? 자기를 믿지 못하겠냐고 눈까지 부라리고, 집에 찾아와서는 자기가 비정기 전보를 하면 의혹을 인정하는 거라며 나를 협박하기도 했는데. 끝까지 나를 속였다니.

또 있었다. 처음 보는 이름들. 기파랑이 자기 입으로 실토한 애들만 열 명이었다.

진술서가 아직도 남았어?

더 이상 읽을 힘이 없다. 거기에는 상상하지도 못한 여선생 이름과 학부형 이름까지 적혀 있었다. 이건 더 버틸 수가 없다.

눈물이 흘렀다. 참으려고 해도 참을 수가 없다. 꾹꾹 누르고 있는데 목에서는 자꾸 꺽꺽 소리가 났다.

교육감이 휴지를 건네 줬다.

"죄송합니다. 저도 어쩔 수가 없네요. 사표를 쓰시면 그래도 퇴직금하고 연금은 받을 수 있습니다."

교육청을 나와 하염없이 걸었다. 눈이 뿌옇게 가려서 앞이 잘 보이지 않는다. 내가 어디를 가고 있는지도 모르겠다. 지금 내 모습을 누가 본다면 아마 미친놈이라고 하겠지.

수도꼭지처럼 줄줄 흐르던 눈물은 어느새 그쳤다. 눈이 뻑뻑하다. 눈물샘이 완전히 말라버린 것 같다.

사표를 쓰는 순간 나의 교직생활 35년이 끝났다. 이렇게 끝내고 싶지 않았는데. 교사와 학생 모두에게 칭송을 받는 교장으로서 축복받는 정년퇴직을 바랐다. 충분히 그럴 수 있었다. 기파랑을 만나지 않았다면.

기파랑을 처음 만났던 순간을 또렷이 기억한다. 분명 그에게서 아우라를 느꼈다. 범상치 않았던 첫 인상에 걸맞게 그는 최고의 퍼포먼스와 최고의 결과를 가져다 줬다. 내가 왜 이런 선생을 진작 만나지 못했을까 하고 탄식할 정도였으니까.

그는 내가 35년간 만났던 누구보다도 뛰어난 교사였다. 아무리 그가 희대의 악마라 하더라도 이건 부인할 수 없는 사실이다.

그를 만난 것을 축복이라 여겼다. 하지만 그로 인해 교장이 되지 못했고, 결국 사표까지 써야 하는 신세가 됐다.

그를 만난 것은 악연이었다.

강석규 12

끝날 때까지는 끝난 게 아니다

현장 검증이 끝났다. 기파랑과 공범들의 진술도 다 정리했다. 증거품도 완벽하게 준비했다. 검찰로 송치하고 나니 드디어 끝이다. 후련하다.

사회는 여전히 이 사건의 충격에서 헤어나지 못하고 있지만 우리는 안정을 찾았다. 서장님과 과장님도 복귀했다. 정말 다행이다. 만일 아직도 범인을 못 잡았다면 서장님과 과장님을 영원히 볼 수 없을 뻔 했다.

"강 계장, 수고했어."

"아닙니다. 일찍 범인을 잡지 못해 서장님 고생시켜 드렸습니다. 죄송합니다."

"아냐. 나도 이번에 집에 있으면서 많이 반성했어. 역시 거짓말을 하면 안 돼. 처음에 좀 욕을 먹더라도 그게 좋아. 괜히 거짓말한 거 들킬까봐 마음 졸이고, 나중에 발각되면 징계 먹고. 호미로 막을 거 가래로도 못 막는다는 속담이 딱 맞아. 강 계장도 앞으로 솔직하고 투명하게 해."

"명심하겠습니다."

"그리고, 이번에 공로를 세운 강력계 전원에 대해 승진, 포상 신청할 테니까 그리 알아."

"감사합니다."

강력계에도 모처럼 봄바람이 불었다. 그동안 다들 우거지상이었는데 웃음꽃이 피었다. 강력계 형사 하는 맛이 바로 이거다. 깨가 백 번 구르는 것보다 호박이 한 번 구르는 게 낫다. 자잘한 거 말고, 큰 거 한 방. 야구로 치면 형사계는 교타자고, 강력계는 홈런타자다.

"오늘은 진짜 제대로 된 회식 한 번 하자. 저녁에 소고기 쏜다."

"한우입니까?"

"호상아, 넌 제발 내 인생에 태클을 걸지 마. 좋다. 한우 등심으로 쏜다."

"와, 감사합니다."

"술은 발렌타인 30년이죠?"

"치국아, 너마저 왜 이래. 꿈 깨라 잉. 한우에는 쏘맥이 제일 좋은 것이여."

하하 히히.

"그런데 완이가 안 보이네. 어디 갔어?"

"아, 기파랑이 완이 형님에게 할 얘기가 있다고 했답니다. 점심 먹고 구치소 다녀온다고 했습니다."

기파랑이 완이에게 무슨 할 얘기가 있지?

"그럼 회식 장소로 바로 오라고 해."

"알겠습니다."

이렇게 마음 편하게 술 한 잔 걸치는 게 얼마만인지 모르겠다. 술이 달콤하다고 느낀 것도 오랜 만이다. 쏘맥이 속을 시원하게 훑으면서 내려간다.

역시 술은 기분 좋을 때 먹어야 한다. 기분 나쁠 때, 우울할 때 마시면 금방 취하는 데다 술이 깨고 나면 더 기분이 나빠진다.

한우 등심도 얼마 만이냐. 씹지 않고 삼켜도 될 만큼 부드럽다. 좋은 거 먹을 때마다 아내가 생각난다. 아내와 한우 등심을 먹어본 적이 있었나. 없는 것 같다. 그럴 기회도 거의 없었을 뿐 아니라 어쩌다 고기 먹으러 갔을 때도 아내는 한사코 거부했다.

"쓸데없이 왜 소고기를 먹어요. 그냥 삼겹살 먹읍시다."

"한우라고 뭐 더 좋은 줄 알아요? 값만 비싸지. 호주산도 얼마나 좋은데요."

내가 아내를 이긴 기억이 없다. 그렇다면 아내와 한우를 먹은 적은 당연히 없을 거다. 갑자기 입맛이 없다.

"이모님, 여기 5인분 추가요."

자식들, 오늘 한 번 배 터지게 먹어보라고 했더니 정말 그럴 기세다.

전화벨이 울렸다. 완이다.

"응. 지금 어디야. 빨리 와. 애들이 너 먹을 거까지 다 먹어치울 기세다."

"저, 계장님."

가라앉은 완이 목소리가 조심스럽다.

"왜 그래?"

"보고드릴 게 있는데."

"뭐야. 혹시 기파랑이 진술을 번복했어?"

다들 신나게 먹다가 일순간 동작을 멈췄다.

"아닙니다, 아닙니다. 그런 건 아닙니다."

완이가 급하게 부정했다.

"그럼 뭐야. 왜 이리 심각해?"

"그게 전화로는 좀. 지금 서둘러 가서 말씀드리겠습니다."

완이의 반응을 봐서는 뭔가 새로운 일이 터진 게 틀림없다. 그것도 안 좋은 쪽으로. 어쩐지 기파랑 검거 후에 너무 일이 쉽게 풀려서 불안하긴 했다.

"자기 앞에 있는 고기 다 먹어라. 술도 남은 거 다 먹어치우자."

역시 허리띠 풀어 놓고, 마음 편히 먹는 거는 사치다.

완이는 말을 꺼내기도 조심스러운 듯했다.

"저, 기파랑이 구치소에서 하나님을 믿게 됐답니다."

"뭐? 하나님을 믿어? 이 자식이 그래도 자기는 천국 가겠다고?"

"하나님을 믿고 나니까 심경에 변화가 있었답니다."

심경에 변화라. 뭔가 아직도 숨기고 있는 게 있었구나.

"그래서?"

"이것만큼은 죽을 때까지 자기가 안고 가려고 했다는데."

"뭐야. 빨리 말해. 답답해 미치겠다."

"민호 엄마가 민호를 유괴하라고 했답니다."

"뭐라고?"

머리가 찢어지는 통증을 느꼈다.

"정말이야? 정말 기파랑이 그렇게 말했어?"

"예. 저도 믿기지 않아서 두 번이나 재확인했다니까요."

"아니, 그게 가능한 얘기야? 민호 엄마가 왜 아들을 유괴하라고 했다는 거야?"

"기파랑 이 새끼가 민호 엄마하고도 불륜 관계였답니다."

하도 얻어맞아 이제 뒤통수가 너덜너덜해진 것 같다. 정신을 못 차리겠다.

"아무리 불륜이라 하더라도 자기 아들을 유괴하라는 게 말이나 되는 소리야?"

"민호 엄마가 그동안 기파랑에게 용돈을 대줬답니다. 용돈이라고 하지만 제법 액수가 컸어요. 마카오 비용이 다 민호 엄마에게서 나온 거였어요. 그런데 기파랑이 마카오에서 거액을 잃고 나서 민호 엄마에게 10억 원을 구해달라고 했겠죠. 민호 엄마가 나한테는 그런 큰돈이 없고, 민호 아빠에게 사업자금이 있으니 민호를 유괴한 다음 돈을 뜯어내라는 아이디어를 줬다고 하더군요."

"아니, 민호가 죽을 지도 모르는데 엄마가 그런 아이디어를 줬다고? 엄마가 계모야?"

"당연히 죽이라고 하지는 않았죠. 처음에는 돈만 뜯어내고 민호를 돌려줄 생각이었는데 민호가 기파랑을 알아보는 바람에 기파랑이 민호를 죽인 거죠."

"그러니까 민호 엄마는 단순히 10억 원을 구할 아이디어 차원에서 말한 거였는데 기파랑이 민호를 죽인 거다?"

"그런 것 같습니다."

이제야 모든 것이 명확해 졌다. 범인은 잡았지만 그동안 똥 누고 밑을 닦지 않은 것 같았던 찜찜함이 있었다. 왜 하필 범행대상이 민호였는지에 대한 의문이었다. 돈이 문제였고, 유괴를 하려고 했으면 얼마든지 자기를 알아보지 못하는, 손 쉬운 대상을 고르는 게 상식이다. 민호 엄마가 공범이라면 엉켰던 매듭이 깨끗이 풀어진다.

"그리고."

"또 남은 게 있어?"

"민호를 유괴하고 죽인 빌라요. 그 빌라도 민호 엄마가 빌린 거고, 거기가 밀회 장소였답니다."

"그래, 기파랑이 거기도 월세로 빌렸다고 했을 때 이상하다고 생각하긴 했어."

휴~. 긴 한숨이 절로 나왔다.

"잠깐만. 그럼 민호 엄마는 민호가 죽었다는 사실을 미리 알았을 거 아냐?"

"확인해봐야 하겠습니다만 그렇다고 봐야죠."

"그러면 그렇게 민호 살려달라고 울부짖고, 혼절하고, 방송 인터뷰하고 했던 게 다 쇼였다는 거야?"

갑자기 사람이 무서워졌다. 기파랑보다 민호 엄마가 더 무섭다. 그래도 엄마인데. 엄마가 어떻게.

"민호 엄마 불러서 신문할까요?"

모르겠다. 잠깐 기다려 봐.

생각 좀 하자.

또 벌레가 스멀스멀 기어 나온다. 이번에는 큰 놈이다.

머리가 부서질 것처럼 아프다. 생전 처음 경험해보는 엄청난 편두통이다.

우엑.

토악질을 했다.

기파랑 13

민호 엄마

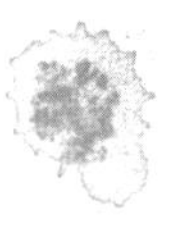

진짜 이것만은 가슴에 묻은 채 죽으려고 했다. 그것이 민호 엄마에 대한 최소한의 예의라고 생각했다. 하지만 하나님을 영접한 이후 모든 것을 털어놓기로 했다. 거짓말을 간직한 채 하나님을 만날 수는 없으니까.

마일중으로 옮기고 나서 내 생활은 우울함의 연속이었다. 마일중 분위기는 역시 칙칙했다. 출근하기가 싫었다. 수업도 재미없었다. 예전엔 남자라도 중학생이면 귀여운 맛이라도 있었는데 다 징그러웠다.

그때 만난 사람이 민호 엄마였다. 다리가 불편한 민호를 위해 특별 프로그램이 필요했다. 민호 엄마는 나에게 민호를 잘 부탁한다고 했다. 그러면서 책을 한 권 슬그머니 놓고 갔다. 안을 들춰보니 봉투가 있었다. 요즘에도 촌지를 주는 학부형이 있네. 이 아줌마가 나를 어떻게 보고.

그게 아니었다. 봉투 안에는 100만 원짜리 수표 세 장이 있었다.

300만 원? 이건 촌지 수준이 아닌데.

민호 엄마를 불렀다.

"민호 어머니, 이러시면 안 됩니다. 저는 이 돈 절대로 받을 수 없습니다."

"선생님 곤란하셨다면 죄송합니다. 하지만 장애 아들을 둔 엄마의 마음을 이해해 주세요. 특히 체육 시간에 더 우울한 민호를 선생님께 맡기는 어미의 정성입니다."

그렇게 말하는데 민호 엄마의 얼굴과 진 선생의 얼굴이 겹쳐 보였다. 소름 끼칠 정도로 눈이 닮았다. 민호 엄마가 나를 바라보는 눈길이 너무나 익숙했다. 잠시 고민하는 사이 아랫도리가 반응하기 시작했다. 꿩 대신 닭이다.

나쁘지 않았다. 오랜 만이라 그런지, 내가 지금 헛헛해서 그런지 40대의 풍만한 육체가 포근했다. 내가 몸을 맡기고, 편안하게 즐겨본 것도 참으로 오랜 만이었다.

민호 엄마는 콧소리를 내면서 내 품을 파고 들었다.

"동생, 여자들한테 최고라는 소리 많이 듣지?"

민호 엄마는 곧바로 나를 '동생'이라고 불렀다. 자연스레 '누님'이 됐다.

"누님도 만만치 않네요."

"동생, 오늘 나 여러 번 죽었어. 이런 적 처음이야. 이제야 운명의 파트너를 만난 것 같아."

민호 엄마는 단 한 번의 만남에 나에게 빠져들었다.

이틀밖에 지나지 않았는데 민호 엄마에게서 만나자는 연락이 왔다. 벌써?

무슨 빌라 주소를 보내면서 이곳으로 오라고 했다. 학교에서 그리 멀지 않은 곳이었다. 퇴근 후 찾아가니 민호 엄마가 기다리고 있었다.

"여기가 누구 집입니까?"

"월세 계약했어. 내가 열쇠 하나 줄 테니까 동생이 아무 때나 쓰고, 우리도 여기서 편하게 만나자고."

"예? 아예 빌렸다고요? 여기는 학교에서 너무 가까운 데요."

"걱정하지 마. 여기는 내가 잘 아는 동네야. 전에 부동산 투자 할 때 여기 빌라 많이 사고팔고 했거든. 학교에서 가깝고, 우리 집에서도 멀지 않으면서 사람들 통행이 적어서 조용한 동네야. 들킬 염려는 안 해도 돼."

민호 엄마는 매우 적극적이었다. 실행력도 뛰어났다. 침대와 TV, 냉장고 등도 다 사다 놓았다.

산호 빌라 302호. 민호 엄마가 빌려줬고, 민호 엄마와 밀회를 즐겼던 이곳에서 민호가 죽었다. 참 아이러니하면서 슬픈 얘기다.

민호 엄마는 뜨거운 여자였다. 수시로 나를 불러냈다. 솔직히 그리 매력적이진 않았다.

그런데 손이 큰 여자였다. 보통 남자들보다 통이 컸다. 만날 때마다 용돈이라고 주는데 보통이 1,000만 원이었다. 처음에는 100만 원인 줄 알았는데 0이 하나 더 붙어 있었다.

나는 결혼한 이후 풍족하게 살았다. 하지만 현금은 없었다. 기껏 내 월급에다 이래저래 핑계를 대서 아내에게 받아내는 월

100만 원 정도의 용돈이 전부였다. 마카오에서 승률이 좋아 재미있게는 즐겼지만 더 큰 판에 끼지 못하는 게 항상 불만이었다. 자금이 조금 더 많으면 큰 판에서 놀 수 있는데. 그렇다고 꽁지 돈을 빌리기는 싫었다.

그런 목마름이 있던 차에 민호 엄마가 나타난 것이다. 적당히 봉사해주고 1,000만 원이면 나름 괜찮은 아르바이트다.

"누님, 이번에 1억 만 땡겨 주세요. 마카오 큰 판에서 한 번 놀아 보게요."

"알았어. 그 정도는 해줄 게. 대신 오늘 나 죽여줘야 해."

자금이 확보되니 확실히 마카오가 달라졌다. 단위가 커지니까 스릴 만점이었다. 전에는 최소 단위인 500달러 칩으로 놀다가 이제는 5,000달러가 기본이 됐다. 이거다 확신이 들 때는 한 번에 칩 10개를 걸기도 했다. 진짜 부자가 된 느낌이었다. 잃어도 부담은 없었지만 자존심이 걸린 문제였다.

전에는 오로지 카지노를 하러 마카오에 갔다. 밤새도록 바카라를 하다가 새벽 비행기를 타고 곯아떨어지곤 했다. 갖고 간 자금을 첫 날에 다 잃고서 손가락 빨면서 남들 하는 게임만 구경하다 온 적도 있다. 그럴 때는 더 많은 현금이 없다는 게 한이었다.

자금이 두둑해지니까 생활이 달라졌다. 카지노뿐 아니라 호캉스를 즐기는 여유도 생겼다. 모르페우스 호텔에서 룸서비스 조식을 즐기거나 윈 팰리스 스위트룸에서 분수 쇼를 보는 것도 괜찮다. 미슐랭 스타 음식점을 찾아 제법 미식가연 하는 것도 좋다. 카지노에서 딴 돈으로 바로 옆의 명품관을 찾아 돈 쓰는 재미가 쏠

쏠하다. 민호 엄마에게 돌체 앤 가바나 신상 백을 하나 사줬더니 엄청 좋아했다. 그거 500만 원밖에 안 하는데.

그런데 악몽의 5월30일이 모든 것을 다 망쳐놓았다. 얼이 빠진 상태로 귀국해서 월요일 출근을 했는데 그날 저녁부터 독촉 메시지가 오기 시작했다.

'배 사장님, 하루에 1% 이자입니다. 잘 생각하세요. 빨리 갚을수록 좋습니다.'

민호 엄마에게 부탁할 수밖에 없었다.

"안 돼. 10억 원이 어디 있어. 그 정도는 없어."

"그럼 친구든 누구한테 빌려주세요. 제가 곧 갚을게요."

"10억 원이 누구 애 이름이야? 그만한 돈 빌려줄 사람 없어."

"누님, 저 좀 살려주세요. 이자가 하루에 1%예요. 그리고 걔들 조폭하고 연결돼 있어서 언제 찾아올지 몰라요."

"그러게 누가 그렇게 크게 하랬어. 내가 준 돈으로만 하는 줄 알았지, 빚을 내서까지 할 줄은 몰랐잖아. 난 몰라."

민호 엄마는 나를 외면하고 돌아앉았다.

그럼 어떻게 한다? 아내에게 이실직고를 할까. 아냐, 그럴 수는 없어.

그 때 민호 엄마가 한 마디 던졌다.

"이렇게 하면 어떨까. 민호 아빠가 사업 자금으로 챙겨놓은 돈이 꽤 있어. 사업 확장을 하겠다고 준비한 건데 나는 손을 못 대. 민호를 유괴했다고 협박하면 10억도 내놓을 거야. 내가 경찰에 신고는 하지 못하게 할 테니까. 민호는 동생이 하루 정도만 데리고 있으면 되잖아."

"그게 통할까요?"

"민호 아빠가 민호를 끔찍이 아끼거든. 아마 나보다 더 할 걸. 민호가 유괴됐다고 하면 물불 안 가리고 돈을 내놓을 거야."

"알았어요. 누님만 믿겠습니다."

"동생 때문에 나 엄청 놀랬어. 내가 방법도 가르쳐 줬으니까 오늘은 특별 서비스 해줘야 해. 알았지?"

사실 민호 유괴는 그렇게 시작된 거였다. 정말 처음부터 죽일 생각은 아니었다. 헐렁한 옷을 입고, 복면까지 해서 완벽하게 위장했다고 생각했는데 아라가 무심코 "선생님"이라고 부르는 바람에 모든 계획이 어그러져 버렸다.

민호가 발버둥을 치자 입을 막았던 테이프가 떨어져나갔다.

"기파랑 선생님?"

민호가 소리를 질렀다.

안 돼. 조용히 해. 입을 막았는데도 계속 악을 썼다.

"사람 살려!"

목을 졸랐다. '커억'하는 소리를 들은 것 같다. 30초도 지나지 않았는데 민호 몸에서 힘이 빠져나가는 걸 느꼈다. 이렇게 쉽게?

사람 목숨이 꽤 질기다고 알고 있었는데 그게 아니었다. 널브러진 민호의 몸을 보고 싶지 않았다. 이불로 덮어 버렸다.

내가 사람을 죽였다! 왜 이렇게까지 됐을까. 허탈했다.

후회해도 소용없다. 이왕 이렇게 됐으니 반드시 10억 원을 받아내자. 그 때까지는 민호 엄마도 속여야 한다.

처음에 5억 원만 요구하자 민호 엄마에게서 문자가 왔다.

'왜 5억이야'

'CCTV 같은데 찍히면 나중에라도 곤란해요. 증거를 남기지 않으려면 처음부터 조심해야 해요. 차근차근 할게요'

두 번째 협박 전화를 한 직후에 또 문자가 왔다.

'민호 아빠가 경찰에 신고해서 경찰이 전화 내용을 다 알고 갔어'

'뭐라고? 그걸 왜 이제야 연락해 주는 거야'

'민호 아빠가 계속 옆에 있어서 연락할 수 없었어'

그럼, 5억 원은 포기해? 아니지. 민호까지 죽였는데 5억 원만 받고 끝낼 수는 없다. 생각을 해보자. 경찰이 어디 어디를 지킬까. 경찰이 낮부터 지킬 리는 없다. 그럼 그 전에 가서 경찰의 움직임을 살펴보자.

퇴근하자마자 옷을 갈아입었다. 일기예보를 보니 밤부터 비가 온다고 했다. 우비와 장갑도 준비했다. 날이 어둑어둑해지면서 공사장 인부들이 퇴근을 시작했다. 해가 지자 공사장 안은 깜깜해졌다. 가림막까지 있으니 빛이 거의 차단된다. 아직 여기까지는 경찰의 움직임이 없다. 안에 들어가 있는 게 더 안전하겠다. 경찰이 여기까지 들어오면 포기하고 그대로 숨어있으면 된다.

0시40분쯤 민호 엄마에게서 문자가 왔다.

'민호 아빠가 돈 가방 갖고 출발. 경찰이 주위를 지키고 있으니 조심해'

민호 아빠가 랜턴을 켰다. 우비를 뒤집어쓰고 있었지만 혹시나 들킬까 조마조마했다. 민호 아빠는 가방을 놓고 도망치듯 서둘러 나갔다. 경찰의 움직임은? 아직 없다. 바보들. 바깥에만 지키고 있구나.

다음날, 민호 엄마가 문자를 날렸다. 전화를 할 수 없는 상황이라는 건 분명했다.

'이제 민호 보내 줘'

씹었다.

30분 뒤에 또 문자가 왔다.

숨길 게 없다. 이제 와서 어떻게 하겠나. 사실대로 알려야지.

'민호 죽었어'

'무슨 소리야'

'민호가 나를 알아봤어'

'그래서 민호를 죽였다고?'

'안 그러면 나뿐 아니라 누님도 죽어'

한참 동안 답장이 없었다.

'나 놀라게 하지 말고 빨리 민호 보내'

'죽었다니까. 이미 묻었어'

'개새기야 왜 주겨'

'민호가 자꾸 소리쳐서 어쩔 수 없었어'

'너나한데주거우리미노보내미노'

민호 엄마가 어떤 상태인지 안 봐도 훤하다. 자기 자식 죽었다는데 미치지 않을 엄마가 있을까. 하지만 나에게 전화를 할 수도 없고, 더구나 찾아올 수 있는 상황도 아니었다.

TV에서 민호 엄마가 "우리 민호 돌려주세요"하면서 울부짖고 있었다. 어차피 민호 엄마는 신고를 할 수 없다. 민호를 유괴하라는 아이디어를 준 게 자기니까. 그래도 저렇게 쇼를 해야 하는 게 불쌍하다는 생각이 들었다. 불쌍한 민호 엄마만큼은 밝히고 싶지 않았다.

구치소에 처음 수감됐을 때만 해도 원망과 분노가 남아있었다. 나에게 마카오를 알게 해준 차동민, 민호를 유괴하라고 꼬드긴 민호 엄마. 이들만 아니었으면 내가 이 지경이 안 됐을 텐데.

구치소에 들어가니 아무 것도 할 게 없었다. 그저 억울하다는 생각에 분노만 곱씹고 있었다. 주위에 여자가 없다는 게 너무 슬펐다.

내 눈에 성경책이 들어왔다. 지금까지 살면서 성경을 읽은 적이 없다. 초등학생 때 삶은 계란하고, 빵 얻어먹으러 교회에 간 게 전부였다.

심심해서 성경을 뒤적였다. 무슨 말인지 모르겠다. 그런데 그 모습을 본 교도관이 "목사님 불러줄게"하고 지나갔다. "아니 그게 아닌데"했지만 걸음이 잽싼 교도관이었다.

"제가 목사님 부른 거 아닙니다."

"상관없습니다. 저는 하나님이 형제님을 얼마나 사랑하시는지 말씀드리러 왔습니다."

형제님? 사랑? 개떡 같은 소리 하고 있네.

"창조주이신 하나님 앞에 피조물인 인간은 모두 죽을 수밖에 없는 죄인입니다. 구치소 안에 있는 사람이나 구치소 밖에 있는 사람이나 하나님이 보시기에는 다 똑같습니다. 오직 예수를 믿는 자만이 하나님 나라에 들어갈 수 있습니다."

평소에 나도 '개독교'니 '먹사'니 하고 다녔는데 내가 여기서 목사에게 이런 말을 듣고 있을 줄은 몰랐다.

"어떤 큰 죄를 지은 죄인이라도 회개하기만 하면 하나님은 아들로 받아주십니다. 요한복음 3장16절 말씀입니다. 하나님이 세상을 이처럼 사랑하사 독생자를 주셨으니 이는 저를 믿는 자마다 멸망하지 않고 영생을 얻게 하려 하심이니라."

이상했다. 무슨 소린지 하나도 알아 듣지 못하겠는데 가슴이 뜨거워졌다.

목사님이 두 손으로 내 어깨를 감싸더니 기도를 시작했다.

"하나님, 지금 여기 큰 죄를 짓고, 떨고 있는 어린 양이 있습니다. 예수님의 보혈로 그 죄를 깨끗이 씻어주셔서 눈같이 희게 하여 주십시오."

갑자기 눈물이 흐르기 시작했다. 내가 왜 이러는지 모르겠다. 흐르는 눈물을 주체할 수 없었다. 알 수 없는 큰 힘이 나를 짓누르는 것 같았다. 통곡이 나왔다. 멈출 수가 없다. 목이 쉬어서 더 이상 소리가 나오지 않을 때까지 울었다.

그날 나는 하나님을 영접했다. 스스로도 믿기지 않지만 하나님을 만난 사실을 부정할 수 없다.

나는 내가 지은 죗값으로 죽을 것이다. 나로 인해 고통을 받은 모든 분들께 진심으로 머리 숙여 잘못을 빈다. 특히 민호 아빠에게는 죽을죄를 지었다. 아내와 아직 태어나지 않은 아가에게 정말 미안하다. 눈물이 앞을 가린다. 아라와 정아의 미래를 내가 망쳤다. 불쌍한 애들이다.

민호야, 내가 정말 잘못했다. 무슨 말로도 너의 용서를 빌지 못하겠다. 나의 모든 것을 바쳐 너의 영혼의 안식을 위해 빌게. 미안하다.

형사를 불러달라고 했다. 모든 것을 다 털어놓았다. 영원한 어둠은 없다.

장기 기증 서약서도 썼다. 비록 살인범의 장기지만 내가 마지막으로 세상에 줄 수 있는 게 남아있다는 게 감사할 뿐이다.

강석규 13

끝없이 투명에 가까운 블루

끝날 때까지는 끝난 게 아니다.

지금까지 나에게 용기를 주고, 희망의 끈을 놓지 않게 만든 말이었다. 그런데 이렇게 슬프고, 힘 빠지게 하는 말일 줄이야. 그나마 역전을 당하지 않은 걸 다행이라 여겨야 하나.

만일 기파랑이 진술을 번복했다면?

끔찍하다. 생각만 해도 진땀이 난다.

'민호 엄마가 민호를 유괴하라고 했다'

머리가 어지러워 진정을 할 수 없다.

수없이 많은 패륜 사건을 다뤘지만 이런 경우는 처음이다. 유산을 노리고 부모를 해친 패륜아를 잡았을 때는 범인을 잡았다는 기쁨보다 분노가 먼저였다. 화를 참지 못하고, 그놈의 얼굴이 피범벅이 되도록 패버린 적도 있다.

지금은?

분노가 없다. 깊은 해구 속으로 한없이 빠져 들어가는 슬픔이 있을 뿐이다.

어떻게 불륜의 힘이 모성의 힘보다 강하단 말인가.

인정할 수 없다. 믿지 못하겠다.

민호 아빠를 생각하니 갑자기 가슴이 아려온다. 유괴된 아들이 싸늘한 주검으로 돌아왔다. 범인은 잡았지만 아들은 살아날 수 없다. 그런데 아내가 아들을 유괴하라고 했단다. 그것도 불륜 상대에게 돈을 마련해주기 위해. 도대체 이 상황을 버텨낼 사람이 있을까. 나는 못 한다.

동이 트고 있다. 흑암을 뚫고 파란빛이 고개를 내미는가 하더니 조금씩 그 영역을 넓혀가고 있다.

끝없이 투명에 가까운 블루.

어디선가 본 글귀가 입안을 맴돌고 있다.

어느새 강렬한 빨강이 파랑을 밀어내고 있다.

흑·청·적이 어우러진 새벽의 아름다움이 이토록 슬퍼 보인 때가 있었던가.

"계장님, 여기서 밤새우신 거예요?"

완이의 목소리가 정적을 깼다.

같은 자세로 꼬박 밤을 새운 것 같다. 고개를 돌리기 힘들다.

"민호 엄마‥… 신문…해야겠죠?"

완이 목소리가 조심스러웠다.

"으~ 으."

나도 모르게 신음이 흘러나왔다.

"해야지. 해야겠지."

시간이 얼마나 지났을까. 시계 보기도 귀찮다.

"민호 엄마가 다 실토했습니다. 기파랑이 진술한 것과 모두 일치합니다. 그동안 마음고생이 얼마나 심했는지 저항 한 번 하지 않더군요."

다행이다. 민호 엄마가 부인하면 기파랑과 대질을 시켜야 하는데 그것만은 하고 싶지 않았다.

"바람이나 좀 쐬고 싶다."

"그러세요. 좀 쉬십시오."

"과장님과 서장님께는 네가 보고 드려라."

"알겠습니다."

일어나서 점퍼를 걸치려는데 다리가 뻣뻣했다. 휘청거리며 두세 걸음 걷다가 물었다.

"그런데 민호 엄마 이름이 뭐지?"

"박사랑입니다."

사랑이라.

무작정 차를 몰고 나왔다. 강릉 앞바다가 보고 싶다.

하얗게 부서지는 파도가 그립다. 해송의 짙은 솔향기도 실컷 맡고 싶다.

마지막으로 강릉에 간 때가 언제지.

눈꺼풀은 묵직한데 열어놓은 창문으로 들어오는 바람이 상쾌하다. 역시 고속도로보다는 국도가 좋아. 라디오에서는 7080 추억의 노래가 흘러나오고 있다. 옛날 노래가 좋은 걸 보니 나도 나이를 먹었군.

음악이 멈췄다.

"방금 들어온 속보입니다."

에필로그

주영형과 아버지와 나

이 소설의 배경은 1980년 발생한 '이윤상 군 유괴 살해사건'이다. 1년 동안 범인을 잡지 못해 헤매다가 1년 만에 잡고 보니 윤상 군이 다니던 경서중학교 체육선생이 범인이었다. 대한민국을 뒤집어 놓은, 일명 '주 교사 사건'이다. 창덕여중 시절 제자 두 명이 공범이었다. 범인 주영형은 83년 사형이 집행됐다. 이 까지는 대부분이 알고 있는 사실이다.

주영형이 창덕여중에 재직할 당시 교감이 나의 아버지였다. 아버지는 집에서도 주영형 선생 얘기를 자주 하셨다. 당신이 겪어 본 교사 중 최고라고 했다. 결국 철저하게 속았고, 주영형으로 인해 불명예 퇴직을 해야 했다.

나도 주영형과 개인적인 인연이 있다. 1978년, 당시 대학 2학년이었던 나에게 아버지는 창덕여중 3학년 수련회에서 레크리에이션을 맡아달라고 했다. 예산 절감용이었다. 정말 차비 정도 받았던 걸로 기억한다.

창덕여중은 운동장에 야외수영장이 있었다. 체육 선생인 주영형은 수련회 전체 진행을 하면서 수영 지도도 했다. 보디빌더 같은 몸매에 삼각 수영팬티 하나 걸치고, 선글라스를 낀 주영형의 모습은 남자인 내가 봐도 멋있었다.

수련회는 여름방학에 5일간 진행됐는데, 2년 동안 하면서 주영형과도 친해져서 테니스도 같이 치는 사이가 됐다.

경서중 학생이 유괴됐다는 뉴스를 보면서 하필이면 주 선생이 옮기자마자 사건이 벌어져 참 안됐다는 생각을 했다. 주영형이 범인일 거라고는 추호도 생각하지 못했다.

범인이 주영형이라는 뉴스에 가장 충격을 받은 사람이 아버지였다. 그 배신감은 누구도 짐작하지 못하리라.

5년제 경복중학교를 졸업하고, 19세부터 교사를 시작한 아버지는 안타깝게도 교장 승진을 바로 눈앞에 두고 37년간의 교직생활을 접어야 했다.

1986년 중앙일보에 입사한 나는 87년 사회부 기자로 강남경찰서를 출입했다. 그 때 관내에서 원혜준 유괴 사건이 터졌다. 당연히 이윤상 유괴살해사건이 거론됐는데 당시 강남서 형사계장이 바로 주영형을 체포한 마포서 강력반장이었다. 묘한 인연이었다.

1925년생인 아버지는 2020년 현재 만 95세다. 벌써 40년이 지난 일이지만 지금도 가끔 주영형과의 악연을 얘기하시곤 한다.

한 해 한 해 기력이 쇠해 가는 모습을 보면서 아버지 돌아가시기 전에 책을 써야겠다는 결심을 했다. 내가 지난해 1인 출판사를 차린 목적도 사실 이 책을 만들기 위해서였다.

주영형 사건을 어떻게 책으로 만들지 고민을 많이 했다. 정색을 하고 쓰자니 제약이 많았고, 재미도 없을 것 같았다.

아버지와 주영형의 관계를 뼈대로 삼고, 상상력으로 살을 입히는 것이 가장 좋은 방법이라고 생각했다. 한 번도 쓰지 않은 소설에 도전하기로 결정한 배경이다.

뼈대가 있으니까 금방 작업이 끝날 줄 알았다. 착각이었다. 소설은 전혀 다른 영역이었다. 매일 상상력의 한계를 느껴야 했다. 한 줄도 못쓰고 지나간 날도 많았다. 쓰고 나서 보니 앞뒤가 연결이 되지 않아 몽땅 들어낸 경우도 있었다.

팩트 위주로 기사를 쓰던 직업병이 아직도 남아있어 자꾸 팩트를 따라갔다. 상상력의 영역을 넓히기 위해 더 이상의 취재를 중단했다.

주영형은 이때 무슨 생각을 했을까. 제자들에게 어떤 식으로 접근해서 어떻게 관계를 맺었을까를 상상했다.

1년에 걸쳐 책을 완성했다는 기쁨이 크다. 내가 쓰고, 내가 직접 만든 책이다. 아버지 돌아가시기 전에 책을 헌정할 수 있어서 기쁘다.

사랑하는 아내 이 경과 두 딸 인혜리에게 무한한 감사와 사랑을 전한다.

2020년 4월
서강재에서

파랑

초판 1쇄 인쇄 2020년 6월 1일
초판 1쇄 발행 2020년 6월 8일

지은이 손장환
펴낸이 손장환
디자인 윤여웅
펴낸 곳 LiSa

등록 2019년 3월7일 제 2019-000070호
주소 서울시 마포구 독막로 20나길 22, 103-802 우편번호 04076
전화 010-3747-5417
이메일 mylisapub@gmail.com

ISBN 979-11-966542-1-4 03810

이 도서의 국립중앙도서관 출판예정도서목록(CIP)은 서지정보유통지원시스템 홈페이지(http://seoji.nl.go.kr)와 국가자료 공동목록시스템(http://www.nl.go.kr/kolisnet)에서 이용하실 수 있습니다.
(CIP 제어번호 : CIP2020020135)